博客思出版社

閑書雜憶

啟麥

自序

我是在美國、年近四十了才開始自由寫作的。那時已經知道，「結集出書」幾為散文作者必經之路，而等閑之人不能隨時把日常發表的散篇編輯成冊。所以，每次下筆都以「行規」提醒自己：選題、鋪陳不要落入「時效」的陷阱，稍有時日就拿不出來了；如果寫的是故園往事，則須對歷史舞臺略加說明，不宜沉溺其間，徒增隔膜云云。

「打過預防針」確實有好處。若干年後，把在報章雜誌上發表過的稿子整理出來的時候，內容不動、錯字改過來就行了。重讀舊作，深自慶幸選擇了散文這樣「集諸美於一身」、好寫易讀的體裁。如《文心雕龍》所言「直而不野，婉轉附物，怊悵切情。」怎一個「散」字了得。

「好寫」是從「愛看」延伸過來的。正好此生有些經歷，遇事不免心有所感據以論之。感慨也者，說說則罷不會耽誤什麼。要是敲打成文，可就耗費精神了。雖然不像盧延讓作詩「吟安一個字，撚斷數莖須。」但是煉字造句之事也足令人顧此失彼。結果，人家是出國多年學會了英文、生疏了中文；我則英文沒學好，中文倒有了些許長進。是為序。

目錄

回憶三篇 009

目錄

散文一束 129

閑書雜憶

成長的年代，動蕩的社會，讀書塑造世界觀。或有害無益，或指點迷津，以書為伴走天涯。

小序

明張岱在《陶庵夢憶》裡說「人無癖，不可與交，以其無真情也。」看了這話我趕緊檢點一下自己：還好，我有業餘愛好，而且挺廣泛——讀書、游泳、滑冰、旅遊、聽音樂、打橋牌、與朋友聚會等等都喜歡。這其中稱得上「癖」的，就莫過於讀書了，而且是讀閒書。

看閒書時，沒有必要正襟危坐、全神貫注，研究字裡行間的微言大義。所以，說「讀書」已經過於一本正經，我又有點「好讀書、不求甚解，每有所得則忘乎所以。」這種讀法實際只是觀覽而已，相當於「看」。儘管如此，我仍然認為這是一件最有益、也最有趣的事。古時候「一事不知，士之恥也」，不想蒙羞的唯一辦法不就是多看書嗎？如今的大眾傳播媒介五花八門，極盡聲色之娛。然而，最能引人神馳中外古今、洞徹社會人生的還是那千載未變、把一張張印了黑字的白紙訂成摞的書。

與書有關的事，顯然是個常新的話題，看書、讀書、買書、藏書……人們寫過無數的書籍和文章。這其中，泛論讀書感受的多，具體言及作家、作品的少，此事一向為我不解。後來看到知堂老人的《書房一角》，他在序中道「從前有人說過，自己的書齋不可給人家看見，因為這是危險的事，怕被人看去了自己的心思。這話是頗有幾分道理的。一個人做文章、說好聽的話，都不難，只一看他所讀的書，至少便掂出斤兩來了。」這才知道，為了藏拙，所讀何書輕易透露不得。好在現代人不那麼講究、挑剔，我又心有所感、不吐不快，一直想寫寫那些影響過我的書。幸虧中華文化博大精深，名人名言無所不及，可以按需索取。乾隆手下大學士陳宏謀說過「是非審之於己，毀譽聽之於人，得失安之於數。」既如此就寫吧。

要涉及書名、作者和內容，就應該再翻翻看過的那些書。可惜，我在美國寫，書大都是在國內看的，手邊幾乎沒有一本可供溫習。就像寫回憶錄的人經常的遭遇一樣：時過境遷「事如春夢了無痕」，所餘只有記憶。我能做到的，唯有忠實於腦子裡的印象而已。

啟蒙

我非早慧，何時識字已經記不得了，大概不會先於念小學。到了二、三年級方才慢慢喜歡看書。小時候稱連環畫為小人書、文章為主的叫字書。家裡有一支小書架，放著很多小人書和簡單的字書，都是些少兒讀物。像所有的兒童一樣，我那時不滿足已經擁有的，還喜歡探尋與我無關的事情——嚮往大書架上的字書，它們擺在父母的房間裡。起初我只知道那些大到豎著放不下、平躺在架子上的是字典，其餘的被我分為兩類：中文和外文。外文書我只知道主要是英文和丹麥文，我當然一點兒也不懂，中文書也盡是正體字。它們又大又厚，不知道硬皮封面裡包著些什麼小故事、大道理。單憑那字的蘊藏量，就足以使我生起敬意了。

◆《海的女兒》

我不甘心於父母「這些書與你一點關係都沒有」的說法，纏住他們一本一本地問。逐漸知道了：為數不多的中文書裡除了一套《魯迅全集》之外，大都是些中國歷史和政治，幾部古典名著也不是我能看得懂的。那滿架子的外文書就更摸不著門兒了——國際政治類佔了很大比重，然後是莎士比亞、狄更斯、柯南道爾等等。然而，有什麼事情能逃過一個孩子好奇的眼睛呢？我終於發現了一部與我有關的書。記得那是三本一套的《安徒生童話集》，裝幀精美、書口燙金，比其他外文書更顯講究。裡面每個故事都有插圖。

至今還有印象的一幅，畫著一個女孩子，赤身側臥在水邊、及膝的長髮遮蓋著身體，旁邊站著一位年輕、英俊的男子，正低頭看著她。可惜，這書是丹麥文，媽媽工作又忙，沒有時間一篇一篇講給我聽，就買了中文版回來讓我看個究竟。我才知道，那是《海的女兒》。

◆《一千零一夜》

童話故事和民間傳說一向老少咸宜。學者從中看到人類文化起源、發展的軌跡，小孩子則只圖它能替自己達成漫無邊際的想像。當然了，《聊齋誌異》我是看不懂的，《格林童話》和《希臘神話》中的寓言我也理解不了多少。我看神話故事是圖熱鬧，讓書中的種種神跡來滿足予取予求的幻想。卻無形中種下了希冀奇緣和依賴他人的取巧心理。因為，神話故事中的人物，從凡夫俗子到齊天大聖孫悟空，要想成點事，無不仰仗神仙菩薩。老師、家長翻來覆去要我們「學知識、勤動手」之類的無味說教，怎抵得上「真言咒語、神燈寶瓶」的誘惑——哪怕只有一件是真的，不就受用無窮了嗎？院子裡的小夥伴聚在一起，經常代表各自新近所讀神話故事裡的神鬼妖怪，手舞足蹈、念念有詞地大戰一番，聊以過癮。

這一類的書我不知看過多少，後來年紀漸長，加上從未有過任何奇遇，才意興闌珊。使我徹底倒了胃口的，是那部大名鼎鼎的《一千零一夜》，看這本書的時候已經快要上中學了。那些阿拉伯的王孫公子，無論落難到怎樣淒慘的境地，都能憑著英俊的容貌、優雅的談吐，獲得公主貴婦的青睞和搭救，實在缺乏新意。其實，這還是其次，我在那部書裡第一次看到了「美男子」這個詞，從那些故事看來，飛黃騰達、化險為夷的好事，非美男子不辦。我於是攬鏡自照，只有自慚形穢，身材也不魁梧，又不知道應該發展智力作為彌補，讀後唯覺掃興，從此不再去碰「怪力亂神」。

◆《小砍刀的故事》

比神話故事給我影響更大的，是少兒讀物中的政治書。當年，共產主義的宣傳、教育以各種形式出現、非常普及。為了讓我們「從小就聽黨的話、樹立無產階級世界觀」，政府印行了很多給少年兒童看的宣傳品：比如，讓我們以抗日小英雄王二小和反蔣女青年劉胡蘭等為榜樣，「做毛主席的好孩子」；維護社會主義制度的範例，是解放軍戰士雷鋒叔叔和女工向秀麗阿姨。他們的事蹟自然不以神奇取勝，都是為共產主義事業獻身的不同做法。

據說那些舉動很高尚，所以對於小孩子也不乏吸引力。還有很多「憶苦思甜」的書，講的全是工人、農民在國民黨時代如何身受煎熬，「共產黨來了苦變甜」的例子。這類書其實是從「只有社會主義可以救中國」的理論衍化而來的，它是我們階級鬥爭課的初級教材。至於「天下大勢」，黨和政府也有一套說法——國際間的帝國主義、封建主義和反動派，在中國大陸周圍佈置了一個包圍圈，還不斷地進行武裝挑釁。於是，我們就有了「抗美援朝英雄傳」之類的一大批書，用來瞭解「國際局勢」。

就這樣，共產主義的理論和社會主義的實踐，看上去是那麼的有根有據、言之鑿鑿，輕易地擊敗了荒誕不經的中西神話，成為我最初的信仰。

當然了，我對於共產主義的理解非常膚淺，有些宣傳品看過之後得出的結論一定氣煞那些作者。比如，有一本講一群私鹽販子跟著共產黨鬧革命的小書，叫做《小砍刀的故事》。裡面有一位大伯，每天清早醒來並不立即起床，他先擁衾而坐，燃起一袋菸，在暖暖和和的土炕上，把這一天要辦的事情盤算好了，方才下地。看到這裡，我羨慕不已，心想：長大以後，我就能像這位大伯那樣，早晨在床上多賴一會兒了。

◆《水晶洞》

回想我在小學時代，貪玩之心與求知欲，大約各佔一半。若是我有一本好書在手，院裡遊戲的小朋友就叫不動我了。有時，母親看我坐在那裡看書的時間太長，怕我看傷了眼睛，會趕我出去玩。其實，父母是非常鼓勵我和姐姐看書的。每個月給我們每人一塊錢，讓我們買自己喜愛的書。那時候，一塊錢能買兩、三本薄書了，長篇小說也不貴。記得我買的第一本長篇小說是《鐵道游擊隊》；姐姐買的是《歐陽海之歌》。

給我們帶來困擾的也是書：我們小書架上的各種小人書、字書吸引著周圍的小朋友，他們常常來我家借書。但是，書一出家門，時常有去無回。所以那支小書架從來沒有擺滿過，買了幾年書，都不曾有過再添一只的需要。

文化革命開始那年我十一歲，念小學五年級。在那前後幾年我看的書，並不都是虛無飄渺的神話故事，或殺氣騰騰的政治說教兩個極端。也讀過一些富有人情味的小說。《水晶洞》寫的是四川或某地山區一處農村，有一對農家小兄弟——許華和許明。哥哥是個循規蹈矩的少先隊員，沒有什麼動人之處；弟弟卻聰明、膽大又淘氣，他的事蹟引人入勝。諸如，為了捉魚，把一個貧農老大爺存起來澆地的一池子水，一夜之間全部放光之類的壯舉。然而，就是這個淘氣包，居然吸引了城裡教授的小女兒，兩人一同發現了長滿水晶石的山洞。故事的細節已記不起來了，反正都是些當年我想幹卻又不敢幹的。「惡作劇」這個詞，就是從那本書上學來的。每遇小說裡這樣的頑童都使我自愧不如。

◆《海底兩萬里》

後來，我又看了法國科幻小說家儒勒・凡爾納的《海底兩萬里》、《格蘭特船長的兒女》和《神秘島》，它們真正地吸引了我。我是把它們當作真人真事、探險遊記和創業史來讀的。尼摩船長的身世和智慧、瑰麗奇妙的水底世界；非洲和大洋洲的森林、荒原，土著和野獸；南太平洋火山島上的白手起家，還有那只聰明的大猩猩等等，令人神往。多少次歷險、無數困難，都被主人公的勇敢和機智克服；加上那些奇遇、巧合；細細讀來刺激頻頻。我把這幾部書推薦給小夥伴，人人都愛看。我們熱烈地討論書中的情節，感慨那些人物的遭際；還用想像把自己置身其間，大談什麼「要是我……」就如何、如何！

以後再看馬克・吐溫的《湯姆・索耶歷險記》，遊蕩在密西西比河上那小男孩的故事，就太不夠味兒了。我曾經真心嚮往漫遊世界，去發現一片蠻荒之地，過一過書裡那種逢凶化吉、遇難呈祥，永遠有驚無險的英雄癮。

還有一本書，書名已經忘了，裡面講的是一個城裡小姑娘，到太湖之濱的親戚家度假，小表哥領著她，摸魚捉蟹、摘桔採蓮。玩得既盡興、又長了許多見識。臨走時，小姑娘已經戀戀不捨那裡的湖光山色了。她是不是在朦朧中愛上小表哥？我不記得了。至今仍有印象的是，那本書的作者在收尾的時候，寫下了幾句何為人生嚮導的話，大意是說：年輕人，可能會遇上人生路上的嚮導，他多半是一位見多識廣的長者，或許只是個來自另一種生活的同齡人。不論這嚮導是誰，都將指示他生命的方向。

至於「人生的嚮導」能不能選擇，那位作家好像沒有說。回首當年，我和我同時代的青少年一樣，嚮導是有過的，而且是同一個，他就是毛澤東和共產黨，不由分說地拉著我們走了很多年。

〈書劫

一九六六年，史無前例的無產階級文化大革命開始了。據說，這是繼武裝奪取政權的新民主主義革命之後，在無產階級專政條件下的繼續革命。範圍以文化和意識形態領域為主。因為毛澤東等人認為：宣傳和教育工作，做得還不夠「左」、不夠「突出政治」；封建主義、資本主義和修正主義的東西還太多，建國十七年來的文學藝術作品，能通得過江青等人審查的寥寥無幾，舶來品裡面只有史達林時代的蘇聯文學勉強可以看。雖然是革文化的命，卻忌和風細雨、「溫良恭儉讓」。全國各地，從機關到家庭都要清理與「四舊」（舊思想、舊文化、舊風俗、舊習慣）有關的物品，手段一律猛烈又極端——點得著的就燒、燒不著的就砸，直至不留痕跡方休。

◆《劉志丹》

「四舊」之中，各類書籍首當其衝。我家的書裡「封、資、修」的東西太多，自然逃不過父母單位查抄隊員的火眼金睛。一下子，大書架上向來被我仰視的那些精裝本、大部頭，多數淪為階下囚——橫捆豎綁、外加封條堆了一地。後來，那些書被允許拆封處理了，但是不能留在家裡，我們不願自己動手把它們燒掉，扔出去又有散佈流毒之嫌。於是母親拿了一部分到舊書店去，誰知那些書太不合時宜，連舊書店都不收。這樣一來，唯有經廢品收購站去還魂了。第一次送書去時，人家說：這裡只收廢紙，不要硬紙殼。結果，又把書運回來，在家裡一本一本地將精裝書的封皮扯下來，再放在自行車的後架子上再送一次。扯一批、運去一批。就這樣，眼看著我預備長大了慢慢看的兩書架鉅冊，大半變成了造紙廠裡的大雜燴。冒險留下的唯有《紅樓夢》、《儒林外史》、《聊齋誌異》和《水滸傳》等可憐的幾部。那套《魯迅全集》倒是毫髮未損，因為魯迅雖然不能容忍所有的政黨、階級、階層，據說卻對共產黨情有獨鍾。其文其言的政治權威，幾乎僅次於有「最高指示」之稱的毛澤東。

少兒讀物並不處於化外之區，我的小書架當然也就難逃此劫。當年，所有「帝王將相、才子佳人、中國古人和外國死人」的故事都不能在民間流傳，寫給小孩子看的也不例外。不僅如此，就連大部分歌頌共產黨的書都被押上了歷史的審判台。劉志丹的弟媳李建彤，把劉開闢陝北紅色根據地的前因後果寫成了小說，這是一本徹頭徹尾宣傳共產革命的書，連她的女兒都稱「看不下去」。但是書到了毛澤東手裡，認為事涉「山頭主義」，認為作者別有居心，一揮如椽之筆道「利用小說反黨是一大發明」。（一說此話原出毛的股肱之臣康生）依此類推，還有什麼人寫的什麼書禁得住那樣嚴苛的政審呢？

那次大篩選，甚於乾隆爺編修《四庫全書》。書裡有沒有不合當前政治規範的說法、作者是否見容於「革命群眾」，是決定書籍去留的主要標準，這兩者又常常互為因果。一時間，講述青年學生投身共產主義運動的《青春之歌》，被指為小資產階級情調；以社會主義工商業改造為題材的《上海的早晨》，則是黃色小說；就連全以革命詞藻堆砌而成的《保衛延安》，也是「一株大毒草」；遑論描花寫景、社會人生的詩歌散文了。

文革之興不久，古今中外全部文學作品，幾乎都被封殺殆盡。我那小書架上，連秦牧、楊朔之流的立足之地都沒有了，只剩下幾套《十萬個為什麼》、《我們愛科學》和《科學家談二十一世紀》一類的科普讀物了。

◆《趣味動物學》

幸虧，科學普及書籍也是很值得一看的。最起碼，我從中知道了天上雖然有太陽、月亮、星宿、星系，但是「銀河兩岸」並沒有終年引頸相望的織女、牛郎。還有化學、物理、數學等知識，使我一度對自然科學產生了濃厚的興趣。我嚮往日後作一名科學家，但是一直選不定學科。鄰居阿寶姐姐是我的「讀書輔導員」，她借給我一本譯自蘇聯的《趣味動物學》，看到門、綱、目、科、屬、種的分類法，我曾想在實驗室裡研究進化論；再往後翻，「在遠東」等章節裡提到更好玩的事情了：比如，西伯利亞等地有一種浣熊，它們很愛乾淨，進餐之前先要把食物洗上一洗。看了這些，我又想嚮往野外考察了。

另一本很有意思的書也是她拿給我看的，那是《比一千個太陽還亮》，也是譯著。作者把科普知識和小故事穿插在一起，寫成一部原子彈從理論到實驗、生動活潑的發明史。儘管我不能全部看懂，物理世界的廣袤與神奇已足令我神往了。我於是又打了些日子物理學的主意。

可惜，我的文化知識太過膚淺，文革開始不久，學校就停課鬧革命了。在家裡閒了一年多，隔過小學六年級直接進入了終日軍訓、學習毛主席最新指示的中學。所以，我的自然科學知識，因為沒有學過數理化，就連有限的幾本科普讀物也看不太懂，對自然科學的興趣便沒有維持下去。

◆《聊齋誌異》

說老實話，我當年對於文化藝術遭受的掃蕩，並不懂得心疼。我堅信：毛主席是永遠正確的。同時，不敢公開承認的是，禁不住的少年好奇心，一心想去嚐嚐禁果。一則，以我的政治水準，實在看不出那些被禁之書的反動之處；再則，我已經有了閱讀的愛好，沒有書看怎麼打發時間呢？況且，書中的世界是那麼新鮮有趣，靠聽別人講故事非常被動，一定得自己去看才能過癮。

比方說，阿寶姐姐給我講《聊齋》，很多故事只講一半，就說「下面不能講了，因為你還小，不能講給你聽。」文言的古書一時看不懂，等等也罷，總不能除了《毛澤東選集》和《毛主席語錄》之外什麼都不看吧？一個人若是想做被禁止的事，藉口不難找到。那年頭，有個現成的說辭可以利用，叫做「批判地看」。意即「看它是為了批判它」。此其時，我才十二三歲，粗通文墨而已，書中所言對我不啻金科玉律，一向是「照單全收」的，哪裡談得上批判二字？引用此種說法，當然禁不起推敲，僅供自己給自己（這個不太虔誠的小革命者）網開一面。

◆《水滸傳》

我曾經試圖「批判」《紅樓夢》，我那時根本不能把這部書當作「封建社會的百科全書」來讀，就連曹雪芹詳細描寫的，大觀園裡少爺、小姐們的穿戴打扮，都使我不勝其煩，翻了幾頁就放下了，轉去「批判」《水滸傳》。

本來，我不知道有「古白話」一說，以為所有帶「之乎者也」的都是文言，沒有勇氣去看。又是阿寶姐姐鼓勵我說「看吧，不懂的地方我給你講」我打開一看，原來正體字並不難認；文辭之中也就是「須臾、灑家」等詞要向她請教。魯智深、武松、林沖、阮氏三雄的故事，不但看得懂，而且引人入勝，我先看了家裡的七十一回本，又設法借得一種百二十回本《水滸全傳》，大過其癮。就這樣，雜七雜八的，還看了不少別的書。

可見，任何一種主義或理論，無論它多麼博大精深，都不能代替一切，哪怕是對一個十幾歲的孩子。

◆《陶維爾教授的頭顱》

就在我還不會批判什麼人的時候，卻差一點挨上別人的批判。一九六八年，我剛進中學不久，一日，在學校食堂排隊買飯，我不諳世事地在大廳廣眾之下，與一個同學說起一本蘇聯科學幻想小說《陶維爾教授的頭顱》。書中的故事是虛擬的：卓有成就的陶維爾教授，被助手謀殺了；他的頭被那助手割了下來，用一種營養液維持生命、繼續思考，被迫向那助手提供他的研究成果。我還沒講幾句，只見一位輔導員走到我們面前，嚴肅地問「你們說什麼呢？你們是哪班的？叫什麼名字？」我心知不妙，因為那顯然不是一部宣傳革命的書，但是悔之晚矣，不得不據實稟告。隨即，那位輔導員就給我們上了一堂政治課。大意是：那是一本否定階級鬥爭、宣揚科學至上、唯心主義的壞書！看了這樣的書是要中毒的！我們嚇得喏喏連聲。

當年，偷看這種書足以構成開我批判會的條件。我心想「這下完了，入不了紅衛兵了。」最後，他居然法外開恩地說「以後要提高思想覺悟，不能再看這種書了！」就轉身走開了。我這才鬆了一口氣，趕緊四下看看，幸好沒有引起其他人注意。

書荒

十四歲那年的秋天，我同父母一起，被下放到設在湖南省一座茶園裡的外交部「五七幹校」。在當地農村中學混過了開始的兩三個月，就算初中畢業了。其實，加上在北京的日子，我在中學一共不到兩年。所學的文化課不超過正常情形下，初中一年級第一學期的水準。一起畢業出來的有二三十人，被集中在茶葉加工廠裡勞動。一九七零年一整年，我沒有看過一本文學性、知識性書籍。所讀文本其實是些「政治文件」。

◆《湖南農民運動考察報告》

高爾基說，他的「大學」是在伏爾加河上的碼頭和麵包房之類的地方念的，老師大半是些不怎麼識字的老粗兒。比起他來，我可是高級多了。「五七幹校」是從「共產主義勞動大學」演化而來的，我們在那裡，勞動之外還另有名堂要學，那就是階級鬥爭。教師是些飽學之士，絕非高氏當年的境遇可比。他生在風雨飄搖的舊帝俄時代，如何認識那個社會，全靠自己苦思冥想。而我到幹校時，正好趕上轟轟烈烈的文化大革命中最精彩的一幕——「清查反革命集團五一六份子」。誰是誰非、誰左誰右、誰革命誰反革命，都不勞我去猜疑，自有「毛主席革命路線的發言人」為我一一指明。

這是那個時代所有人的必修課，這一課上得我心灰意懶、憂慮重重。但見社會上階級鬥爭尖銳複雜，直逼得親朋好友反目成仇；我的父母都成了「五一六嫌疑」，我是「可以教育好的子女」，前途黯淡。從此夾起尾巴、不敢輕舉妄動。後來才知道，這一切原是無中生有。由此悟出點兒人生險惡、世事無常的道理。但是，正如泰戈爾說的：一個人付出了極大代價，獲得了一些很有價值的經驗，卻發覺時移事異，那些經驗再也無用武之地了。

枉費我旺盛求知欲的事情非止一端。茶葉加工廠的頭頭請來曾在名牌大學教過馬列主義哲學的人做我們的政治教員。課本就是《毛澤東選集》。也許是「幹校」地處內戰時期中共割據地區的緣故吧，我們學習毛幾十年前撰寫的《湖南農民運動考察報告》時，教我們的人要我們相信：如今的政治運動與當年的農民運動一脈相承。想想也是，毛澤東等一干人雖然坐了江山，骨子裡還是農民；農民掀起的政治狂潮，不還是農民運動嗎？

◆《在延安文藝座談會上的講話》

我們還學過毛澤東《在延安文藝座談會上的講話》，這回的圈子兜得更大了。「文藝為工農兵服務」是那次講話的主旨。機關、學校雖說不是文藝單位，但也是上層建築的一部分。學做工農兵是為他們服務的第一步，所以，大人們放下專業、孩子們輟學，一齊下鄉務農，是我們學習「日後服侍好主人」的良機。還有其他篇什，老師都能把這些歷史文獻與現實拐彎抹角地聯繫起來，就像用現代演奏法詮釋古典音樂。對此，我這樣的門外漢聽了之後，除了點頭稱是、拍手叫絕之外就只剩下大寫心得體會了。

在「幹校」學了一年屠龍之技，懵懵懂懂之中，我又被「知識青年上山下鄉的洪流」捲回北京，在郊區房山縣公議莊村「插隊落戶」了。那時候我享有「知識青年」的光榮稱號，「青年」是貨真價實——當時我十五歲；「知識」可就談不上了。好在那年頭社會要求我們應知應會事情倒也簡單，用林彪的四句話即可概括「讀毛主席的書，聽毛主席的話，照毛主席的指示辦事，做毛主席的好戰士。」那也是全國人民的義務，除此以外都是非份之想。

然而，生活的樂趣大半不就是在於做一些逾規越矩的事情嗎?人的本性如此，本性往往比義務有更大的驅動力。我生性好靜，偷雞摸狗的事自小就做不來，我有現成的愛好：就是看書。儘管那時我還信奉馬列主義和毛澤東思想，但是那東西實在深不可測。農村生產隊裡政治空氣稀薄，所謂「人無壓力輕飄飄」，我一飄就飄進了「封資修的迷魂陣」。

◆《鏡花緣》

十五、六歲孩子的好學上進之心正在鼎盛時期，可惜我去的是一個尚武之鄉，村人以擅長少林派武術遠近聞名。那裡的文化，比那畝產不高的沙土地還要貧瘠。我曾經全力在這個有一兩千人口的大村子裡訪尋政治宣傳品以外的書籍，成績可悲——兩年之中，我只借到了屈一手之指可數的幾本書。記得有一本《封神榜》，是老早年間的石印本，全書分成若干小冊，到了我手的僅是第一冊。那是薄薄的一小本，只幾回就「且看下冊分解」了。至今，姜太公的故事，除了曾用無餌直鉤在水面以上三尺釣魚，和「八十二歲做新郎」之外，我仍一無所知。

另外一本就比較完整了，卻有尾無頭，書的主人說，書名是《明珠緣》。那是魏忠賢的傳記小說，由此得知中國歷史上有過這麼一位顯赫的太監。我還看過《鏡花緣》的前幾回，「君子國、兩面國、淑士國」等等都看到了，卻只當是樂子，對作者諷諫時世的苦心一點也沒領會到。

◆《外交家》

饑渴中，我根本顧不得什麼書適合、什麼書我還看不懂，有書就看。我去插隊的地方離北京不太遠，進城時偶爾可以從朋友那兒借到書拿回來看。剛下鄉那年，我借了一本屠格涅夫的《父與子》，記得故事是從那父親的哥哥講起的，開頭幾頁老屠詳細描寫那個貴族老頭：如何出了家門、乘上馬車、到鄉間的莊園去；然後從一路上的景色，直寫到老頭子的穿著打扮，細得連他袖扣的樣式和顏色都用了好幾十個字。十五歲的我，哪裡陪得起這份耐心？不及看到那父子之間發生了什麼，就打起哈欠，趕緊完璧歸趙。

還有一次，有人向我推薦蘇聯小說《外交家》，說是此書榮獲「列寧和平獎」。我不自量力地把這本厚重得像一塊磚似地政治小說抱回村裡。翻開一看，不禁暗暗叫苦——三至五年之後再看可矣！但我已經過了「《父與子》的時代」，決心把《外交家》讀完。可也真夠難為自己的，那大概不能算是一部小說：作者借英國派出的一名資深外交官、攜女秘書，去亞塞拜然調查蘇聯和伊朗的邊境衝突一事，給史達林的外交政策做了一篇又臭又長的註解。書中倒是穿插了一個三角戀愛故事，但是毫無動人之處。要不是那幾年看過的書太少，我一定早把它忘記得一乾二淨了。

◆《勇敢》

後來，我終於找到一本適合我的程度的書，也是「蘇聯製造」，名叫《勇敢》，好像還分成上、中、下三部，講一群二十幾歲的青年響應政府號召，離開城市開發西伯利亞荒原的故事。可見，囿於相同的意識形態，無論怎麼發社論、寫文章，表示要與馬列主義的叛徒——蘇修社會帝國主義劃清界線，中國共產黨還是別無選擇、亦步亦趨地跟在「蘇聯老大哥」後面，用消耗年輕人青春的方式做他們的建國實驗。當然了，這是我在以後的日子裡悟出來，不是看了《勇敢》就想到的。相反，那些蘇聯青年的生活，還很令我神往呢。

俄羅斯不愧是一個富有詩意的民族，同樣是在高溫高壓的政治環境下，他們仍然可以不做清教徒，青年農場裡的氣氛對比我們農村生產隊，不僅夠得上歌舞昇平，居然還有男歡女愛，那可是我們這群少男少女心嚮往之、卻又不敢正視的呀。我當時確曾有過的想法是：我們這裡的共產主義事業，為什麼不能像他們那樣輕鬆一點兒呢？隨即，我又主動為中國共產黨開脫了，那些年受到的教育提醒我：正是由於蘇聯黨內的小資產階級情調太濃，他們的革命成果才被赫魯雪夫之流輕易篡奪了。看來，我還真的學會「批判地看書」了哦。

誠然，《勇敢》只是一部小說，但是我們這裡連這樣的小說也沒有，說到底，還是因為在這塊土地上找不到類似的素材。

◆《家》

我在公議莊兩年多，一共看了不到十本書。不僅沒有學到什麼東西，其中有一本還差點給我惹禍上身。一次回北京，在朋友處借到巴金的《家》，已經沒頭沒尾破爛不堪了。我帶著它回村，在火車站候車時打開來看。還沒有看出名堂，就被兩個在人群中巡邏的解放軍戰士盯上了。他們過來把書要去、翻了幾下對我說「這本書不能看，沒收了！」我心知此書早被批判，欺他們是大兵以為可以糊弄，就嘴硬道「你們知道這是什麼書嗎？怎麼了，為什麼不能看？」誰想那當兵的毫不示弱，用手拍著書，理直氣壯地說「你看看，這裡邊不是大少爺就是二小姐，突出毛澤東思想嗎？」我自覺理虧又心有不甘，想再試試，因說道「誰規定的這書不許看？」那當兵的一聽更氣了，沖著我說「你要知道嗎？跟我們走吧！」我一聽就明白事情不妙，此一去，輕則挨頓訓斥、寫篇檢討；重則他們敢關我幾天，再讓生產隊派人領我回去。當即改口道「我還得趕火車呢，書不要了。」值勤的戰士轉身走了，我在原地坐了一會兒，心裡不踏實。生怕他們的領導差他們回來抓我，連忙躲到別處去了。

那幾年的光陰幾乎是虛度了，人若無知，就會鬧笑話。一九七二年初春，我和一個朋友到「幹校」探親後漫遊江南。途經九江決定上廬山一遊。我的同伴只比我大兩歲，經歷與我相仿。我們有關廬山的全部知識，都來自毛澤東的那首七絕「題李進同志所攝廬山仙人洞照——暮色蒼茫看勁松，亂雲飛渡仍從容。天生一個仙人洞，無限風光在險峰。」一早上山，我們直奔仙人洞而去，閒逛了一會、感慨了一番，就下山回九江了。直至上了去蕪湖的輪船，才聽人家說：廬山上下除了仙人洞，還有含鄱口、五老峰、龍首岩、秀峰、東林寺和白鹿洞書院等等去處。我們已經身在長江之上，只能望山興歎、道聲慚愧了。

難怪，村裡的老鄉有時會譏笑我們說「你們這些知識青年，有什麼知識呵？」

〈私塾

直至一九七三年夏天，父母看看自己頭上的政治壓力有所減輕，而我正步上「少壯不努力，老大徒傷悲」之路。生物學上，動物的器官、機能遵循的「用進廢退」原理，也適用於人。長期不務正業的結果是，年僅十八歲的我，求知欲已大大減退。他們只能冒險以我身體不好為藉口，讓我到「幹校」長住，意在重建我學習的習慣。然而我心已經玩野了，那時候剛剛學會打橋牌，又毫無自知之明的想學小提琴，一門心思迷在這些閒事上面。對父母親「沒有相當的文化根基，就什麼事情也學不好、做不好」的說法，完全不解其意。父親啟發我說「像你這麼大的時候，諸子百家的書，我已經都讀過了，英文也到了能看原著的程度。」我仍不以為然。他們商量之後正式向我宣佈「這次讓你回來，是為了教你一些文化知識，給你打下一個自學的基礎，不然你這輩子就完了！」隨後訂下了我的學習日程——每天上午，母親教我讀英文；下午，父親給我講歷史和哲學等等。

◆《中國通史簡編》

我那時：年紀已屆高中畢業，名義上讀過初中，其實正式的學校只念過小學五年。想像一下大學教授一朝被派去教中小學可能發生的困擾，就可以體會到我給父母造成的困難了。家裡沒有適合我用的英語語法書，母親就為我編了一部，一經講授才發現，我連中文語法的概念都不完全，還得回過頭來先給我解釋最基本的文法術語。父親授課方法是，讓我先把要學的章節看一遍，再講給他聽，測驗我看懂了多少、抓住重點沒有。起初的一段時間，我常常不是誤解了某個歷史階段的特點，就是歪曲了哲學大師的本意。父親每每忍著失望，用鉛筆指著書中句子糾正我道「這裡才是這一段所講的重點……」。

「五七幹校」有點像集中營，政治氣氛極其濃厚，加上當年的思想、文化管制，父親只能用官方認可的書當作我的教材，以免惹上麻煩。所以，我讀的是范文瀾編寫的四卷本《中國通史簡編》和《中國近代史》上編；還有楊榮國的《簡明中國哲學史》。政治立場和觀點而外，這些書裡還有很多引證，涉及的知識非常廣泛。范氏似對歷朝文學有所偏愛，相關篇幅頗巨；楊氏書中先秦諸子是重點，雖然他尊法抑儒，也不免在提及百家時，敘述比較一番。從這幾部書裡我學到不少東西。雖然現在的人對范、楊等人的書不屑一顧，但是我得承認：日後我對經史子集略有涉獵，最初的興趣實在是那幾本書引起來的。

◆《馬克思傳》

讀歷史和哲學史之外，父親還給我講政治經濟學（現稱「宏觀經濟學」）和辯證唯物論。那也是當年社會科學學科裡唯一可講的兩門課。好在馬克思、恩格斯等人還算嚴肅的學者，他們的學說裡，有不少今天仍然可用的方法和觀點。起碼它和上了許多國家、民族發展史上某一階段的節奏，不然它怎麼會在那麼多國度、那麼長時間裡，攪得全世界都不得安寧呢？

我又看了梅林著《馬克思傳》，不曾想，這個共產主義世界的第一家庭，竟然不時舉行文藝欣賞會，陶醉在但丁、荷馬、歌德、賽凡提斯等人作品裡。可見，任何門宗教派，開山祖師爺的氣度總比傳其衣缽者大些。連列寧都說過「只有用人類創造的全部知識武裝起來的人，才能成為共產主義者。」相形之下，中國共產黨推行的不就是愚民政策嗎？我當時還不敢正視這個說出來必定招災惹禍的問題，但確實對「延伸到中國來的共產主義運動」略有懷疑。

◆《英語九百句》

我家私塾裡唯一不帶政治色彩的教材，就是英文課本——美國之音編印的《英語九百句》。其中雖然都是簡單的日常生活用語，平淡無奇。它卻是我自幼及長所見到過的，第一部無政治立場、不宣傳、非暴力、超階級的教科書。過去一向聽說「美帝國主義是中國人民的頭號敵人，他們用盡各種方法對我們進行破壞和滲透，妄圖顛覆工人和農民的政權」；而美國之音更是「反共急先鋒」。但是，這套書每課一個主題，教的全是問候用語、課堂用語、上街採購之類，實用有之敵意全無。與慣常所見充滿鬥爭性、火藥味的國內教材比起來，倒是挺富有生活氣息的。在那個腥風血雨的年代，這簡直就是一片梵音了。

美國之音的英語教學節目，大家都愛聽。我們「幹校」地處偏遠鄉村，干擾台鞭長莫及。所以，每天晚上，一到何麗達主持的「英語九百句」教學時間，「幹校」駐地山上、山下就回蕩起「美國之音」。幾十年後的今天，當時學的英語早都忘了，那陣宣佈「何麗達小姐來了」輕鬆、跳躍的音樂，我還記得清清楚楚……

那是一九七三年，我在「幹校」住了八個月，所讀以現代經書、史書為主。那裡也實在不是個書卷飄香的地方，作為課外讀物，我好像只借到過一部蘇東坡的詞選和傑克•倫敦的《鐵蹄》。萬幸的是，那段時間我還知道用功，打下了自學深思的基礎。

補課

「幹校雖好，不是久留之地」，我不可能長期躲避「貧下中農的再教育」，到了對官方再三查問無法敷衍之時，我只得束裝就道，帶著剛剛培養起來的那點兒讀書自覺性、和家裡給我的十幾本書，回到農村，那是一九七四年的年初。拜「黨的知青政策」已經開始鬆動之賜，同年七月，我結束了五年務農生涯，回北京進了一所學校學中醫。

◆《決裂──前進》

此其時，北京的青年人中間，迷漫著濃厚的讀書之風。不是回應毛主席的號召「認真看書學習，弄通馬克思主義」，而是大看以十八、十九世紀西方古典名著為主的外國小說，藉以逃避現實。因為，據說毛澤東本來打算只搞三年的文化大革命，由於初期勢頭太猛，其在黨內和社會上制造的問題，積蓄成強大、扭曲的慣性。毛澤東雖有三頭六臂，且使盡渾身解數，也沒有如願在「砸爛一個舊世界的同時創造一個新世界」。此時他已顧此失彼，不知所從。文革大有沒完沒了之勢。人民大眾的政治熱情經歷了林彪事件的給予的驚詫，迅速降溫。革命的魅力消褪殆盡。社會朝著兩個極端分化開去—上層的權力鬥爭花樣翻新、興味無窮；民間的生活貧窮落後、單調乏味。人們逐漸對政治產生了厭惡情緒。

對社會不滿的表達方式依各人的性格而異，有熱衷於組織小團體、「貼標語、造謠言」的；有一顯身手，打群架、玩女人的；像我這樣沒什麼本事的人，唯有關在屋裡傳閱外國小說，美其名曰「做精神貴族」。那是文革後期，西方的文藝、理論書籍仍被視為洪水猛獸，不得在市面上流傳。我們能看到的都是「破四舊」的漏網之魚，它們是五六十年代翻譯出版的歐美小說，從廢品收購站、被查封的圖書館等地，經由各種管道流落到社會上，被我們視為珍品。

記得我剛回北京不幾天，借的第一本書是傳記《康帕內拉》，康氏是義大利文藝復興時代的空想社會主義者，有《太陽城》等一系列著作。書裡說他很年輕的時候（大概是二十一歲），就因異教見解入獄，一關就是幾十年。而他的主要著作都是在監獄裡，憑著記憶中、過去所讀大量的書寫成的。他創立的學說，在歐洲思想史上佔有一席之地。

這事使我大感不安：我當時十九歲了，卻連許多基本讀物還未曾看過。這樣耽擱下去，這輩子豈不就成半文盲了嗎？再看看在京沒有下過鄉的朋友，他們在城裡總能找到書看。見了面，這個給我講《約翰•克利斯朵夫》、那個跟我提《吉爾•布拉斯》。還有人帶給我一首暗中流傳的長詩《決裂—前進》，其中一段道：

書中自有顏如玉
書中自有登天梯
書中有黃金賬
啊

托爾斯泰
果戈里
斯湯達
巴爾扎克
我為他朝思暮想
我為他流淚成行
啊
索黑爾
梅金斯公爵
安娜・卡列妮娜
歐根・奧涅金
他伴我送走了多少秋爽夏涼
我同他度過了多少日短夜長
……

對著這一大批作者和主人翁，我土頭土腦的幾乎不知所云。我知道，那裡面別有一番天地。業已成年的我，早就不甘心一言一行須得符合政治規範，「非禮勿聽、非禮勿視、非禮勿動」的清教徒生活。年輕人又在自己重視的事情上，有極強的好勝心和求知欲。於是，我不顧一切地投身到「小說熱」裡去了。

◆《我們心中的魔鬼》

為了補上這一課，我把上學以外的幾乎全部時間，都交給了英、法、德、俄和美國的小說家。因閱歷太淺，我差不多是逢書必看、來者不拒的。甚至還看過一本土耳其小說《我們心中的魔鬼》。這書的內容已經不記得了，但那書名起得真好。確實，癡情於心，則身陷魔障、不辨良莠。好書也看了一些，但總的來說，那時我還不懂得選書之道。半年以後，學校放了寒假，我回家探望父母。他們已經脫離「幹校」，在外地一所大學教書了。

說起我當前的興趣愛好，父母都支持我多看中外文學作品，因為它們對人生、歷史和社會多有深刻的描述和揭示。但是，這類書籍汗牛充棟、又魚龍混雜，哪些該看、哪些不值得看呢？父親教了我一招「選名作家的名著看—那些跨國度、能傳代的書，一定有它的道理、八成是好書！」說著，還給我開列出書單，以「外語系教學用書」的名義，拿著介紹信到圖書館，把封存的各國文學名著抱回家來，細細展讀。

這個辦法比我在北京東求西借、限期歸還的看書效率高多了。學中醫那兩年中等專業學校的四個假期，一回家，我就能輕易地把左拉、雨果、莫泊桑、薩克雷、高爾斯華綏、契訶夫、普希金、霍桑、喬萬・尼奧里等請到我的房間來，與我為伴。在那裡我正好沒有什麼朋友，全部時間都可以消磨在一、二百年前的歐洲貴胄宅邸，美國的「資本主義上升時期」。父母還為我借了中國人撰寫的「西方文學史」，以及有關的文學評論、批評書籍，既有助我瞭解作品的意義，又幫我開出新的書單，回北京借書，我就知道挑三揀四了。

◆《當代英雄》

這樣一來，我也有資格加入「業餘歐美文學評論家」的行列了。談到《簡・愛》我會說：前面寫她雖無美色但富個性，引得羅契斯特爾動了愛心等等，都很不錯；女主角出走之後，窮困潦倒本是文中應有之意，突然交上了好運，已屬敗筆，最後老羅竟然眇而復明，簡直令人不忍卒讀。

白朗寧夫人的同胞姐妹夏綠蒂所著之《咆嘯山莊》，也有類似大團圓的結局，卻不顯虎頭蛇尾。因為希斯克利夫無休止的報復行為，讓讀者從對他先是認同，繼而降溫到同情，最終嫌其所為過分——冤有頭、債有主嗎；他死之後一切歸於平靜，是合情合理的事。

描寫變態人格，首推陀斯妥耶夫斯基。我看了他的《被侮辱與被損害的》深受感動。把這本書推薦給朋友們，他們也為書中人物的遭遇悲哀。其實，現實生活又何嘗不是那樣：長期遭受不公正的待遇，人性難免不被扭曲。

我的一個朋友，文革發動那年，正在高中三年級，本來順理成章高中——大學——工作的生活節奏，被文革打斷。身不由己地投入紅衛兵運動，做了一些深自後悔的荒唐事，然後被送到農村去插隊，一無所獲地過了七、八年。他承認：自己變得有點神經質。看了《被侮辱與被損害的》之後，告訴我說「我這個自命為鐵石心腸的人，趴在桌上大哭了一場。」

我至今記得萊蒙托夫《當代英雄》裡，玩世不恭的皮卻林，那段語氣沉痛的話，大意是：從童年起，我就是這個樣子了。所有的人，都從我臉上看出那些莫須有的、罪惡習性的標誌……既然斷定有，於是它們就產生了。我說真話，沒人相信，我於是開始欺騙；我準備去愛全世界，沒有人理解我、所有的人都嘲笑我，我從此學會了憎恨……我那沒有光彩的青春，就在我與社會的搏鬥中消逝了。我的良心枯萎了，它漸漸地死在那裡……但另一半還活著，在為每一個人服務。這事誰也不知道——沒有人知道那死去的一半曾經存在過。

◆《怎麼辦》

當然了，洋人寫的東西不是都那麼沉重。就說「永恆的主題——愛情」吧，我看到過最理智的愛，在車爾尼雪夫斯基的《怎麼辦》裡：男主角為了愛離開他鍾情的女人，因為「愛一個人，就是希望她幸福，但沒有自由就沒有幸福。如果為了我的緣故而妨礙了你的自由，我就應該主動離開……」。這樣的修養和善意，就像普希金的一首詩說的「願上帝給你另一個人，像我愛你一樣。」可惜，世間的人大都信奉「愛情永遠是自私的」。相形之下，佔有式的愛，其實愛的只是自己。《怎麼辦》裡「合理的利己主義」一說，至今我猶認可。

小人物的愛也可以寫得迴腸盪氣。這裡面我印象最深的是歐•亨利那兩個著名的短篇：《麥琪的禮物》和《最後的藤葉》。尤其是後者，說明藝術表現的最高境界，應該樸實無華、蘊含著生命，而不是用「超現實主義」、「意識流」之類似是而非的藉口，兜售「國王的新衣」。

◆《黃金夢》

幽默是歐美人士的語言特點之一，但是幽默與諷刺連在一起，還是不怎麼輕鬆。我看過據說是「第一個被歐洲文壇承認的美國作家」華盛頓•歐文的短篇小說集，內中有《黃金夢》等篇什。他的風格與眾不同，可說得上是純樸的鄉村幽默，並未見其與誰過意不去。比如他描寫一個叫做湯姆的人，被老婆欺負的情形：吵起架來，常常只聽到她的聲音。有時，他的臉上還會帶著幾條印子，說明他們的衝突不僅僅限於口角。

或如：一隻雄偉的公雞在庭院裡高視闊步，一發現食物，就引吭高歌，慷慨地招喚那些總是半饑不飽的妻子兒女，過來共襄盛舉。

◆《雙城記》

還有的小說，不以故事取勝，重在反映某一個時代。德萊塞的《欲望三部曲》、《嘉莉妹妹》、《堡壘》等等就是如此。現在看來，資本主義確實是從掠奪和混亂中走過來的。他們比較明智的是，不幻想大家都會循情依理地處事為人，而是充分重視人本身的劣根性，並以法律約束之。還不斷地修改其社會制度，就像把一片雜草叢生的荒地，逐步整理成良田，再根據人民日益增長的物質要求，從玉米改種小麥、進而專營經濟作物。不然的話，德萊塞筆下那些巧取豪奪的大亨、企慕虛榮的小市民，早就把這個「千年王國」給折騰垮了。

狄更斯作《雙城記》，他寫法國大革命的角度很獨特。好像作為英國人，他不太贊成那場把法國貴族殺得幾乎片甲不留的血腥革命；但是他又把那場革命的社會背景寫得很客觀。

同是多數人反對少數人的社會革命，為什麼法國的事情完了之後，沒有多少人說過「不」；我們中國的革命卻被一直批評到現在呢？難道我們這裡不曾「由此進入新紀元」嗎？我想，這其中至少有兩個原因是主要的：一是西方文化中心論——凡事都以他們的價值觀念來衡量；二是外國人不懂得中國的情形——歷史的進程曲折而又痛苦，或許有時只能借共產革命的方式推動一步，所謂：民族的劫數。

◆《復活》

像所有外行的業餘愛好者一樣，我也是就著自己的審美觀和理解力，來評價別人的作品、決定取捨。名著當然有其所以得享盛名的緣故，可是讀者不都是專家學者，我們各有自己的品味和角度。就像熊掌、燕窩之類，據說很有營養，吃起來若是口感欠佳，還是無法恭維。因此，有些書儘管名氣很大，我卻實在不敢說好。比如《唐・吉訶德》，主僕二人，一瘋一傻，故事也很荒唐；後半部講的與前面全不相干，這樣的書何好之有？也許功在創造了一個供世人打比方所用的「吉訶德先生」。寫這樣一個「典型人物」用不著費那麼多筆墨吧？據說該名著的意義在文學發展史上能看出來，既如此，就留給西班牙文學研究者去欣賞吧。同理，《西遊記》也有此弊。莫如契訶夫長於以短篇塑造人物。

另如托爾斯泰「三大不朽名著」之一的《復活》，為那個貴族老爺聶赫留朵夫還一筆風流債，直寫了那麼厚厚的一大本，沒有一段好看的。也許它的價值在於「反映了十九世紀的俄國下層社會」的實況吧？列寧曾經說「托爾斯泰是俄國的一面鏡子。」還是「子曰」說的好「言而無文，行之不遠。」

想必托氏等人當年展紙落墨時，未曾料到百年之後，其著不僅傳到了中國，還被一個不諳文學評論套路，全憑興之所至的年輕中醫橫加挑剔。看來，作家之不可為，絕非一句「眾口難調」能夠盡其一二的噢。

◆《飄》

再說那家喻戶曉的美國小說《飄》，好長的故事、出場的人物也不少，真正有血有肉、呼之欲出的，唯有白船長和郝思嘉，他們一出現，就滿紙生動活潑，其餘人等全都蒼白無力、給讀者留不下什麼印象，全書各部分的水準顯得很不協調。我想那不一定是瑪格麗特・米契爾學左拉，將「陪襯人」的把戲用在了創作上，恐怕是她「技止此爾」。誠然，寫上一輩子，能塑造出一對這樣有口皆碑的人物，已經令多少煮字烹文者豔羨了。

情節曲折，人物無特色的也不好看，記得當年我借到《基度山恩仇記》的時候非常激動，心想「終於輪到我看這部人人嚮往的大作了！」連夜拜讀。看是從頭到尾都看了，卻不禁有點失望：這書實在只是情節取勝，娛悅視聽而已。

西方的東西看多了，我也厚彼薄此起來。那時候，我對本國近代的文化、歷史幾乎沒有研究。一拿起郁達夫、巴金、曹禺等人作品，就覺得他們模仿外國人；沈從文、趙樹理、浩然之流又太土、太囉嗦。那兩年，本國的作家，我只看了茅盾的《子夜》和張恨水的《啼笑因緣》等可數的幾部。後來，因看近代史實和人物的書籍和資料，方才知道他們在新文化運動上的貢獻，但是，我看小說的興趣已經過去，至今對他們仍然沒有什麼認識。

然而，我並不是生活在真空裡，何況，那年頭文化革命還鬧得歡呢。我暗地裡大看西方古典名著的事，終於在畢業前夕被校長知道了。把我叫到辦公室，讓我說說看過哪些外國小說，我舉例說了七、八本書的名字。我一邊說、他一邊把書名記錄下來。然後，校長鄭重其事地問我「你為什麼看這些早就被批判了的書？」看臉色，整個一副輕則說我一頓、重了也許要開會批判的架勢。那時候，我已經在「階級鬥爭的大風大浪中鍛煉成長起來」了。於是我直視著他的眼睛道「這些書都是江青同志推薦的。」他聽後略微遲疑了一下，不置可否地扯了幾句，就放我走了。我知道，貴為毛澤東夫人的江青有時會說些莫名其妙的話，她推薦了八本書讓某些人看的傳聞，校長大人可能也聽說了。我斷定無論他對此做何感想，一定不敢輕易表態；他也想不到我會利用這個無法核實的「首長講話」做擋箭牌。

傳說中江青要人家看的是哪八本書，我已經記不清了。大概包括了《安娜‧卡列尼娜》、《約翰‧克利斯朵夫》、《高老頭》、《貝姨》、《歐也妮‧葛朗台》、《傲慢與偏見》、《大衛‧科帕菲爾》等。江青到底是怎麼說的並不重要，重要是不久之後的畢業分配。原來我是定下留在學校所在醫院的，那是一家業務實力很強的中醫院，校長也在醫院裡管事。有人已經在會計室的工資表上，看到我的名字了。但是，正式宣布去向的時候，我被發往一個還在計畫中、久久開展不起醫療業務來的小醫院。據傳，校長認為我「政治上不太可靠，以後恐怕不好領導」。
為看西方小說付出如此代價，在當時毫無驚世駭俗的效果，人們只認為我很倒楣——在我學習的地方，我並不是唯一「政治上不積極要求上進的人」。
現在想來好笑，黨和政府要求老百姓大學毛主席著作，說是「一天不學問題多，兩天不學走下坡，三天不學沒法活。」而我等厭倦了「階級鬥爭和路線鬥爭」的青年，注意力一旦被「帝王將相、才子佳人」吸引，就再也不去光顧馬、恩、列、斯、毛雜貨店了。

〈內參

毛澤東在《實踐論》中引用過一句民諺「秀才不出門，全知天下事。」「全知」是誇大其辭，「能知」就無懈可擊了。在這裡，知天下事的主要方法，肯定不是聽信傳聞，只能是看書。有經驗的專制君王都知道，不宜讓平民知道得太多。他們的「治國經」裡有這麼一句「民可使由之，不可使知之」。（儘管這話正確的斷句也許是「民可，使由之；不可，使知之。」古為今用是共產黨整理文化遺產的原則之一）所以，到了文革期間，社會上公認的是非標準中，就有了這樣一條，叫做「讀書越多越反動」。知道的事情多了，思想就會活躍、進而自作主張。知識的源泉——書籍，顯然是「統一思想」的大敵。

◆《你到底要什麼》

既然如此，就收緊出版尺度吧。卻不知當局出於何種打算，文革後期居然印行了很多當代蘇聯和西方的傳記、回憶錄、政治內幕和社會小說；到了胡耀邦時期，還出了一批共產黨叛徒的回憶錄。其中關於中共黨史、蘇共黨史及很多國際事件的說法，不僅與大陸歷來正統的宣傳大不相同，還足啟人疑竇。雖然這些書規定只許黨內高級幹部看，憑司局或部級購書證到專門的地點購買，叫做「內部發行，限制閱讀，僅供參考」（簡稱「內參」）。怎禁得住那些喜歡炫耀的高幹子弟，把它們一一介紹出來。這些內部參考書，既使我大開眼界、又引我深入思考我們的時代和我們的國家。在中國，政治與百姓的日常生活密切相關，不由人不關心它。因此，我一經接觸那些政治性的書籍，看書的興趣和重點，就離開充斥理想與傳奇的小說，轉到活生生的、驚心動魄的近現代史實上來了。

先傳到我手上的，是幾本蘇聯小說：《葉爾紹夫兄弟》、《州委書記》和《你到底要什麼》等。據中譯本的出版說明講，印行這些書的目的，是讓讀者瞭解：列寧、史達林辛苦締造的蘇維埃社會主義國家，已經「修正主義」到了什麼程度——我們可不能步他們的後塵云云。我一看，就聯想到多年前一本譯自日文的《蘇聯是社會主義國家嗎》，書裡指摘的蘇俄社會弊病，諸如物質匱乏、新聞管制、沒有學術自由等等，無一不與中國一模一樣，程度還不如我們這裡那麼嚴重。倒是蘇聯人民的生活情趣、文化藝術享受比我們豐富多彩些呢。看來，蘇共治下的百姓，為建設共產主義的修行，還沒有苦到中國人民清教徒式的份上。對於不以實現某種主義為生活目地，但求溫飽、安穩的平民百姓來說，已經「修」了的蘇聯，不是強似仍然「紅」著的中國嗎？

◆《權力學》

我當然知道，小說並不是現實的寫生。所以，就去找「蘇聯實錄」來看。這類書並不比「僅供批判」的小說少。比如，蘇聯第一公主、史達林女兒的兩本書：《致友人的二十封信》和《僅僅一年》。按說，在那個存在著特權階層的國度裡，老史女兒的日子應該最愜意了。誰曾想，除了幼女時期她得到過暴君老爹的寵愛，剛一成年，就因為愛上了一個猶太人，便遭到那個「至高無上的權威」的打擊，從此不得見容於史達林。最後竟背井離鄉跑到美國去了。

史達林不但在家裡欺負妻子兒女，還在黨內搞了好幾次大清洗。一本名叫《權力學》的「蘇俄問題研究者必讀書」說：列寧死的時候，史氏在黨內的地位居於托洛斯基、布哈林之下。列寧留有遺囑（「致代表大會的一封信」），明白寫著，史達林不宜擔任黨的總書記。但是史達林利用布爾什維克內部的「鷸蚌相爭」，還裝出一付可憐而又無害的樣子，就像「王莽謙恭未篡時」，坐上了蘇共第一把交椅。結果他先借布哈林之手，趕走了托洛斯基；又轉過身來連唬帶騙，把布哈林弄成謀殺列寧的主使、判處死刑。在那以後的一些年裡，為了剷除異己，老史接二連三地在黨內發動「大清洗」，從《權力學》上開列的名單看，每一屆蘇共中央委員的百分之九十，都由「新血」構成；「舊血」則大多消失在刑場上了。

史達林自斫蘇俄實力之舉，客觀上鼓勵了希特勒大膽來犯，不然，「偉大的衛國戰爭中」，本來人丁就不興旺的蘇聯，也許不至於死傷兩千八百多萬吧。

◆《蕭斯塔科維奇回憶錄》

《史達林秘書回憶錄》、《命運之環》、《赫魯雪夫回憶錄》和《勃列日涅夫傳》等等很多書，都從不同角度和層面敘述了那一段歷史。大家都恨史達林，罵得他狗血噴頭，但史氏在世時誰也沒有吭過一聲。原因則如赫魯雪夫在其回憶錄裡所述：赫氏在克里姆林宮做揭露史達林罪行的「秘密報告」時，下面傳來一張條子，上面寫著「當時你在哪裡？」赫魯雪夫立即朗誦了這張條子，並問：這是誰寫的，請你站出來。大聲問了三遍，無人應答。赫某喘了一口氣道：我來回答你吧，當時我就坐在你現在的位置上。面對獨裁，臣民噤若寒蟬歷代都是如此。

然而，凡事或有例外。史達林時代敢於傲視這個獨裁者、直犯龍顏的，是一個知識份子中最清高一類的作曲家：蕭斯塔科維奇。他在回憶錄中說，一次，美國人邀請他訪問新大陸，此時他的作品正在本國禁演，所以他不願意出國。史達林為了向西方顯示其開明，親自打電話給蕭氏，讓他赴美。蕭斯塔科維奇向史達林提出禁演的事，老史用話敷衍，蕭氏心裡不快，就閉口無言。史達林見他不說話，問道「你怎麼啦？」蕭斯塔科維奇答「我覺得噁心。」老史聞言一愣，這事太蹊蹺了：無法想像有人會對他這樣說話。急切之間，史達林只能將蕭斯塔科維奇的回答理解為此刻他真的身體不舒服，才沒有發作。蕭氏躲過一劫，但是終史達林之世，他一直鬱鬱寡歡。

我看的蘇聯共產黨內情的書越多，就越覺得中共雖然早已經與蘇共分庭抗禮，但它仍然是蘇共的小弟弟，亦步亦趨地跟在「蘇聯老大哥」後面。無論黨內鬥爭還是治國之道，方式方法都有許多雷同。我想，中國與俄國，革命前國情頗為相似。革命成功以後，雖然各自都「把馬克思主義的基本原理，與本國的具體實踐相結合」，因其主導思想是一個，所以萬變不離其宗，就像驢和馬的結晶，縱有驢騾、馬騾之分，同是騾子則已。區別當然也有，譬如說他們的黨內鬥爭，史達林偏愛「肉體消滅」的斬草除根之法；毛澤東則喜歡沉醉在手下敗將的懺悔聲中。於今看來，史達林之殺令蘇共執政逾七十年；而毛澤東一死，被其饒過一命的鄧小平等，立即終止了他的革命事業。這算不算是「歷史對歷史觀開的玩笑」呢？

算起來，人一死，即靈魂出竅，得大解脫、不再受憂思毀譽的折磨，或許要比被人玩弄於股掌之上、生不如死來得幸運一點呢。誠然，現在人們可以說：凡是存在過的，都是歷史的必然，我們不能為古人打官司。或許這就是中、俄兩家在民族振興之路上的宿命吧。

◆《出類拔萃之輩》

內部參考書中有不少歐美政治家的傳記和回憶錄。我記得那時候邱吉爾、戴高樂、蓬皮杜、阿登納、海卡爾、侯賽因、蘇加諾乃至西哈努克等人的書，都能看到。這些人大都不談什麼主義和理論，比較務實；既不罵人，也不動輒就為自己的臣民描繪美好藍圖。讀他們的書不感覺沉重、緊張或興奮；更不會對誰產生敵意，甚至動起殺機。用當時的標準來衡量，我是「中毒很深了」。因為我還把他們被打成「大資本家的走狗」、「戰爭狂」和「軍火販子」的錯案，私下給翻了。我覺著：這群人裡面不乏對自己祖國的前途、人類的命運，具有崇高理想、懷抱善良的願望者。他們雖然身在我們的敵對陣營，倒不見得多麼兇惡、陰險，不可理喻。就像三國時的郭嘉、諸葛亮和魯肅等，各為其主，大約相當於廣義的民族主義者吧。

美帝國主義一向是大陸的頭號敵人。我們和美國人直接、間接，在朝鮮和越南打過兩次仗、積怨頗深。我也同大家一樣，對敵國興趣最濃，我想知道，美國佬為什麼如此仇視中國。有關那兩次戰爭，《杜魯門傳》、《出類拔萃之輩》、尼克森的《白宮歲月》和《季辛吉回憶錄》等書裡，都有大量的篇幅。給我的感覺是：美國朝野不惜流血犧牲所要遏制的，不是中華民族的文明進步，而是共產主義的擴張。說也難怪，西歐北美的國情不適合共產主義，所以他們無法理解：有些不發達國家的人民為什麼選擇它，儘管這是個艱難的抉擇，就像中醫治療某些痼疾頑症不得不用的發汗、催吐和泄下的狠招兒，乃至以毒攻毒。再加上先天不足又後天失調的共產主義理論和實踐，拿不出漂亮的成績單，證實自己努力的確有其必要。在這個「二把刀」醫生手裡，「聾沒治好病人又被他治啞了」。代價太高、後遺症太多的「共產療法」，嚇壞了養尊處優的西方老爺。他們自然要防患於未然地阻止洪水猛獸沖進自己國門，因為聽說共產革命的最終目標是「解放全人類」。

按照那些美國作者的說法：一九五零年，金日成想借中國革命成功的東風，席捲朝鮮半島。西方眼看太平洋沿岸最後一個「反共橋頭堡」也要失去，當然不忍坐視。就由美國主導、用聯合國的名義，把朝鮮的內戰，擴大成東西方兩大敵對陣營的殊死搏鬥。戰爭的結果是：金日成耗盡了北朝鮮的人力物力，沒有跨過三八線一步；中國贏得了一八四零年以來，第一個與列強抗爭的不敗記錄，卻失掉了「解放臺灣」的機會；老謀深算、背信棄義的史達林治下的蘇聯，則不僅未受任何損失，還讓全世界都確認了它共產主義教主的地位；至於美國，損兵折將且不算，任重而道遠的是，從此擔起了武力反共的重負。

到了六十年代，美國人被他們的經濟、軍事優勢沖昏了頭腦，又去「填補東南亞地區，法國人撤退後形成的真空」。那就是耗傷了「金元帝國」元氣、不得不「體面地撤軍」的越南戰爭。這些都是他們自己說的，看到老美不標榜自己一貫「偉大、光榮、正確」，倒覺得他們挺可愛。這裡用得著張岱的另一句話了「人無疵，不可與交，以其無真氣也。」

使我印象深刻的還有一條，尼克森、季辛吉等人在回憶從政生涯時，一致盛讚敵酋毛澤東、周恩來的個性和智慧。此舉確屬大家風度。

相形之下，中共的氣量小得多。對敵人從來不贊一辭且不算，黨內一同浴血的戰友，一朝意見相左立即反目成仇。當政者從此不再提起振出局外者的名字，好像艱苦卓絕的黨史不是他們共同譜寫的；退出歷史舞臺的一方，只能為文洩憤，曝內幕、揭隱私。那批書裡不乏有趣可讀的故事。

◆《我的回憶》

我最先看到的一本「僅供內部參考」的中共黨史資料，是張國燾所著《我的回憶》。張曾在北京大學讀法律，是中共創始人之一，並任首屆管組織的中央委員。那時候，毛澤東還是一個來自湖南，土裡土氣、「對馬克思主義所知不多的師範畢業生」，直到第三次黨代會，才躋身中央委員會。所以，黨的最初決策過程，毛都未曾與聞。而張國燾則如數家珍地講述中共幼稚期，如何在第三國際指揮下，佯裝與國民黨合作，行借雞下蛋之計；結果雖然擴大了自己的影響，但是助得北伐將成，就得不償失地在蔣介石的「清黨」和汪精衛的「分共」中，被殺掉了「百分之九十」。

張著所及許多歷史事件的緣由，都同後來中共的說法不一樣。比如西安事變，張國燾說，一九三六年「雙十二事件」一出，延安就派周恩來去西安做張學良的工作，同時在張、楊的部下中游說，歷數蔣氏的罪惡，旨在讓他們自己做出殺蔣的決定，替中共除一大敵，還不用背上弒君的罪名。老周忙乎到一半，中共忽接第三國際的「聖旨」：當前中國首要的事情是抗日，而共產黨還沒有號令全國的能力和威望，只能奉蔣介石為領袖，先把外侮解決了，再談國、共恩怨。那時候中共羽翼未豐，還不敢冒天下之大不韙，才停止了殺蔣的活動。事後共產黨提起西安事變來，說的是：為了民族大義，我們不計前嫌，主動勸說張學良釋放蔣介石，讓他領導抗日云云。

◆《莫斯科中山大學與中國革命》

張國燾的書裡，中共的黨內鬥爭的故事也講了不少。而另一位曾任中共上海局書記、名叫盛岳的人，所著《莫斯科中山大學與中國革命》，就通篇是講黨內派系鬥爭的了。歷史上，共產黨裡的留蘇派（也稱「國際派」）的核心，是「二十八個百分之百的布爾什維克」，盛某即是其中之一。在國內，他們雖然是少數派，但是來頭大、又有擅於整人的一技之長，所以他們在共產黨內勢力很大，而且幾度把持朝政。例如，曾經權傾一時的王明、曾任國家主席的楊尚昆等許多大佬重臣都榜上有名。

他們代表了一幫沒有參加過農民起義、不曾領導工人運動、從未帶兵打仗的職業黨棍，而且是蘇聯訓練出來的。他們的唯一專長是「清理自己人的隊伍」。張聞天、博古、王稼祥、凱豐、康生、陳伯達之流都是個中高手，直接傳承了史達林的衣缽。早期，在江西蘇區、鄂豫皖根據地，由這些人主導，查「AB

團」、抓國民黨特務，濫殺了不少人。

毛澤東在延安掌權後，一怕殺人太多，沒有人敢跟著他幹了；再者、他偏好對異己份子實行精神折磨。便親自定下政治運動的基調，具體事情仍然交給那些人打理，直到文革。殺的人少點了，體罰並沒有停止，精神摧殘的規模和程度更達到了亙古未有的水準。一位西方政治家曾說「做一個共產黨人，在共產主義國家最危險。」使局外人罕見地做出如此正確結論，主功應當記在「二十八個布爾什維克」及其追隨者賬上。

◆《雙山回憶錄》

不論叛徒張國燾、盛岳，還是《雙山回憶錄》的作者、被黨內正統派追殺流亡異鄉的「中共托派」中人王凡西；乃至代表第三國際前來指導中國革命，吃過不少苦頭、寫下《中國紀事》的德國人奧托•布勞恩（中文名李德）等人，雖然都把青春白白付予了「中國人民的解放事業」，自己失去了做一個正常人的自由。但他們在回首往事的時候，「既不因虛度年華而悔恨；也不因碌碌無為而羞恥。」字裡行間，充滿對昔日崢嶸歲月的眷戀。

可見，那些歷史的誤會是在信仰驅使下鑄成的。他們講述的歷史有多少可信度，我無置喙的資格。只看重這幾個人事後並不斤斤計較自己的榮辱和得失。

◆《延安日記》

唯一未動感情的，是塔斯社派駐延安的一名冷眼旁觀者：彼得•弗拉吉米洛夫，中文名孫平。用日記體撰寫了回憶錄《延安日記》。作者當時的身份是記者，對四十年代發生在「革命聖地延安」的種種事情，享有無需參與卻能現場觀察之便。他看到了幾件大事是：毛澤東如何利用「延安整風」運動，加固不久前在遵義會議上以微弱多數膺選的領袖地位。據這個蘇聯記者說，劉少奇、周恩來等，原來不是「毛黨」，甚至還有點看他不起呢。直至這次整風，他們才被毛過人的威力懾服，連忙俯首貼耳過來。

還有一件我第一次聽說的事情是，毛澤東和共產黨指揮下的八路軍、新四軍，不曾全力抗擊日本帝國主義的侵略，他們趁國民黨苦苦支撐著正面戰場、無暇剿共，日軍也鞭長莫及之時，積極攻城掠地、招兵買馬、擴充實力，蓄起了「百萬雄師」，所以能在抗日戰爭後短短四年裡，一口氣吃掉了偌大個「蔣家王朝」。

看到這裡時，我曾記起：日本首相田中角榮第一次訪華之後，偶見香港雜誌的報導說，五十年代，毛澤東曾對到訪北京向中國人民表示歉意的日本老兵說：我還要感謝你們呢，沒有日本的侵華戰爭，就沒有我們的今天。那時看了這話只當是句戲言。對照歷史的記錄，才知道那是他們難得一認的實情。這類事情，對親身經歷過的人和身處自由之境的海外人士而言，並無什麼新奇。但是，共產黨的史學觀是：歷史為現實階級鬥爭服務。所以，他們一再改寫史實，給我們灌輸了很多錯誤概念。不僅僅是我，看過那些書的人，大多有過窺見秘史、隱私的震撼。

內部參考書之顯得趣味十足，還是它們的出版年代襯托出來的。直到文革結束後的最初幾年，國內的文化娛樂事業都很蕭條，幾無出產。其景況可以從一則政治笑話略見一斑：中國有三個電影製片廠——朝鮮、越南和阿爾巴尼亞（電影院放映的都是他們製作的故事片）；當紅的明星只一個，就是柬甫寨的西哈努克親王（什麼電影之前都要加映其在大陸各地的巡訪）。所以，稍微新穎一點的事情都會引起廣泛的注意。

這種社會狀況，當局不可能不知道。我一直不能明白，印行那些動搖百姓的共產主義信仰的書目的何在。難道是黨內的反對派，故意用印發參考資料為藉口，敗壞好景不長的共產黨嗎？不管怎樣，當年我作為一個不夠資格的偷閱者，還真的嘗到了金聖歎所謂：雪夜閉門讀禁書，是人生一大樂事的個中三昧。

借書

我想，大多數人看的閒書都是借來的，反正我是如此。看到一本書，不知道內容如何，問賣書或管理圖書的人，他們多半說不上來，貿然買下，難免上了書名的當，最好是先行借閱。因為，值得掏出微薄的薪金買下來、放在書櫃裡佔地方的書不多。我有這樣的經驗：某些給我不錯印象的作家，他們的作品不見得都合我的口味，不能見到就買。比如大作家柯靈，我看到過一篇他的人物特寫：《錢鍾書的風格與魅力》，和他為《愛儷園夢影錄》作的序，覺得很好。在書店看見《柯靈散文詩歌選》，二話不說就買了一本，回來一看，一篇好看的都沒有了。買錯了書的經驗一定人人都有過，所以，能借還是先借來看。

◆《俊友》

風氣未開的時代，借書還是青年男女交際的重要手段。古人云「十步之內必有芳草，四海之中豈無奇秀」。奇秀可遇而不可求，身邊的芳草則不能視而不見。我們年輕的時候，北京就以「人粥」著稱了，但是男女同學、同事之間空間距離接近、心理距離遙遠。交友約會，大都要靠紅娘引線穿針。冒失上前會被視為「不規矩」，慘遭拒絕。其實，只要找到恰當的藉口，就是可以主動追求意中人。求知的欲望人皆有之，互相借書就成了進可以攻、退可以守的兩全之策。

初期，一男一女觀其貌而不知其人，正好以書為媒，考察對方的品味和見識。一借一還，就是兩次接觸機會。書中的人物和故事，是現成的話題，只要運用得巧，表白自己、試探對方，都可以不露痕跡。看他（她）是秀外慧中抑或繡花枕頭？若有同好、許為知音，豈不好事玉成？發現談而不攏、興趣不合，也容易藉故疏遠，不失雙方體面。只要手裡有書，舉著它再試下一個目標可也。記得，莫泊桑的《俊友》、小仲馬的《茶花女》一類的書，給小青年提供了不少談資。

◆《戰爭風雲》

書又不能輕易借。因為愛看書的人多喜歡與別人交流感想。然而，人的審美觀、著眼點、見識各不相同。國人當中多有不能容忍異見者；講究表達方式的卻屬罕見。比如，你借去了一本我評價頗高才買了的書，還回來的時候，竟把那書說得一無是處，我豈能不憤憤於心？類似的傻事我就做過。所以，再向人家借書的時候，我都記著先問清楚：這書是講什麼的，掂量著自己八成看得下去才借。小心：拿了一本僅看了幾頁，就犯困再也讀不下去的書，歸還時人家問起讀後感別說不上來。好像一個人，向你誇耀其女朋友如何漂亮，而你實在看她不入眼，敷衍不得體，不是很得罪人嗎。講公道話：人愛有同好者，原是世之常情。我自己就是，若是知道朋友在哪一類書上與我有同好，我願意盡我所有讓他看個遍，然後再想辦法幫他去借。但需謹防不要「自作多情」。

有的時候，我會碰到別人向我推薦某一本書，還主動借給我看。其情可感：不是引我為知音，就是想提高我的文化素養吧？經驗告訴我，那本書的文學、社會價值等等，多半與推薦者的鑒賞水準成正比。比如，一九七五前後，北京青年人中間，傳閱著一部美國人寫的二戰歷史小說《戰爭風雲》。我也看了，覺得挺不錯，以為自己知道了不少「二戰」時候的事情。後來，一位真有見識的長者告訴我：要談四十年代的那場大戰的來龍去脈，還是得看《第三帝國的興亡》和查爾斯•波倫的回憶錄《歷史的見證》一類真正寫史實的書。我拿回來一看，果不其然。

描述歷史的進程、披露事件內幕的書籍，非但一點也不枯燥，而且內容豐富、情節生動，又有大量史料，絕非普通給人許多錯誤概念的小說可以比擬。就像一般人提到東漢三國，習慣以《三國演義》為藍本，殊不知裴松之所註陳壽的《三國志》才是真正的歷史。若是民間傳說的那樣：兩軍對峙，主將策馬搦戰，兩人打了起來。戰不幾個回合，只見關雲長大吼一聲，舉起青龍偃月刀，將顏良連人帶馬劈作兩截。然後就是揮軍追殺、大獲全勝云云。既然勝負是統帥武藝高下決定的，為什麼還要徵募大軍，設埋伏布戰陣呢？所以，事實上劉備手下雖有足智多謀的諸葛亮，和五虎上將，終因不辨天下大勢，才六出祁山均無功而返。

◆《福爾賽世家》

朝人家借書，一定要愛護和守時。所謂「好借好還，再借不難」。尤其是文革「書荒」的那幾年，一本好書流傳出來，不知有多少人排隊等著看呢。書若是損壞在我手裡、或者我把著不放，都會造成別人的遺憾。那時，確實有人很有點弄到好書的手段，我有幾個這樣的朋友，向他們借書，我很注意自己的信譽，所以才能源源不斷地有書可看。

那時候，我簡直是以世界名著為精神食糧，生怕斷了供應。借書都有嚴格的時限：短則兩三天、長不過一周。我要上課、做作業，應付日常的事情，在規定的時間裡讀完幾百頁、上千頁一部的小說，看到認為值得反覆誦讀的警句、段落，還得一字一句地抄錄下來，可不輕鬆。只得將一切能拖後的事都放下，把一天裡最好的精力、最完整的時段，儘量留給羅曼•羅蘭、屠格涅夫、艾•馬洛等。因為重視，我從不一目十行，加班加點、犧牲睡眠在所不惜。那些大部頭的《戰爭與和平》、《悲慘世界》、《福爾賽世家》等等，就是這樣看完的。所付的代價是剛剛二十歲出頭，就戴上了眼鏡。

◆《林彪之死》

「來而不往非禮也」，純憑交情、只取不予，有個兩、三次人家還沒有說什麼，自己先就不好意思了——大家都在找書看呢。我於是設法弄到了幾本屬於自己的外國小說，用做與別人交換的本錢。記得其中一本是一個美國人寫的《斯巴達克斯》，內容與流傳很廣、義大利喬萬•尼奧里的那本大不一樣，甚至有些不堪的描寫。也正因為如此，它成了我手裡的一張王牌。還有一部巴爾扎克的《邦斯舅舅》，也頗有身價。可惜，這兩本很快就借丟了，立功不多。另有一本短篇小說集《無神論者做彌撒》，作者是誰已經忘記了。講得全是孤獨、怪僻者的故事，愛看的人不多，此書後來不知去向，我也沒有惋惜。沒法與人互通有無之後，我又想出另一個辦法，介紹書多的人相互認識。他們彼此你借我還之時，會「吃水不忘掘井人」。有此鋪墊，我再向他們索書，口氣就壯了。

後來，我看書的興趣轉到政治內幕、人物傳記等方面。這一類的書，大多是內部發行，我知道主人對出借有顧慮，就使出故技，利用機會收集了幾本同一類的書，例如張國燾、盛岳、陳公博、李德等人的回憶錄，碰到其他想看、而又借閱不便的這類書時，出示我之所有與對方交換。我得以讀到《權力學》、《延安日記》等等，就是用的這個法子。

一次，無意之中發現一位同事正在看《林彪之死》。這書為我尋覓已久，父親那裡有一本，是英文版。他並不相信書中所言，只告訴我：這裡的說法與官方大相徑庭，是被毛澤東親自布置、暗殺的在北京。寥寥幾句講了講大概意思。更惹得我想要知道究竟。林彪的事至今疑點重重，何況幾十年前？為了看它的中文版，我曾尋遍北京的書攤，到外地出差時也不忘打聽，均無所獲，就在「鐵鞋踏破無覓處」之際。它竟出現在我的辦公室裡！但是，最後得到還是費了一番功夫——任我開出我的全部王牌書單、以多換少誘她成交，那位同事也愛莫能助，原來這書傳到她手裡，只能停留一天。看看實在無法可想，我唯有不惜工本，把書拿到街上去複印了一式兩份。

幸虧那本書裡的神話，直到一九九四年才被前蘇聯諜報人員和美國《新聞與世界報導》的記者揭露，讓我享受了幾年「成功的喜悅」。

◆斜暉脈脈水悠悠

其實誰都知道，借書的最佳去處是它們的大本營——圖書館。那時候，北京圖書館、首都圖書館這樣的地方，普通老百姓連閱覽證都申請不到，遑論個人借書證了。進一步說，即使有了借書證，去那裡借書也極不方便。大約是在一九七九、一九八零年間，我弄到一張集體借書證，去過作為國家圖書館的北京圖書館很多次。

進去之後並不能到書庫裡任意挑選，而是一張一張地查卡片，卡片上只有非常簡略的介紹，看了也不得要領，再按照規定的借書量，填寫「借書單」（記得我用的那種借書證，每次能借十二本書），將填好的單子交給館內工作人員。然後就枯坐一旁，靜觀一輛往返於書庫和櫃檯之間、小茶几一般的軌道車，由鋼絲牽引著，每次馱上十幾、二十本書，慢吞吞地來了又去，磨礪著讀者的耐心。我眼巴巴地盼著，「過盡千帆皆不是，斜輝脈脈水悠悠，腸斷白蘋洲」。一等至少四十分鐘。好容易盼得叫到我的名字了，過去一看，總有幾張借書單被退回來，上面蓋著一方紅印——「此書已借出」——字跡呆板，顏色黯淡。館方倒是允許讀者再行填單，補齊該借之數。可是，誰有多少時間如此這般地耗費得起呢？

本來，邊等待邊看書，最能使讀書人無怨無尤。不料，那裡有這樣的規定：不准攜帶館外圖書入內。原來，這個公共圖書館，也同其他名為公眾服務的機構一樣「為人民服務」，原是居高臨下的施捨；一切規章的制訂，莫不以減少麻煩、只顧自己方便為原則，就像俗語說的「店大欺客」。

◆《紅軍西竄回憶錄》

說來真不應該，借中文書最方便的地方，竟然是美國。我到美利堅的前幾年，迫於生計，把一切愛好都放下了。後來日子過穩了，不由得想起了普希金的一句話「人的習慣往往是上天所賜，有時也可以做幸福的替代品。」博覽群書是我的習慣和寄託。那時我住在檀香山，州立夏威夷大學圖書館對社會開放，國務院下屬的東西方研究中心的書也放在一起。中文書庫佔了兩層樓，中、港、台印行的都有。用駕照就能辦借書證，每週開放七天。借閱不但免費且無數量限制，還幫讀者追索已經出借的書籍。圖書館裡不僅電腦查書，而且開架任選。校外公立圖書館也有一些中文書，無論從離家多遠的圖書館借的，都可以就近歸還，不必送回原處。對我來說，這簡直是在美國實現了中國夢！

初次進到夏威夷大學圖書館，就有一個意外的收穫：我在書架之間流覽且徐行，老相識一本本滑過眼簾，心裡默記著那些有吸引力的新書名。我本想只對這裡的藏書概況先有一點瞭解，所以很少停下、把書拿過來翻看。忽然，我看到一本書，只覺得眼前一亮：書脊上印著《紅軍西竄回憶錄》幾個字。潛意識裡的覺悟一下子沒有傳導上來。「這是我一直在找的那本書嗎？」我反應過來了，定睛一看，「沒錯，是它——蔡孝乾著！」我喜出望外。這事說來話長：在國內的時候，我看了所有聽說過的、共產黨叛徒寫的回憶錄。唯獨這本《紅軍西竄回憶錄》，據說被當局嚴密封鎖著，連「內部發行」的提議都通不過。我認識的人裡，沒有一個知道其內容的，可見它的神秘。我牢記著這個名字，心想那裡面一定有爆炸性的內幕大揭秘。那時對它的渴望，不亞於《林彪之死》。現在，它居然靜靜地站在我面前，無需唾手就能得到。

我興奮地把它借回家去，連夜展讀。不想，「期望愈高、失望愈大」這句老話竟應在這兒了。此書未曾講述什麼不為人知的黨史秘聞，因為作者在共產黨內的地位中等，他知道的遠不如那幾個大叛徒多。也許這才是它在國內僅傳其名、不得現身的真正原因吧。作為史料，它倒有相當的價值：蔡氏對江西當時的蘇維埃政權結構、運行方式等，比別人描述的詳細；長征途中，籠罩著紅軍隊伍的是不知何去何從的迷惘氣氛，而非「北上抗日」的高昂鬥志，也多了一份證詞。當然，印象最深的是蔡氏為「蘇區的男女關係」專門寫了一章。

◆《知堂回想錄》

歷史本來是很生動的，它由千千萬萬人的故事串連而成。中國近一百多年來，社會劇烈動盪，變化之快令人目不暇接。這個演變過程本應描述得驚心動魄、勝過小說。但是我在出國之前，難得看到一本引人入勝的近代史方面的書籍。也許是我的要求不對——我一向是看閒書的，學術專著裡動輒大段的分析、評論，太枯燥；再加上偏激的政治立場，使人無法終卷。我希望看到寓史實於故事之中的原始資料，而且是帶有文學色彩的那種。經歷過大事變、大時代人的回憶錄，最合我的口味。可是在大陸，大半出於政治上的原因，清末和民國的風雲人物，多半不為共產黨所容，他們的著作極少被允印行。直到出國，僅看過馮友蘭的《三松堂自序》、周作人的《知堂回想錄》和《李宗仁回憶錄》等可數的幾部。

來到夏威夷大學圖書館，發現這裡藏了大批港、台版的民國人物回憶錄，尤其是臺灣傳記文學出版社的讀物，都陳列在書架上、歡迎取閱。我一證在手、走進書庫、隨意選擇。我借過趙元任、張恨水、包天笑、顏惠慶、顧維鈞、宋選銓、李濟、李先聞、簡又文、易君左、劉汝明、徐永昌、閻錫山、孫科、張道藩、曹汝霖、王雲五、蔣夢麟等等許多人的回憶錄，和一些重要人物的傳記。這些人用自己親身經歷，從不同角度，描繪同一時代或同一事件。看了當事人解釋一件事情的前因後果、來龍去脈，留下的印象，遠比語焉不詳的史論文章、書籍鮮明、深刻得多。

我當然不只是對傳記文學有興趣，夏威夷大學的圖書館裡，中文書的種類很多，就連國內華中師範大學出版社，只印了八百冊的《錢鍾書楊絳研究資料集》，這裡都有。其它我無力「吃透」，只想略知一、二的如陳寅恪、顧頡剛、錢穆等人的學術著作，他們也有收藏。若是在國內，借則難矣，想隨便翻翻也得去「中華書局門市部」買了才有得看。我在北京時，書櫃裡擺著幾本《金明館叢稿》、《寒柳堂文集》之類的書，買它們只為看其中幾篇文章，大部分論文我是不懂的。供在那裡，既嚇唬別人，又嘲笑自己。現在我不必再鬧這樣的笑話了，就連《古史辨》，我也敢捧將回來。啃不動了，璧還了事。如此便利的借書條件，我豈肯放過。於是，我想方設法把打工的時間換到能看書的班次，然後，每三、四個星期去一次夏大圖書館，選十本左右抱回家去，細細讀來。「洋插隊」的日子直到這會兒，才覺得沒有白受罪。

〈買書

說來令人難以置信，我參加工作七年以後，才勉強有點餘錢買書。前五年，在幹校勞動、農村插隊，收入微薄、顧不上自己的生活，後來回到城裡念書，每個月領取十五塊錢生活費，還是衣食不周，得由二老補貼。可巧，那些年都在文化革命期間，出版業非常蕭條，真的沒有什麼可買之書——包括我所學的中醫專業書。一九七六年畢業不久，文革就草草收場了，但市面還和文革一樣，值得一掏腰包的，只有那些內部參考書，而我又不夠花這份錢的資格。剛工作時，月薪是三十一大元，轉年加了六塊，接下來的幾年裡沒再動過。開銷了衣食住行，能剩幾個子兒？書是買過幾本，為做一名好醫生，花錢時得先專業、後消遣。直到工齡熬長了，手裡才有了買閒書的餘錢，那已經是八十年代了。所以，出國之前買閒書的歷史，不過十來年。

◆《淵鑒類函》

不論有錢沒錢，書店我都常進。逛而不買者大有人在，非僅我也。朋友之間談起來，多半是說：我在某個書店看到新出版什麼書了；而不是：我又買了什麼書。我曾經在北京琉璃廠中國書店，看見一套影印的《淵鑒類函》，全十八本，只標八十幾塊錢。我幾次去看它，實在因為一下子拿不出一個多月的工資，去買這種非常有用、又輕易用不著的工具書，便自我解嘲道「算了，這麼多本、太佔地方了。」阮囊羞澀，失去了很多收藏好書的機會。

直到一九九四年，我去國五年之後第一次回北京探親，才可以不太顧及價錢地過了過買書癮。卻又可惜，世風日下，人心不古——我原想大買明清筆記、兩三種類書和二十至四十年代文人的集子等等。誰曾想，充斥書店、書攤的，多是古今武俠、言情、誌怪之類。就連中華書局這樣，原本專印學術著作的出版社也流俗了。各種各樣的工具書倒是不少，拿起來一看，認真編就的卻不多。一向為士林不齒的低級趣味、文化糟粕如《品花寶鑒》、《綠野仙蹤》和《歇浦潮》等等倒觸目皆是，還可以看到幾家出版社的不同版本。我轉來轉去、百裡挑一地也買了一些，真正想要的卻沒有幾本。例如，我原希望儘量多買幾種周作人的單行本，可是除了一種粗糙的今人選本之外，我所缺的《秉燭談》、《夜讀抄》、《永日集》等等，一本也沒見到。

◆《倒影集》

黃裳、謝剛主等人時常提到他們逛舊書肆，慧眼識寶、大有斬獲卻所費無幾的樂事。不僅因為他們既是學者、又是版本學家，還由於他們生逢其時，線裝書還未遭遇文革之劫。我生也晚，七十年代末，古本線裝書重現舊書店的時候，身份已經不再是圖書資料，一變而為骨董了，標著天價，專為吸引那些喜歡附庸風雅的真假洋鬼子。我反正不懂、也買不起，除了乍著膽子遠窺一下書名和標價之外，對於歷代文人津津樂道，如何發現和收藏孤本、珍本、善本的事，一點興趣也沒有。

我也在舊書店裡買到過一些好書。比如，楊絳的《喜劇二種》，福建人民出版社一九八二年印的，僅僅印了三千多冊。在北京的市面上我從來沒有見到過，地安門附近的後門橋中國書店裡竟然有一本，我以四毛七分錢的代價買了下來。她的更為罕見的《倒影集》，也是這麼得到的。

北京的舊書店裡也賣新書，卻是照舊書計價的，這可能是因為流通管道設計不合理的緣故吧。一部嶄新的、非常實用、十六開精裝、三、四千頁的《中藥大辭典》，擺在西單舊書店，半價出售。若是在斜過十字路口的科技書店買，就得三十塊錢一套。一次，我途經東單中國書店，看到門口堆著幾百部三冊裝、影印清版帶繡像的《聊齋誌異》，書是全新的，只賣原價的三分之一——兩塊錢。我當時身上連這點錢都沒有，趕緊就近找朋友借了。我一直想有一部《聊齋》，但是，全套、本子好的對我來說太貴；便宜的唯有節本，還是用簡體字排印的，不好看。

◆《孽海花》

其實我對古書的版本一竅不通，只相信出版社的編輯，他們一定都是這方面的專家，會選最好的本子印給讀者看。不知道為了什麼，我看四部中書時，希望那書的包裝和版面，能有幾分古色古香，好像這樣才合個中情趣、品得文言三昧。最好是：繁體字、豎排本、文中夾著雙行小註。看不懂的地方，我寧願去翻《辭源》、查《說文解字》，絕不去買「注解《閱微草堂筆記》」這樣的今版普及本。

從舊書店裡買出好書的時代，我只趕上了個尾巴，上次回家，改革浪潮中的濁流，也沒有放過各中國書店。僅舉北京琉璃廠中一家的一件事即可說明：一本上海古籍出版社一九八五年第三版平裝、印了幾十萬冊、既不珍也不稀的《孽海花》，原價一元二角五分，現在當舊書賣，要價兩元！不知道理何在。

◆《八十憶雙親・師友雜憶》

北京街頭還有很多個體戶經營的書攤，書價與國營商店一樣，卻時有店裡見不到的上品。我所收第一本鄭逸梅的作品《藝壇百影》，就是從石景山地鐵站口地攤上買來的。一次下班回家，在禮士路等公共汽車，旁邊書攤上，金庸、瓊瑤等人中間，居然包圍著錢穆先生的《八十憶雙・親師友雜憶》！這樣的事非止一端，曾經在一處地攤上，看見一套影印的《世說新語》，書價是十幾塊，我一時荷包不滿，坐失了良機。

其實，小販並不懂書，但是他們知道行情。比如，被政府查禁的書一定好賣，還能趁機提價。每逢某種書印好了卻不准發行的消息傳出來，書販們就會使出手段、批來一些、溢價而沽、以饗讀者。像嚴家其的《文革十年史》、老鬼的《血色黃昏》等等就是。書販子分不出性與色情的區別，有時候就會胡來。我曾在一個攤子上看到吳階平主持編譯的《性醫學》，就要買。不料，那書販讓我搭買兩本無人問津的《中國青年》雜誌。我心裡好笑，告訴他「我是醫生，這是業務書，不是外國《金瓶梅》。」才以只買一本過期雜誌成交。

◆《管錐編》

買書，還能看出作家、學者的社會行情。一九八二年初的一天，我到北京最大的王府井新華書店去買錢鍾書先生的學術巨著《管錐編》，那時候，錢氏的大名在社會上還不太響亮，知道他的人，多限於他那部早期的遊戲之作《圍城》。那天，我還沒有走到原出版社中華書局的架子，就先在商務印書館那裡看到我要的書了。那是最後一套，第二冊書口髒了；第四冊封底浸過水、皺折而有黃漬。我又到中華書局的營業區去看，正好，他們有幾本乾淨的二和四，沒有一、三。於是我就從這邊取了二、四，再到「商務」去拿一、三。剛一轉身要去交錢，「商務」管書的人過來了，口氣強硬地說「要買就得買全套，我們不分開賣。」我向她指出「這四本書可是分別標價的，而且這是商品，當然可以挑好的買。」那人自知理虧，才堆起笑臉把實話說出來「不瞞你說，這書七九年一出版，我們就進了十套，賣了幾年，好容易賣到最後這套，你要是就買兩本，剩下就更沒人要了。」最終，我們互相讓了一步：我僅在「中華」補了一本第四冊。若干年之後，錢鍾書先生名氣大起來了，新版《管錐編》連同一冊「增訂」，遂五本一起標價出售了。

◆《談藝錄》

據說，相對論發表之初的幾年，愛因斯坦曾說過「全世界只有十二個人真正懂得相對論。」後來當然不同了。錢鍾書先生的寂寞則是八十年代中後以期漸漸消散的。他的另一部學術大作《談藝錄增補本》的出版預告一見報，就引起了轟動。我在香港《明報月刊》上，看到過一篇文章。作者說，他在《談藝錄增補本》預定出來的日子趕到北京，恰好那時「勞動人民文化宮」有個書市，他得到消息說：開市那天要賣這本書。他是那天上午去的，售貨員告訴他，有人漏夜排隊，一開門，就把僅有的一百本搶購一空了。」人家指點這個「港客」說，因為打聽這本書的人太多，在印好了的「談藝錄」正式發行之前，中華書局門市部從工廠調了一小批，放在貨架下面的櫃子裡，只賣給專門問起的人。作者行文至此，還加了一句「這叫貨賣與識家。」

我承認，我一向認為港人敘事喜歡誇大、渲染。但這事如果有人不以為然，我倒可以為他作證。我也是《談藝錄增補本》的嚮往者，預訂上市的那段時間，我每路過中華書局門市部，都要進去問問消息。一天中午，我又推開了書店的大門，裡面的兩個青年男子對我說「現在是午休時間，請你兩點鐘以後再來。」我說「我只是想問一下《談藝錄》上市了沒有，要是出了我就回來。」他們問我「你要買嗎？」我見狀高興道「這麼說是開始賣了，你們下午一開門我就來。」那兩個青年聞言對視了一下，其中一人說「給他拿一本吧。」然後就從貨架底下的櫃門裡取出了一部。這是在我看到《明報月刊》之前的事。那篇文章還說：《談藝錄》沒有公開發售，而是向副部級以上幹部發購書票，需得領票人親自前來購買。所以向隅者眾，竟然出現了用人民文學出版社向高幹發放之節本《金瓶梅》的書票，私下換取《談藝錄增補本》書票的事情——「叫做『以金換錢』」。

出版史上是否確曾出過這等怪事，我可就不知道了。我所知道的是，第一版《談藝錄增補本》一萬多冊，確實很快就脫銷了，中華書局又印了一版，分發各地。這次沒有引起任何動人的購買熱潮，過了好幾年，仍然看見它們靜靜地高居在架子上，俯視芸芸眾生。卻原來，識得錢鍾書的人畢竟有限，他可不是那種能把書商寫肥了的學者。

◆《愛儷園夢影錄》

過去，新華書店的書架是由封閉的櫃臺與讀者隔開的。買書時，若不是事先已有所知，就只能憑著書名望文生義了。要是向售貨員要過來翻一翻，超過三十秒還沒做出決定，八成就快挨批了。如今，大多數書店都能先看後買，但書名和裝幀仍然是吸引讀者的招牌。就像新聞、專訪、小說、詩歌，標題做的不好，往往就白忙了。

一次，我在「三聯書店」看到一本小書，名叫《愛儷園夢影錄》，不止書名花俏，封面也塗成蘋果綠色。印象中，「三聯」的書設計風格還算樸素大方，這本怎麼弄成這副樣子呢。小的時候，看過《舊上海的故事》，知道「愛儷園」就是哈同花園。心想「這大概是把道聽途說哈同與羅嘉琳的浪漫故事彙編成冊了吧？」碰也沒想去碰它。後來再去，那書還在，無意之中，我看到那淺綠的顏色，掩映著一列列行書小楷，這是用作者手跡做的封面設計，這樣的書應當不是講人家戀愛史的。取過來一看，原來是一部難得的散文體回憶錄。作者李續恩的父親是愛儷園的清客，能詩會畫，又懂甲骨文，與王國維一起論學。他一身傲骨，卻一貧如洗，不屑於從事體力勞動。要在不失尊嚴的條件下，為羅嘉琳的大總管姬覺彌捉刀，以搏一衣一飯、養活家小，其難可知。

作者用清淡文雅的筆觸，描寫了這樣一位有缺點的舊知識份子，特殊的處境和微妙的心情；以及他本人對愛儷園、園中各色人物的觀察。前面，柯靈的序言講述了李續恩解放後在上海賣畫鬻字為生，這部書稿，本來已經列入出版計畫，卻因文革而延宕，他本人也終老在「破四舊」的風暴中。這是一部文情並茂、極富時代感和史料價值的好書。我險些在不經意中，與其失之交臂。

看來，書亦不能以貌取。

︿藏書

書籍也是一種財富，即使不是成了骨董的珍、善、孤本，書的價值也可以從它包含的內容體現出來。只要它記載了專門的知識、珍貴的資料、卓越的見解、動人的故事就值得收藏。而且，無形的知識每可與有形的不動產相媲美。古時候，家藏萬卷也是一種富有，相當於「坐擁百城」。藏多少書才抵得百城，沒有一定的標準，一千冊肯定不夠，也許僅僅相當於「一城」。我因一向囊中羞澀，買書自然精挑細選，有意無意間積存了些好書在家裡。我那「一城」，或許頂得上兩、三城呢。

◆《古文觀止》

從一九六九到一九七九年的十年裡，我連家都沒有，幾乎從頭到尾生活在集體宿舍。除去鋪蓋，身邊的一桌一床都是公家的。那時候，別說沒有幾本書，即便有個佔不了多少地方的幾十本書，也找不到安置它們的空間。後來，父母從「流放地」回北京了，我才有了自己的房間。房間很小，陳設簡單，僅有的百十本書，都排放在窗臺上。大部分是醫學書籍，閒書僅限《古文觀止》、《唐詩三百首》、《宋詞選》之類，就算是我藏書的開始吧。以後，書漸漸多起來，窗臺放滿了，我就在下面的暖氣上鋪一塊板，形成了兩級階梯式的放書台。北京的風沙大，書放在窗臺上下，無異於吸塵器。我又把書上蓋了一塊布，讓它垂到後面，擋擋塵沙。但是每次拿書來看的時候，還是得先到外邊去拍掉塵土，才不會翻開書時嗆得咳嗽。

隨著時間的推移，我與我的書經歷了：小房間裡用上了小書櫃；到擁有一套單元，做起了大書櫃——我和它們都得到了妥善安置的過程。那只大書櫃是我自己設計、雇農村木匠打造而成的。它有一百五十公分長，一米多高；分為四格，高可放下十六開本的大書，寬度夠前後放兩排十八開的精裝本；全部硬雜木；其堅固、笨重可知，也合樸素、實用之意。唯一始料未及的是，它的容量太大，不等放滿，下樑就壓彎了。

我不喜歡買精裝本，不只因為硬殼書只好平放在桌上，端坐著看。我習慣於斜靠在沙發裡，把書拿在手上看，那要平裝本才方便。更重要的是，我不願意隔著玻璃門，端詳這些良師益友的時候，它們是一副千人一面、穿盔帶甲的呆板像。書脊面積雖小，各以自己的色彩、字體、圖案匯成不連續的一片，能收目不暇接、思緒跳躍之效。原先，我在書的前面放了一些小件的工藝品，後來越看越覺得，那些廉價的費城獨立鐘、動一動就會飄起雪花的威斯敏斯特大教堂、飛鷹、蝙蝠瓶之類，與它們身後有說辭、有來歷的大部頭、平裝本太不相配，乾脆全部取消，讓櫃子裡的主題單獨留在那裡。我在北京的家，沒有別出心裁打扮成商店櫥窗的組合櫃、禮品櫃。唯有刻意經營的大書櫥，是件惹眼之物。

◆《說文解字段注》

書櫃裡，四分之一是中西醫學書籍。然後是工具書，字典、辭典總在幾十本之譜。計如《說文解字段註》、《十三經索引》、《佛教大辭典》乃至《歇後語大全》等等，看書時碰到的一般問題可以自行解決了。經書我有完整的一部，就是阮元編的《十三經註疏》；史書最少，只有《史記》、《資治通鑑》的選本；諸子裡面孫、韓、莊、荀者流，倒頗有幾種；比較多的是集部，當然是因其易懂又多趣味的緣故。

比如詩歌，《詩經》以下有《魏晉南北朝詩歌選》等。唐詩最多，大小李、杜等人的選集都買過一些，沒有《全唐詩》，不是因為它不好買，主要是不想破壞選本給我之「唐人多清詞麗句」的概念。我得老實承認，老杜的「政治詩」我都不喜歡，幸虧他也有辭新意美的句子，例如《春夜喜雨》「好雨知時節，當春乃發生。隨風潛入夜，潤物細無聲……」宋詞也是這樣，蘇東坡、辛稼軒、歐陽永叔等人的選集都有——我愛它們的朗朗上口；過於香豔、低沉的柳永、姜夔一派的作品，我就不大看了。宋詩好的不多，我有的不過《陸游詩選》和錢鍾書的《宋詩選》兩種而已。至於元明間的戲劇、散曲和有清一代的詩詞，我所有的就更少了。如此等等，不出必讀的範圍。

◆《自己的園地》

我對散文有偏愛，買了一些明清筆記文集。例如《豆棚閒話》、《鄉言解頤》、《戒庵老人漫筆》、《一士類稿・一士談薈》、《淞隱漫錄》、《浮生六記》等等。說實話，這些書我雖買了不少，但是真正看了的不多。因為我從來是先看借來的書，自己有的可以留著、以備饑荒。直到出國，櫃子裡還有一些沒看的書，以古人筆記為最多，以至現在提到它們時，竟連書名都想不起來了。

近人散文寫得最好的，首推周作人，用一個時下很能達意的詞來說，他可以算是「超一流」。在大陸時，我買了所有見到知堂單行本，唯有他的新詩除外（胡適、徐志摩等人的自由體詩，也實在沒法恭維）。如《自己的園地》、《苦茶隨筆》、《風雨談》、《苦竹談》、《過去的生命》、《雨天的書》、《亦報隨筆》等。其他民國時代的作家如梁實秋的《雅舍小品》、林語堂的《剪拂集》、俞平伯的《雜拌》以及豐子愷、曹聚仁、柳無忌等等，都是八十年代以後才逐漸「解凍」、作品得以再版的「反動文人」。

初讀這些人的文章，就使我耳目一新。他們共同的特點是，國學功底深厚，現代意識也強，有的人還學貫中西。他們言辭淡雅、心平氣和、議論風生、見解獨到，確非今人可比。當然，這都是時代使然，非我輩無能也。

其實，我也不是光顧搜求「五四時期」人的作品，解放時已屆中年、政治上不太積極，一心做學問的人，也出過一批高品質的純學術著作。我有周振甫註的《文心雕龍》和他的《詩詞例話》、《文章例話》；還有深入淺出講解哲學的馮友蘭；筆調清靈、要言不煩教授語法的呂叔湘；以及費孝通、朱光潛等人的理論著作，也都很耐讀。

這一代知識份子的人生經歷非常完整，他們早年在大陸受到良好的中國文化薰陶，青年時期遊學歐美，接受了現代科學研究方法的訓練，知識結構全面，治學根基扎實。五十年代以降，雖然躬逢一連串政治運動乃至文革，所幸以其在學術界的地位、自己的研究能力，對社會和文化透徹的觀察，一有時間和精力他們還能拿出有份量的東西。而他們的下一代，成長於簡單、偏見和運動之中，個人稍一放鬆，所學即不敷應用。「撥亂反正」直到如今，社科、文學領域裡仍少聞得「雛鳳清於老鳳聲」，真是歷史的悲劇。

◆《寂靜的春天》

我的書裡，還有幾十本科普讀物。譯自國外如愛因斯坦與人合著的《物理學的進化》、一位美國女作家為環境保護所作的《寂靜的春天》等。還有一批國內作家編著的物理、地理、植物、海洋、天文等學科的科學普及書籍。其中有三、四十本期刊，名叫《科普知識》裡面都是外國科學研究動態、新成果、新發現、新方法和科學常識的介紹，文章直接從國外刊物翻譯過來，內容比書上新得多。

其實，我哪裡能看懂那麼多學科的東西，儘管只是些淺顯易懂的通俗讀物。我的興趣在於瞭解一些自然科學的思路和方法，在生活和學習中，多一點分析和理解事物的手段。比如，在宏觀世界中，過去看到一些哲學家說，宇宙之大、時間之長都是無限的。但是科學家說：時間和空間都是物質存在的一種形式，它們曾經有始、以後將會有終；現在的宇宙正處於「有界無限的膨漲狀態」，因為它是由一個密度極大的質點發生了「大爆炸」而形成的。在微觀世界中，古有「一尺之棰，日取其半，萬世不竭」之說。為今天的唯物論者「物質是無限可分的」觀點之源。對此，科學家們說：物質的體積分到基本粒子，就到頭了，可是物質的功用是無窮的。每逢諸如此類，社會學家與科學家意見相左、老輩子自然科學工作者同後起之秀說法不一的時候，我都傾向於後者，因為科學可以實證，哲學則偏臆想；科學一定是現代勝過古代。

◆《陶庵夢憶》

我的一個朋友是真正的藏書家。他買書每本一式兩冊，其一用以閱讀和出借；另一冊則纖塵不染地束之高閣，僅供觀賞。我沒有如此財力，心裡又怕丟書，因為書籍大多丟失在出借和轉借之時。只能另闢蹊徑——「我自不開花，免撩蜂與蝶」。我的辦法一是躲：不買流行、暢銷的書。所以，我的書櫃裡僅有的幾部小說，還是家家都有的《紅樓夢》、《水滸傳》、《儒林外史》之類，沒人會朝我借。然後是藏：把容易引起別人注意的書，放在書櫥後面一排。像我辛苦收集來的《權力學》、《我的回憶》、《中國紀事》等等。我想，這與一般意義上的小氣又有不同。就像養花玩鳥者憐惜寵物一樣，對於心愛的物品，自然加意呵護。

張宗子在《陶庵夢憶》裡，敘述他家幾世書香，藏書頗巨，但是時世不靖，每達萬卷即遭兵火，到他手裡已經是三聚三焚。張文語至而沉痛、情至感人。我家據說也是詩書相傳，解放的時候，藏書已經頗具規模。然而，天災人禍結伴而臨，祖父一家很快就窮到典當為生了。我的堂哥把家裡幾代人的藏書，一擔一擔挑出去賣了，換回口糧。文革一起，我父母唯一的長物——兩大架子書又被掃蕩。那裡面很多外文書，是千里迢迢從歐洲帶回來的。因此之故，我可不想在我的有生之年，也遭割愛之痛。

◆《斡校六記》

既有心愛之物，就要時時展玩、摩挲。可惜我的那些平裝、排印本書籍沒有什麼觀賞價值。對於它們的關愛和欣賞，除去從頭至尾看上一、兩遍以外，就只有反覆調整擺放這些書的形式了。通常的做法是，給它們按照文、史、哲、醫學、科普等大致分一下類，再依開本的大小順序排列。這樣，看上去整整齊齊，但太過籠統，相同類別的書如詩歌、散文等，會因大小不一隔得很遠，找起來不方便。我就又按小部類排放那些書，這樣一來，找書容易了，但是書籍同類別易、同尺寸難。放在一起就像圖書館的書架——狼牙鋸齒、參差不齊。還有同一套書，大小雖然一樣，但是顏色大不一樣的。例如，《十三經註疏・校勘記》，是深藍色的十六開本，而同樣大小的《十三經索引》，封面竟是淺灰色。這都是沒有辦法的事。

我還試過把同一位作家的作品集中放置。他們大多體裁、內容相似。比方說知堂老人的十多本，都是散文集；黃裳的《榆下說書》、《銀魚集》、《珠還記幸》、《過去的足跡》等等，內容雖然各不一樣，但都是散文體。張宗子的書，我有《陶庵夢憶》、《西湖夢尋》、《四書遇》和《快園道古》等，除了《夜航船》是一部類書，其他都可歸入筆記文，也能放在一起。

至於錢鍾書、楊絳夫婦，他們的書我差不多都有。錢氏除學術巨著是大三十二開本之外，《宋詩選》、《舊文四篇》和以富有哲理的幽默、駕馭文字的高超能力、見解精闢獨步大陸文壇的《圍城》、《人獸鬼》、《寫在人生邊上》都是小三十二開本，正好合在一處。《七綴集》雖然薄薄的一冊，恰與《管錐編》、《談藝錄》一般大小。楊絳的散文集都不厚，最為膾炙人口的是《幹校六記》和《回憶兩篇》，文筆淡雅、含蓄婉約，不遜任何前人。她還有文學評論集《春泥集》、《關於小說》，長篇小說《洗澡》等作品。這是一對男女奇才組成的夫妻。不論各地出版社把他們的書印成什麼樣，都應當讓它們聚在一處，相映成輝。

來到美國的這幾年，藏書的事幾乎停頓。現在我手裡所有的，只是托朋友從港、台買來極其有限的幾本。平居懷舊，留在北京的書籍，時在夢魂縈繞中。

〈書格

字典上說，人的品格是性格、氣質、能力等特徵的總和。人在社會上價值的大小高低，多取決於他的人格。書出自人的手筆，一朝付梓，就「遺世而獨立」了。它既是其作者的代表或縮影，又因了激發讀者聯想的功能，在人群中發揮著不可估量的影響。所以我想，一本書也應當有它本身的品格，就稱之為書格了。就像描花寫景用「水是眼波橫，山是眉峰聚」的擬人法一樣。

書格不一定等於人格，因為人是一個多面體，書只是作者的一部分。所以，因人廢言是很不講道理的。多少年來，在中國「一損俱損，一榮俱榮」的規則，不僅支配著每一個家族、也規定了個人的尊卑。遠的不提，就說文化大革命唯一的受益者——華國鋒，只因他貴為中共主席，那筆塗鴉之字，鑲金勒石還不算，更有趨炎附勢之人，為文吹捧，稱之為「華體」。同理，某人一事做錯，則一生的業績盡付東流。例如本來在新文化運動中，與魯迅齊名的周作人，一朝附日，「青年導師」之號從此不再有人提起，他對歷史的貢獻，也都分攤在別人的賬上了。

這些都是不公平的，一個人身上的發光點和陰暗面，互相對比可以、替代就不合適了。某人因緣際會地做過許多事，若繩之以同一例律，就會發現「一輩子做好事，不做壞事」；和一輩子做壞事，不做好事的人都是沒有的：棺可蓋而論難定。非得把人的行為分別歸類不可。就像幾乎成了惡人惡行同義語的狼，作為個體，它至少可以向人提供保暖防潮的皮褥子；作為群體，維持自然界的生態平衡有時也要用到它們。要是讓環境學家來說，只怕狼也寶貴的很呢。

◆隨筆六則

蕭繹在《金樓子．立言篇》中道「筆，退則非謂成篇，進則不云取義。神其巧慧，筆端而已。」可見，作者往往傾全部才智於他的文章。由此，我們可以欣賞到他人格中美好的一面。這樣的書，無論是誰作的，都有很高的品格。比如胡蘭成，他在日偽時期當過汪政權的宣傳部次長，是個漢奸。據認識他的人說，他的私生活也很不檢點。這樣的人，在國民黨那裡是個通緝犯；在共產黨這邊屬於「歷史的垃圾」。他卻並非一無是處，就連不齒與他為伍者，都承認胡蘭成有一手的好文筆。從他的《隨筆六則》中看，其人對於生活、生命的見識也頗不俗。

例如，他曾寫道「人是從生活的不可忍受裡，去懂得制度的不可忍受的。生活的不可忍受，不單是不能活，是能活也活的無聊賴，覺得生命沒有了point。」

另一則中「感情一昇華，就不再被事物的跡象所拘束，成為自我圓滿的。但昇華的東西還有它的根。倘若根被丟掉了，昇華的東西就只靠自身的水分來養它，鮮豔也僅得一時……一個人可以後半生做和尚……因為做和尚的人，是涵養在周圍人群生活情調的反映裡的。所以，佛法須受十方供養，這供養不僅是物的佈施，而且是情的佈施。」

知堂老人是他們那一代文人的熱門話題。那麼多摹寫他形態和氣質的文章，說法大同小異。文字上寫知堂之形最鮮活的應推溫源甯；而刻畫其神最深的，應推胡蘭成。在《周作人與路易士》一文裡，胡氏道「淡淡的憂鬱，正是從北伐到現在周作人的文章的情味。他的清淡，並非飄逸；他的平凡，並非自在；他的隨緣，並非人生有餘，而是不足……我是更喜歡他在五四運動到北伐前夕那種談龍談虎、令人色變的文字的。後期的文字呢，仿佛秋天，雖有妍思，不掩蕭瑟。他不是與西風戰鬥的落葉，然而也是落葉，掉在明窗淨几之間，變作淡淡的憂鬱了。」在這之後，知堂也沒有大變化。

胡氏在抗戰勝利後亡命日本。在那裡完成了一系列著作：《山河歲月》、《中國文學史話》、《禪是一枝花》等等。在他的回憶錄《今生今世》裡，有一個專篇「民國女子」，敘述他與張愛玲婚姻的始末。那是我看到過的戀人故事中，最有道理的愛。他欣賞的張愛玲，不是由美麗、大方、學識、成就組成的；而是高妙的悟性、自成一格的品味和純然自我的個性。

◆《今生今世》

胡蘭成寫道「愛玲與我說趙飛燕，漢成帝說飛燕是『謙畏禮義人也』，她回味這謙畏兩字，只覺得無限的喜悅，無限的美，女人真像絲棉蘸著胭脂，都滲開化開了，柔豔到如此，但又只是禮義的清嘉。愛玲又說趙飛燕與宮女踏歌『赤鳳來』，一陣風起，她的人想要飛去，忽然覺得非常悲哀，後來我重翻飛燕外傳，原文卻沒有寫得這樣好，愛玲是她自己有這樣一種欲仙欲死，她的人還比倚新妝的飛燕更美。」

張愛玲評品世事能夠全出己意，也許是她「不看理論的書，連不喜歷史」的緣故。「愛玲把西洋文學讀得最多，兩人在房裡，她每講給我聽，……她每講完之後，總說『可是他們的好處到底有限制』，……愛玲寧是只喜現代西洋平民精神的一點。托爾斯泰的『戰爭與和平』，我讀了感動的地方她全不感動，她反是在沒有故事的地方看出有幾節描寫的好。她不會被哄了去陪人歌哭，因為她的感情清到即是理性。」

張愛玲的個性也不是可以用好、壞兩個字來做歸結的。胡蘭成告訴我們「愛玲的種種使我不習慣。她從來不悲天憐人，不同情誰，慈悲佈施她全無，她的世界裡是沒有一個誇張的。她非常自私，臨事心狠手辣。她的自私是一個人在佳節良辰上了大場面，自己的存在分外分明。她的心狠手辣是因她一點委屈受不得。她卻非常順從，順從在她是心甘情願的喜悅。且她對世人有不勝其多的抱歉，時時覺得做錯了似的，後悔不迭，她的後悔是如同對著大地的陽春，燕子的軟語商量不定。」

平心而論，知人論世能到胡氏的深度；行文能像他遣詞用字富有音律之美者，實不多見。胡蘭成的漢奸案是翻不了，他的書卻不妨一讀。這裡僅僅以他為例，像這樣應該「棄人留書」的事，還有不少。讓文學品味高、富有資料價值的書，隨著它們的作者一道湮沒無聞，既不合情理，也是一種損失。不是有這麼一句名言嗎「偏見比無知離真理更遠。」

還有一類書，由於人與人之間的成見，在社會上遭到普遍的漠視，那就是自傳和回憶錄。長久以來，很多人一提起回憶錄。就說作者寫這種書，不是自吹自擂，就是文過飾非或是翻歷史的舊案。然後還聲明：我絕不會把時間浪費在這上面。就連一些據傳無書不讀、無事不有精到之見的大學者（如錢鍾書先生），也如是說。我向來信奉「讀書無禁區」主義，又天生對「千夫所指」的事情具有強烈的好奇心。所以，我看過不少人的回憶錄，中、港、台版的都有。我的體會是：這是一類集史料、知識、趣味和文學藝術於一體的書，不可不讀。輕視它們的人，也許多半並不曾看過幾部回憶錄，只是出於習慣上對人的不信任，反而暴露了自己學養上的缺陷。

自傳和回憶錄主要的價值，在於作者用親身經歷，描述了某個歷史事件和時代，約略相當於古時的所謂「野史」。雖然不能把回憶錄當作信史來看，也多不便引證，但它確有正史和史論不可企及之處。比如，我們對歷史上某一階段的社會風貌感興趣了，翻看史書、教科書，只覺內容貧乏無味、遇事閃爍其詞。有關的小說雖有故事，電影更有畫面，但它們多是後人編排，虛假、臆測的地方居多，信之則被誤導。回憶錄的作者們用自身的經歷，把昔日鄉村集鎮上，人們怎麼慶祝年節；什麼叫做大家族裡的長幼之序；私塾裡，死記硬背子曰詩云、開筆作文和戒尺打在手掌心的滋味；二十年代軍閥混戰時期，老百姓求姓求學和做生意的艱難與竅門；兵荒馬亂的抗戰期間，扶老攜幼「跑反」的千辛萬險……講的生動具體，使讀者印象深刻。

近代史上，每年都有若干大事發生。戊戌變法以後的立憲運動是怎什麼一回事；辛亥革命怎麼推翻帝制的；孫中山為什麼把革命的果實讓給了袁世凱；老袁稱帝的過程；北伐的主力是不是共產黨；寧、漢兩府的分裂與合併；烽火連年的軍閥混戰，是誰跟誰打、為什麼要打；「九一八」事起，中央政府為什麼不對日宣戰、他們為了迎接抗戰，都做了哪些準備；「七七」事變前，那麼多次的中日衝突和交涉，中國有何必要一再退讓；宋哲元等人在華北的所為，是賣國還是救國；汪精衛偽政權到底做了些什麼，他們是些什麼人；勝利後的短短四年，國民黨的軍事和經濟，是如何一瀉千里的；美援、美援、美援，為何先援後不援？等等。

許許多多的問題，在「勝利者編撰的史書」上，不是一筆帶過含糊其辭，就是令人難以置信。現在，事件的參與者，將政治的內幕、歷史的進程，一一寫在書裡，那些細節，為讀者提供了大量分析和推敲的原始材料。我想，對一無錄音、二無錄影可以重演的往事，當事人的陳述無論如何是要聽一聽的。

◆《潮流與點滴》

唐朝宰相李德裕說過「言發於衷，情見乎辭。則言辭者，志氣之來也。故察其言，而知其內；習其辭，而見其意也。」讀者自能從字裡行間解析出作者的大部分用意。而且，歷史上的事件和時期，都是眾人共同經歷和渡過的，很難想像：某人嘔心瀝血地寫上幾十萬字，專為供人嘲笑和批判的事。如今，寫自傳、回憶錄的人越來越多了，讀者從不同的角度，看同一件事、同一段史，有了特別感到興趣的地方，再去查找、印證相關的資料，受騙上當的機會就能降至很低。事實上，運筆述往的人少有不明此理者。一般說來，蓄意歪曲史實者只是極少數。那些做過難以向國人交代之事的人，多對自己身上的污點避而不談就是了。文過飾非、強詞奪理、顛倒黑白者畢竟是極少數。例如周作人在《知堂回想錄》中，以：自幼受教，在不被別人理解時，不去解釋（因為「一說便俗」）為由，輕輕繞過了難以落墨的戰時作為。《潮流與點滴》中，陶希聖則乾脆對自己與日勾結之事，不著一詞。

人有愛屋及烏的傾向，它的反面是什麼？似乎沒有對應的成語，有點「一朝被蛇咬，三年怕草繩」

的意思——對人對事疑慮重重。這絕不是與生俱來的遺傳性疾病，實在是因為人生路上的艱險、磨難，遇人不淑、所信非良造成的。痛定思痛、一舉三返的結果，就用對別人的不信任來保護自己。自然更不會花費時間、精力去看旁人寫的書了。其實，只需轉換一下思維邏輯，看看我們的國家和民族，最近的一百年裡，一直在快速的進步之中，那是各黨各派，直接、間接共同努力的成果。如果我們的周圍不是好人佔著絕大多數，怎麼會有今天呢?心氣平和之後，就有耐心看書了。

古人云「多讀多懂，開卷有益」；有人出來修正道「盡信書不如無書。」在這件事上，西洋人顯出了他們的圓通「如果把所有的錯誤都關在門外，那麼真理也就關在外面了。」

告別少年時代

學生時代十四歲時中斷，茶園裡開始童工生活，淶江畔經歷外交部政治運動。

一九六零年代中期的中國，共產黨為在勞動中改造機關、學校中幹部和知識份子的思想，興辦了一種農場叫做「五七幹校」，因毛澤東發佈「開辦令」的日期是一九六六年的五月七日而得名。因「全國學人民解放軍」的緣故，幹校學員的正式名稱就叫「五七戰士」。放下各自的專業工作到農場去，不叫改行或失業，而稱「走與工農相結合的五七道路」，它是毛澤東「批判舊世界、創造新世界」大規模實驗的一部分，那時我正年少、有幸躬逢其盛。

〈頑主下鄉〉

一九六九年我十四歲，在北京讀初中二年級。當時的中國，正在史無前例的無產階級文化大革命時期，共產主義的國家機器就像一台瘋狂運轉的巨大鍋爐，全國人民像沸騰的開水，蕩滌著一切不符合毛澤東思想的東西。但是，文化的浸潤不僅無微不至、還根深蒂固，經常以它強大的生命力，抵抗企圖改變傳統的革命者。當年，儘管我並不懂得這個道理，卻目睹了它的表現形式，那就是「革命接班人」對待如火如荼的政治運動，截然相反的兩種態度。這是我認識社會的第一課。

那時候的北京，初涉人世的青少年，已經分成了兩大類：一部分被政治沖昏了頭腦，積極投身在破除「舊思想、舊文化、舊風俗、舊習慣」的革命運動中，他們的總稱就是「紅衛兵」；另外一些青少年，則直接傳承了封建時代的門第觀念和幫會習氣，頻頻為拉山頭、搶地盤打架鬥毆，其情形有點像是黑社會。熱衷其事的青少年取「玩世不恭者」之意，自己命名為「頑主」。此時，我的政治覺悟剛剛達到跟在人家後面呼喊革命口號的水準，而不解其意。像所有跟不上社會主流的平庸孩子一樣，我的注意力更多地被帶著幾分劍俠氣、專門嘩眾取寵的少年吸引。雖然不一定當他們做英雄，卻在心裡敬佩那些人的桀驁不馴，有時候還要摹仿一下他們的惡作劇。

「頑主」的官稱是「幹部子弟」，他們是「紅朝」新貴後裔，一向被執政的共產黨期許為「無產階級革命事業接班人」，今天人們常常提到的中共「太子黨」「紅二代」，就是這些人中的最高層。

◆外交部子弟

中國歷來就有門第觀念，又有所謂「一朝天子一朝臣」的替代規則。一九四九建立起來的毛澤東新朝，也分封了一批臣子，叫做「革命幹部」。這些人享受特權的情形，與古代的王公親貴、官吏僚屬頗有相似之處，為工農大眾羨慕、嫉妒、恨。幹部子弟裡面虛榮心特強的，喜歡倚勢欺人，他們的作為，得到社會上等級觀念的默許，不僅沒有被文化革命的風暴掃蕩，反而受到很多人的企慕。如蔣夢麟先生所說，中國社會是由家庭、單位、行業等等許許多多小團體組成的；個人的生活內容、方式與所屬的集體一致，人們的社會地位也與所處的集團密切相關。所以，北京這個冠蓋雲集、府衙林立的地方，門第之見還擴大到了家庭隸屬的部委——大機關的子弟往往蔑視小單位職員的家眷。這種風氣持續了好多年。

我出身在一個知識份子家庭，父母不是革命幹部，卻在一個很大的機關上班，那就是中國的外交部，這是國務院第一大部。所以，我也與有榮焉似地領略過在社會上出風頭的滋味。當時的中國，人民大眾在政治上仇視幾乎所有的外國；經濟和文化上，卻不能抑制地崇洋媚外。在那個小市民的汪洋大海裡，誰要是在什麼地方與外國沾著一點關係，好像就不俗氣，還高人幾分。所以，「外交部子弟」這一稱呼，在北京是響噹噹的。

因為如此，很多對政治不感興趣的高小和中學的外交官子弟，就集合在這塊金字招牌下。那時候，外交部「頑主」的大本營是城區東部的豫王墳，十四座宿舍樓連成一片，是那個地區的「第一大戶」。於是，他們理所當然地把住宅區周圍劃做自己的勢力範圍，輕視、排擠住在同一個區域其他部委的子弟。對人家冷嘲熱諷之外、還經常動之以武。

若是工人居住區裡的人惹到了他們，遭到的打擊就更大了。有一次，一個外交部子弟與一個工人子弟為了一隻鴿子起了爭執，外交部宿舍的小「頑主」們衝到工人宿舍，打傷了人家父子兩代，還砸了那個工人的家。聞風而至參與其事的，有幾十、上百人。是非曲直無人過問，只一說「一個工人子弟在跟咱們『炸刺兒』」，已經構成「狠狠教訓他一頓！」的理由了。

我在那個時候，體力和魄力都只夠站在一旁為他們喝彩的份兒，很希望自己快快長大，能像他們一樣稱王稱霸。不料，社會自有它的正統勢力，尤其是中國這樣一個權力高度集中、事事統一規劃的地方，只消「毛主席和黨中央一聲令下」，千千萬萬人的生活，立即改弦易轍，毫無商量和猶豫的餘地。那年九月十八日，十五歲的姐姐，被送到千里之外的北方中、蘇邊界「屯墾戍邊」。一個月之後，父母又接到了「因中蘇邊境戰事緊張，各大機關需實行戰備疏散，下放『五七幹校』」的通知，後來我才知道，「戰備疏散」是「集中起來搞政治運動」委婉的說法。出發的日子是十一月十一號。就這樣，在不到三個月時間裡，我的家庭便被拆散、四口人全部變成了農民。

幹部下放時扶老攜幼，不分職務高低，和我們一同到幹校去的大使、司長不在少數，乃至做到副部級的人中也有未能倖免的。曾經和後來活躍在國際外交舞臺上的一些高級外交官，當年都是「光榮的五七戰士」。其在幹校的經歷理應烙印頗深，點綴著他們多姿多彩的職業生涯。最巧的是，下放時有一戶姓夏的人家在幹校生了一個孩子，便順勢給孩子取名「夏放」。五七幹校則是我從少年走向青年的地方。

全盛時期，一個外交部先後建立過六個幹校，分別位於遼寧的五常縣、山西離石縣、湖北的鍾祥縣、湖南的茶陵縣、江西的上高縣和北京郊區。其中兩個竟然有勞毛澤東本人批準設立。我家去的這個幹校在湖南省茶陵縣虎踞山。隨行的幹部子女年紀大都在十五、六歲以下。初初聽到要去湖南幹校的消息，我興奮不已，認為這是一次長途旅行，有火車可坐、有山水可遊。哪裡曉得其中的政治奧秘。文化大革命對於我們這些半大的孩子來說，太偉大、太深奧了，從中我們只學到「人分九等」和「弱肉強食」的一套。

下鄉時節，外交部子弟中的「頑主」們風頭正健，帶著滿身的優越感來到農村，然而，北京遠隔千里，窮鄉僻壤沒有勢均力敵的對手，我們只能用大鬧當地公社中學的方式，排解「懷才不遇」的寂寞。

◆虎踞中學

那所學校叫做虎踞中學，是虎踞公社所辦的農民子弟學校。莊戶人家生計艱難，來念書的人並不多。從天而降的外來戶倒成了多數。所以，「強龍壓不住地頭蛇」的規則失靈了。我們中間真正的「頑主」並不多。但是，害群之馬總是既有號召力，又體現著群體特徵。從我們進校的第一天起，虎踞中學就成了插班生的天下。身著黑色粗布衣褲的貧下中農子弟，被遠遠趕離了籃球場和那張唯一的乒乓球台，我們在校園裡盡情追逐、喧嘩，老師看不下去，操著鄉音濃重的普通話過來批評我們，卻在北京式的起哄聲中下不了臺。「師道尊嚴」早在三年前，文化革命之初就被批倒批臭了。上課的時候，我們的注意力集中在老師的外文讀音上，比如，三角函數課中，正弦(sin)和餘弦(cosin)應讀做：<sine>、<cosine>，虎踞中學的教師用湖南口音讀起來，就變成<sein>、<in>略呈升調；<gousein>、<gou>念的很重，稍事停頓才把<sein>讀出來，這次的<in>不用升調了。每逢這樣的時候，我們就會肆無忌憚地嘲笑和摹仿一番，窘得代數教師草草結束了這門課。

湖南同學的名字、衣著和長相，也是我等的笑料。一個當地學子，名字裡有個南方男孩常用的「仔」字，在北京方言裡，這是個帶有輕蔑意味的字，常常夾在罵人的話裡面。所以，我們故意經常叫他的名字，字還是那幾個字、音也是原來的音，聲調卻大大地變了，我們在「仔」字後面拖上一個帶轉彎的長腔，顯出滑稽的味道。湖南的同學雖然不懂京都方言，看到我們一副油腔滑調的樣子，也明白這決不是友好的表示。面對我們帶來的、大城市的行為方式審美標準和價值觀念，孤陋寡聞的農民子弟，根本無從應接。在開始的日子裡，只能任由北京的孩子為所欲為。

然而，「三湘四水多熱血男兒」。他們並不是可以隨意捉弄的，在校外不遠收割後的稻田裡，他們佈下了教訓我們的戰場。可憐老實的莊戶後生不知道，打群架正是北京「頑主」的看家本事。我們人多勢眾、又小有戰術，幾次會戰都獲全勝。唯一的一次失利，是一個叫小明的男孩兒，一次走單遭到農家子弟襲擊。這件事情提醒我們：還沒有入無人之境。從此，我們儘量避免單獨行動。

◆《山楂樹》

鬧學之外的幹校生活，又是一種風情。幹校是一大片茶園，幾千畝綠油油的茶樹排列成行、平鋪在紅土丘陵之上。五七戰士攜帶家眷分幾處住在紅磚房裡，我住的地方叫做「四排房」，在茶園中的山坡上。清澈見底的洣江從坡下流過，那裡有寂靜的沙灘、脆啼的水鳥。站在房前、遠眺坡下平川蔚藍的天空下，田疇村落、嫋嫋炊煙、點點耕牛，似有不盡的詩情畫意。洣江對岸是青翠高聳的羅霄山。聽說，可以擺渡過江，踏進深山。茶園之外有些什麼呢？反正，准是都市裡的孩子未曾見過的，在在吸引我們前去勘查。我和小夥伴幾度出外遊歷，探險的足跡遍佈方圓幾十里。我們效仿《神秘島》中的落難者，給所經之處命名。長滿馬尾松的紅土坡叫「馬尾山」、追逐嬉戲的上氣不接下氣時，眼前突現一個大水塘——「喘氣湖」。我們還從滄浪亭渡口撐船過江，攀上高山，指點洣江蜿蜒、阡陌田舍，流連忘返。

四排房裡還住著一些女生，其中四個與我們年齡相仿的經常一同出行。她們梳著短髮、一律左肩右斜著書包，排成一列走過茶園、稻田的小路，清純美麗，點綴自然，是當時的一大景觀。還有一個女孩兒，傍晚時分常在房前的茶園裡拉起手風琴。雖然我們都愛唱歌，卻不能去和她的琴聲。那是一個少男少女之間有著嚴格界限的時代。我們已經開始對女生產生好奇，卻不敢公開表示愛慕。若是有人在同伴中唱「你含苞欲放的花，一旦盛開更美麗，」就會被人恥笑，對她們只能故作淡漠。其實，女孩子們的情形一一都在男生眼裡。比如，看上去最為溫柔美麗的小欣，很少參與其他女孩兒的活動。幾個男生研究後的結論是：小欣並非落落寡合，准是被她們嫉妒而遭排斥。這裡畢竟不是十八、十九世紀歐洲的上流社會，對此我們愛莫能助。實際上，最需要安慰的是我們自己。那淡淡情愁只能借語意含蓄的蘇聯愛情歌曲表達：

啊

茂密的山楂樹呵

白花滿樹開放

啊你山楂樹呵

你為何要悲傷

「土匪下山了」

那年深秋，酷暑消退、雲淡天高，頗助遊興。虎踞中學竟在此時組織學生進山砍柴，校方的決定第一次得到我們的熱烈回應。其實，學校的本意是進行一次帶有政治意義的勞動，喚作「接受貧下中農的再教育」。對這樣的政治濫調，我們早就不以為然了，只當山裡的老鄉是逛山景的嚮導。一路之上，北京來的「頑主」們意氣風發、嬉笑打鬧，一副遊山玩水之態，行前的規定「要把這次勞動當作一項嚴肅政治任務來完成」，早就忘到九霄雲外。老師們屢禁不止，只能積憤於胸。到得勞動地點，不待有人分派活計，我們便一哄而散，呼朋引伴鑽進樹林，各尋開心去了。撇下帶隊老師和當地學子，在勞動中體會其中的政治意義。

我們盡情玩了一陣，精力還大大有餘，忽然有人大喊一聲「土匪下山了！」幾十個北京孩子齊聲應道「土匪下山了！」一面造勢地揮舞著手裡的木棍，抽打周圍的草叢和樹枝，從四面的樹林裡呼嘯著沿山坡直奔而下，演成響馬剪徑式的場面，還自鳴得意地又跳又叫。旁邊的勞動者被這種北京玩法，驚得面面相覷。

積怨成仇。虎踞中學的教師終於失去了耐心，會同虎踞公社，一狀告到幹校領導小組。就在「土匪下山」之後不久，我們終於遭到幹校的通報批評。此一時彼一時也。壞學生的惡作劇，當年可以引申出政治意義：這些「高幹子弟、革命接班人」的輕浮行徑，足以使這個紅軍時代老游擊區的人民，對革命成果產生懷疑。我們受到了來自學校、幹校和家庭幾方面嚴厲的斥責。至於家庭，除了管教孩子們不要調皮之外，那些因政治問題正在受到審查的父母，還怕有人借題發揮說：小孩子的胡鬧是替家長發洩不滿，由此罪加一等。就這樣，來自哪一方的壓力都不輕，「頑主」們的氣焰方才逐漸降低。

我就這樣裹挾其中，混過初到幹校的兩、三個月，草草結束了初中的學業，回到四排房，跟五七戰士一起到茶園裡勞動。置身生活困苦、勞動為主、政治第一的五七幹校，我很快就知道什麼才是「現實生活」了。

虎踞山路難行

天氣漸漸冷了，我們的好日子隨著蕭瑟的秋風一去無蹤。那些新奇、得意和浪漫，只持續了半個秋季，接踵來到虎踞山的，是一個終日飄著冷風細雨的寒冬。

◆百衲衣

走在泥濘的紅土路上、攜帶東西、下地勞動都不能打傘。保暖而又柔軟的膠布雨衣價錢太貴，一般人買不起，大家都穿塑膠雨衣。可是，塑膠布遇冷變脆，幾經磨擦就會開裂。它不像布料可以縫補，又不能千瘡百孔地穿著。犯了幾天難之後，有人發明了一個辦法：用固定繃帶的橡皮膠布從裡面把裂口貼起來。這一著果然有效而便捷。當然不是十全十美，要粘的口子太多，小塊膠條星羅棋佈，那半透明的塑膠雨衣，看上去就像百衲衣。雨下個不停，幾乎人人都穿百衲衣，拖鍬荷鋤、步履沉重地行進在爛泥中，像是一群殘兵敗將。再加上男式一律灰色、女式不外淺綠和淺藍，背影難辨生疏。認錯人是常事，人們看到有人特意從身後繞過來看你，你並不認識他；或者，有人招手叫著前面的人，卻沒人回應時，都不會見怪。

脫下百衲衣，裡面的工裝也有可觀。五七戰士身上的衣服既不破也不舊，不少人卻把它們補得整整齊齊。為了準備長期「在勞動中改造世界觀」。下鄉之前，他們就把衣服的袖肘、膝蓋和臀部縫上了補丁。在這個幹校，錢鍾書式帶椅墊的褲子也不少見。很多擁有這種裝備的人是放過洋的，用得也許還是英國料子呢。

◆碗裡的稀粥

幹校的冬天雖然陰雨綿綿，也偶有晴天，但是陽光從來照不進食堂的菜鍋，每天一律：上頓白菜，下頓白蘿蔔，間有白粉條。到了年節則是白菜、白蘿蔔、白粉條。最初兩天大家說好——清淡爽口，第三天就開始抱怨了。也有動物蛋白。看得見的，是早餐稀薄的米粥上漂浮的一層米蟲。要撈上半天才能勉強下嚥。中飯和晚餐是乾飯，肉眼分辨不出米和蟲，只吃得心知肚明。

伙食不好，農活又重，人們的糧食定量卻一仍城裡：男三十一斤半，女二十八斤的舊式標準。俗話說

「半大小子吃死老子」。早上二兩、中午晚上各四兩的低熱量減肥餐，怎能滿足正在發育的少年呢？幹校當局對我們營養不良情況的解決辦法，是加強政治教育、提高精神境界，原理是「精神變物質」。例如，他們說：這正是學習當年紅軍在陝北，艱苦奮鬥之「南泥灣精神」的好機會。而不是孟子云「天將降大任於斯人也，必先苦其心志、勞其筋骨、餓其體膚、空乏其身行……」對青少年來說，主義和真理云云是很唬人的，只有為之肅然起敬和為革命餓著的份。這種情形延續了很久才有改善。

◆貓耳朵

食不果腹的補救方法，是到鄉下的供銷社買點心和零食。店裡的點心只有兩種，一是又厚又硬的大餅乾，不好吃；另一種是瓶蓋大小、黃白兩色、薄薄地向中心卷起、略帶甜味的小花片，我們稱之為「貓耳朵」。可是，購買糧食製品得用當地政府配給的糧票。下幹校的人都過集體生活，每人名下的糧票只在糧食局和大食堂之間周轉，我們一兩也見不到。

沒有糧票鬼也不推磨，徒呼奈何？「天無絕人之路」，我發現，夥伴小鏗手裡有不少糧票。原來，他的父母有先見之明，下放之前就存下一些全國通用糧票。於是，我出錢、他出糧票，攜手奔向一小時路程之外的供銷社，買貓耳朵充饑。

不用糧票的零食有三種：土製麥芽糖，不好吃；帶核的乾桂圓，既貴吃多了又會上火；容易接受的是紅棗。我父親在隔離審查期間，全靠紅棗做補充食品，結果傷了胃。後來聽中醫說了才知道，紅棗雖有補益脾胃之功，也有產生「胃腸濕熱」之弊。

典型幹校生活的另一種形式，是拆散家庭、男女分開的集體宿舍。十幾平方米的房間，沿牆擺滿上下兩層的木床，還有幾十人一排無間隙的大通鋪。在城裡時唯恐房間不夠寬敞的人，此時才發現：在闊不盈米、長僅及身的小小空間也能睡得著覺。各人的行李都堆在一起，手邊只放得下少量生活必需品。人與人之間唯有蚊帳相隔，蔽目而不掩聲。將下放的幹部置於互相監督之中，正是那個時代政治鬥爭的需要。

◆圍觀

後來，有家屬的人奉命攜眷遷居附近農村。這絕不是當局尊重家庭生活的良心發現，實在是由於幹校的房子太過擁擠，他們要騰出倉庫和廠房來搞生產。我的父母正在遭受政治審查，作為懲罰，我家被分派到離幹校最遠的村子：緊靠洣江的江前村。

那兒真是「不知有漢，無論魏晉」的僻壤。初進江前村的一段時間，每天剛一回家，老鄉們便不請自來了。他們幾十個人，分批圍住我、父親和母親，看著我們做事情，神情是那麼的好奇、認真和耐心。我們的舉動時而使他們暗笑、時而引發他們低聲議論。說也難怪，若不是這場史無前例的文化大革命，天子腳下的臣民怎麼會千里迢迢地來到村民們面前，乖乖供他們品頭論足呢？同一個時期，北京市民不是也在街上圍著外國人呆看不已嗎？

這裡的老鄉不懂普通話，他們的土語也是「嘔呀嘲哳難為聽」，勸是勸不走他們的。又不能板起面孔下逐客令，理論上講，貧下中農是我們的政治老師。

不曾想，老師們如芒刺一般、肆無忌憚的睽睽之視還不是最令人難堪的。夜深人散之後，村裡的狗尋蹤而至，聚在我家門前狂吠不已。我們住的是房東的堂屋，開門的那一面是半截糊紙的木製隔扇。外面的狗不知有多少隻，它們咆哮、抓門，聲音之清晰猶如室內，氣勢之洶洶誓必破門而入。乍一落到這種境地，我們比被人圍觀還要不知所措。南方的村落家家相連，我們的處境全在鄰居眼裡。而且，他們也受牽連——狗吵得大家都沒法睡覺。儘管如此，竟無人出來喝止那些無知的畜生，任由它們在那裡吼叫、逡巡，徹夜不休。

回到幹校一問，疏散下去的人都有相似的遭遇。常言道：狗仗人勢，或曰：狗會人意。我們被當成了什麼：籠中的困獸？兇惡的敵人？落魄的書生？農民大概不清楚外交部機關發生了什麼，但是他們知道：常識不會騙人。這些人若是清白之身，為什麼大老遠地來向我們學什麼習呢？肯定是些不速之客。此情此景很持續了些日子。

幹校規定我們要為房東做好事，如擔水劈柴之類。我家房東有兩個女兒，個子小小、年齡與我相仿，她們從江裡挑水回來，舉重若輕。而我年雖十四，已同村裡十七、八歲的孩子差不多高。兩小桶水卻挑得呼哧帶喘、步子不穩，挑一擔灑三分之一。村裡的人看到我那個樣子，不免竊笑。灌滿一個水缸，多跑幾趟事小，面子丟盡事大啊。

◆那些狗

住進村裡不久，父母就在政治運動中被幹校當局隔離審查了。給我造成最大的難題是，在獨往獨來於四排房和江前村的路上，怎麼對付沿途村子裡的狗。這一路要穿過四個小村子，每一處的狗都很不友好。過去我們一行三人，狗見我們人多，不敢造次，對著我們遠吠而已。如今只剩下我一個，它們可就不客氣了。幸好沒有彪悍的名狗遺種於此，那些笨狗一怕人向它們扔石頭，二怕人彎腰撿石頭。於是我就「以石買路」。進村之前撿好一捧石頭，一進村，村裡的狗少則一隻、多則一群，向我猛撲。我便頻擲石塊，還彎腰作勢，且戰且走。出得一村，再準備「下一筆買路錢」。有幾次，手裡面的石頭打完了，狗群未退，我人卻還在村子中間，只能掄著書包與它們鏖戰。

那裡的村民大概與古羅馬的貴族一樣，有觀賞人獸大戰的癖好。多少次，我手忙腳亂力搏群狗的時候，他們只是為狗助威，從來不曾有人出面給我解圍。又窘又恨之中，我記住了他們。後來，其中兩人被我在別處碰到，我毫不猶豫地沖上去收拾了他們。可悲的是，當年我硬撐著小夥子不能說怕狗的面子，從不向人訴苦求助。其實，心裡恍透了那條當眾表演之路。

◆搓泥丸

一九七零年初，我被派到校部的茶葉加工廠去勞動。這裡距江前村太遠了，才被允許搬回四排房集體宿舍。但是，每天上班、下工來回要走的路也不輕鬆。和上了初春雨水的紅土奇黏無比，粘在雨靴上，沿鞋幫平行向四周擴展，像在雨鞋外面套上了一張大泥餅，鞋的重量增加了好幾倍。步履所及的紅土泥，並不都附在那張大餅上，有的掉進了鞋裡，倒出來的時候已經在腳和鞋之間，搓成滾圓的小泥丸了。泥路上，走幾步就得停下來，把泥餅除掉、泥丸倒淨。紅土大概是一種很好的染料，沒有一個人的襪子洗得乾淨。

記得第一次走這種路時，紅膠泥把我給粘糊塗了，我先在自己的鞋子、又在走路姿式上找原因。前後看了看，人人都是如此，方才相信這確實不是我的錯。也許這正是老鄉們不在可以飽覽風景的丘陵之上安營紮寨，全住在平川上的緣故，那裡是沙地。

◆夜歸

然而，「凡事都有例外」，有一種狀況可以把行人的注意力從泥地上轉移開，那就是一個人冒雨夜行。深夜，我獨自下班歸來，先走過一片平地，剛出校部的燈影，就來到一條幾十米長、獨木橋似的水渠前，兩邊的稻田都在幾米深的底下。過來之後，緊接著的是墳地，長著幾棵半枯的大樹。然後是寸草不生的荒土崗。幾番上崗下溝，才到了有茶樹的紅土坡。茶樹有半人高，一行行地隨著丘陵起伏。這一路要走四十分鐘。

多少個陰雨的深夜，我身著「百衲衣」、手持昏暗的電筒、深一腳淺一腳，從校部走回四排房宿舍。傳說中的魑魅魍魎、野地裡的豺狼蟲蛇、伺機報復的階級敵人，此刻像是都在周圍徘徊。朋友們為我壯膽，給了我兩件「兵器」：一根木棍和一把鋼絲鎖。不料，隨時準備戰鬥的心態增加了夜行的恐怖感。手裡一燈如豆，周圍的情景深不可測，我全神貫注於應付突然襲擊，早顧不得腳重路滑，反而走得更快了。若是晴天，雲移月影，陰影幢幢，倍感緊張。有兩次，我甚至在幻覺中聽到喝斥聲。

在那些日子裡，四排房的燈光對我，猶如「八角樓的燈光之於井岡山的紅軍戰士」那樣珍貴、嚮往。每天下工回來穿過墳山荒嶺，第一次望見宿舍燈光是在一座土坡上，只幾步就要下坡重入黑暗了，這是一道又寬又深的溝，每次走到這裡，我都要一口氣跑下去再衝上來。心裡高興道「到了、到了，」把一路上提著的心放回肚子裡。

直到入夏，校部蓋起了幾排新房子，分給我一席之地，才免去我夜行的苦役。

（我們茶廠連

我去勞動的地方，是五七幹校的茶葉加工廠，因幹校管理仿效軍事編制，所以這個加工廠叫做「茶廠連」。連裡的主體是和我一般大小的初中畢業生。那年頭，不用說虎踞中學原本就沒有高中部，全國的高中和大學都停辦了。初中畢業生以豪邁的姿態走上社會，稱為「到階級鬥爭、生產鬥爭和科學實驗三大革命鬥爭實踐中，去接受工人階級和貧下中農的再教育。」這是毛澤東思想的一部分，被譽為「雨露陽光」，它灑遍神州大地的每一個角落，以此哺育我們成長。於是，三四十名男女初中生，分別被派來茶廠連，成了湖南茶葉加工業的學徒工。那時，我十四歲，同伴們也不過十五六歲。雖然那個時候十五歲以下出賣勞力也算童工。

◆特級特等

當然了，我們的就業不那麼平凡，而是頂著鄭重其事的名義的，有一大套說辭：在老工人的指導下，學做青茶加工；周圍的貧下中農是你們的勞動榜樣，正在進行的政治運動，為你們把握方向；「現在，你們是光榮的小五七戰士了！」。

輟學時，我等名曰初中畢業，其實中學上的不到兩年。實際的文化程度是：數學，三元一次方程；力學，加速度和自由落體；光學，光的折射和反射；化學，物質的化學變化和物理變化；生物，有機體是由細胞組成的；如此而已。腦子裡除了一點少年的幼稚之外，大都是流行的政治信條。同伴們的情形也大致如此，特立獨行的是少數。茶廠連畢竟不是虎踞中學，這裡的主流是政治學習和體力勞動，輕易鬧不起事來。

把非強制性勞動與什麼主義、某種理想聯繫起來，境界就提高了，一樣的事情就顯得意義非凡，茶廠連的工作就是這樣。那時我們所做的一切，據說：有助於從小樹立無產階級人生觀；還是建設社會主義和世界革命的一部分。在當時的大環境下，我們對此頗引以為榮，幹起活來既主動積極，又興味盎然。

一年有三個採茶季節，五七戰士在山上把嫩葉摘下，挑到茶廠來，我們負責把它們加工成供飲用的成品。經茶葉專家一番指導之後，就自己動手做了起來。茶葉加工的第一步是炒。最初，機械炒鍋還沒有安裝好，我們只能在大柴鍋裡炒茶葉。上崗的人手持兩把大竹叉，站在熱氣蒸騰的鐵鍋前，不停地翻動茶葉，弄得滿頭是汗。好在每班不是一個人，大家有說有笑，倒也不覺得怎麼難過，只苦了外邊的火伕。正是陰雨季節，木柴和煤塊都是濕的，而燒灶火又很要技術，我們誰也不曾做過，裡面要大火，外面點不著。每個人都出來試過，無一例外地嘗過灰頭土臉、氣急敗壞的滋味。幸而年輕人好勝心強，不久，我們個個都成了「玩火高手」。

下一道工序是揉，有專門的機器。在把又軟又蔫的茶葉揉成卷的過程中，得停幾次機，用手把結成的團塊掰開，手被弄得又髒又黏。這活兒和再下一道工序烘乾一樣，是輕活兒、瑣細活兒，男生不屑為之。果然女生有耐心，做得任勞任怨。

加工廠裡，終日飄著茶香，芬芳醒神。起初我們都能在茶香中熬夜加班，久了就不行了，於是就沏茶解睏。再後來，非鍋煮濃茶不能消乏。多年以後，茶廠連出來的，還有不少人專喝釅得不堪入常人之口的茶呢。

勞動終究是人類最基本的活動之一，它從不辜負任何人。小五七戰士製的茶，使指導我們的茶葉專家們驚喜，評為一級一等和特級特等，還運去各駐外使領館，招待駐在國的人士。這是種茶人、採茶人和製茶人共同的成就，久久為人津津樂道。

◆生力軍

採茶季節的空檔也有活兒幹，比如蓋簡易房子。那是個百無禁忌的時代，我們造房子除去燒磚、製水泥，其餘的幾乎都是自己做。挑水和三合土最累，砌牆有點太鄭重其事，最有意思的是傳遞磚瓦。做的時候，一個人站在腳手架或坐在屋頂上，另一個人在地面，下邊的人往上飛遞磚瓦。目標要準，正好拋到接活兒人的眼前。因為他在上面沒有轉身和躲閃的餘地，只能在伸臂可及的範圍抓住飛來的東西。下面的人雙手捧著一塊磚或幾片瓦往上飛遞，還要用力恰好，輕則半途墮下、猛則傷人。接的人手法也有講究，兩只手去接，一觸到飛來的東西，立即一面抓緊、一面後撤，形成緩衝。不然，手會挫傷或失手使磚瓦掉下，把剛做好的活兒砸個一塌糊塗。蓋房工地上，和泥聲、砌牆聲、工具的碰擊聲、各種吆喝聲交織成片，頗不寂寞。工作很累，但是眼看著嶄新的房子，在我們手裡節節昇起，高高矗立，成功的喜悅淹沒了一切。

在幹校，茶廠連是一支公認的生力軍。我們不僅年輕力壯，還是唯一全員出工的連隊。那時正在搞政治運動，不少人被關了起來，其中很多是青壯勞力。所以，那些需要大批強勞力的活兒，就歷史地落在了我們肩上。最累人的、到江邊運沙子就是其中之一。我們三四個人，拖著一輛兩米長、一米多寬的木板車，揮動鐵鍬、裝上幾千斤重的沙子，手拉肩扺，跋涉在田間土路上。

那令人洩氣的泥地，平時空身走尚覺困苦不堪，遑論如牛負重，不知枉費了多少氣力。天一放晴，紅土地幹硬得像石板，路面更加凹凸不平。重車顛簸起來力量很大，這時可就苦了駕轅人。他要掌握方向，還得全力壓住車把，不使車把顛脫出手、全車傾覆。幾里路下來，不僅虎口脹麻、肩背酸疼；卸車以後，全身肌肉還久久不能放鬆。畢竟還是孩子，走在路上，後面推車的人會不停地用吆喝驢馬的口令同掌把的人開玩笑。我們都不以為忤，還齊聲唱著：

我們走在光輝的五七道路上
滿懷豪情鬥志昂……

◆洣江茶場

一次，我們全體外出，到五六十里地以外的洣江茶場去參觀。旅行的方式是當時最時髦的列隊徒步而行。其時暑熱未消，白天趕路太過辛苦，我們是傍黑登程的。漏夜步行幾十里，對我們來說並不陌生。在北京上中學的時候，一年夏秋兩季，都要下鄉支農。也是夜行幾十里，還要把自己的鋪蓋打成三橫兩豎的背包背著走呢。這次我們沒有背包，幾十個人，女生在前、男生在後，排成兩列，走在山間公路上。越走夜越深、山越陡，神疲力竭、精神恍惚。稀疏的星光下，公路兩側的山崖黑壓壓地向人傾斜；冷風掠過樹林，嗚嗚做響。此情此景，與明月輝映之下的華北平原絕不相類。人們心裡一怕，愈發斂氣屏聲，一齊落入恐懼之中。其實，「境由心造」，要是有人說個笑話或領頭唱支歌，氣氛一定改觀。可是那天，夜太深、山太重、風聲太淒涼了，誰也開不了口，擔驚受怕地一直走到天亮。

洣江茶場的種植面積比我們幹校大若干倍，一行行茶樹茂盛地封住了田壟。相形之下，幹校的茶園等於營養不良。

卻原來這是個勞改農場，它的實際名稱是「湖南省第三勞改農場」，我在這裡第一次見到勞改犯。他們列隊上工幾十人一群，四五個持槍的軍人，手扣扳機、表情嚴肅地押解在旁。我從來沒有見到過如此蓬頭垢面、衣衫襤褸的人。看上去，很多囚犯有病或者帶傷，吃力地扛著鐵鍬和鋤頭，步履蹣跚。藍天、綠樹、紅土之間蠕動著這麼灰頭土臉、神色呆滯的一群人，雖煞風景卻意味深長。當時的說法是：他們都是兇惡的階級敵人，被弄成這副模樣，體現著無產階級專政的威力。這點最起碼的階級覺悟我們都有，只是剛剛擺脫了夜的淒苦，又在光天化日之下見此恐怖陰森，不免白日見鬼之感。後來我聽說，潘漢年就瘦死在這裡。

潘氏是一個著名的老共產黨員，解放之初，他是中國第一大城市上海的副市長。一九五五年春，潘某在北京開會期間突然被毛澤東親自下令逮捕。一直被改名換姓、輾轉關押，直至一九七七年死亡，墓碑上刻的都不是他的真名。潘漢年一案，是共產黨內部自相殘殺的一個範例。潘某為什麼被毛澤東折磨至死，至今說法不一。有人說：抗日戰爭期間，共產黨曾經想與日本人攜起手來打擊國民黨，派去同日本侵略軍交涉的就是這個潘漢年。後因日軍不敢相信共產黨的誠意而未果。共產黨不願此事被張揚出去，所以一待方便行事，就把老潘囚禁了起來。迄今大陸上的標準說法是：抗戰時，潘是中共安插在敵後的地下黨。他被其他漢奸挾持、非正式地與漢奸政權頭目汪精衛見過一面，事後沒有及時向黨的高層彙報，引起毛澤東的懷疑、關押至死。另外有人指出：潘某見過汪氏一事，延安確實不知道。但是重慶的報紙立即披露抨擊了此事。後來，潘漢年在延安見到毛澤東時，在毛興致沖沖地告訴他中共如何撰文闢謠時，老潘居然沒有據實稟告，形同欺君。直到聽說當年參與其事的漢奸胡均鶴被捕，他才「搶先」補充滙報了此事云云。當然，與許許多多其它案子一樣，個中真相或恐永遠不會為人所知。

◆渡江

回程不再夜行。本來一路無話，不曾想臨近幹校過江時險些出事。當地擺渡的船是船家在後面掌舵，乘客在前邊撐篙。那天江水很急，我們人小、力氣不夠，不能逆水把載著幾十人的船撐住，再使它截流橫渡。換了幾個人，不但無功，反而把竹篙下面的鐵錐子掉在江裡。船篙不能用了，急流把船沖向下游。江中橫亙著一道道石壩，若是撞將上去，一定「水淹七軍」。舵手急了，在後面大叫，誰也聽不懂他想讓我們做什麼。面對激流，不僅女生、男生裡也有人臉色發白了。領隊開始問「誰不會游泳？」一旦束手無策，氣氛馬上緊張而又悲觀。不知過了多久，忽然發現船入緩流、靠近岸邊了。原來，人家船老大的舵一直在起作用。而我們因為聽不懂他的話，竟然忘記了他的存在。他招呼岸上的老鄉涉水上船，用那支破篙勉強把船撐靠了岸，這才算有驚無險，躲過一劫。

靠岸的地方遠離渡口，回到校部要多走一大段路。我們狼狽上岸、不顧而去，都不曾問過船家：他將怎樣返回上游的渡口？更沒想過，不知有多少人在那裡等著過江呢！

自命不凡、漠視他人，是北京幹部子弟的習氣之一。並非僅對圈外的人，即使同是一個機關的子弟，也分幫分派，互相看不起。我們茶廠連有十幾個男生，足夠分成兩派了。大致上，一邊比較循規蹈矩，另一邊自由散漫。我屬於前者，算是老實孩子。那些不太老實的，以在北京時是頑主、到虎踞中學來鬧學的幾個骨幹為首。古今中外，歷代青少年無不以勇於驚世駭俗者為最風流。可憐，在那史無前例的文化大革命中，世風太過呆板，偷偷地抽抽煙、喝喝酒、說說怪話，已經顯得與眾不同、膽大妄為了。若是還會欺負弱小，就更有資格傲狂。茶廠連裡的狂人也就不過如此，至於越軌之舉的極致——交女朋友，還沒人敢幹。其實，他們幾個並不太壞，按北京的標準，還不算典型的頑主，姑且稱他們「散漫派」吧。

這一派裡有個阿南，十分懶惰。我記憶中，幹活公開偷懶的唯有他一個，而且一貫如此。這在把勞動表現當作政治態度的年代，是直接影響其聲譽的。他和好孩子達平與我同一宿舍。達平幹起活兒來從不惜力，素有「野牛」之稱，與那阿南自然不和。阿南嘴很「欠」，欺負達平有點口吃，常常學他說話、笑話達平。他沒料到，「牛」一急可就不好惹了，何況「野牛」？一天晚上，達平終於忍無可忍，跳將起來、衝了過去、把阿南按在床上，順手抄起一支氣筒就打。阿南不是他的對手，只有招架之功。正在拉扯、勸解不開之際，只見最猛烈地一擊直朝著阿南的頭上砸去，人們正待驚叫，達平手裡的氣筒先打到懸在半空的燈泡上。緊隨一聲巨響，大家都陷入黑暗中，找不到對手，打鬥才告結束。他倆從此未交一言。

阿南的同夥都住隔壁，他們聚在一起吸煙、說笑而已，未見任何驚人之舉，卻一個個自我感覺很好，看不起我們，嫌我們「土」。他們高貴在哪裡呢？一個典型的舉動是：小解不去廁所，便在一個半截的竹筒裡。然後把門開條縫，伸頭出去看看，一見沒人，便從門縫裡把尿潑在門口，若是有人經過，就把那一竹筒尿存在門後。

其中最狂的一個綽號「屁眼兒」，我曾經領教過他的威風。一個晚上，我被「屁眼兒」從宿舍叫了出來，黑暗中還有一個人給他助威。他用惡狠狠地語氣對我說：你要是不把那個放飯票的小鐵盒給我，我就打你！而我，即便不是懾於他的赫赫聲名，也不至於為了那個舊「555」煙盒，吃這個眼前虧呀，就順從了他的頑童行徑。他們當然技不止此，是單調的幹校生活埋沒了他們。我想，搶我的空煙盒一定只是「屁眼兒」的過癮之舉。

茶廠連裡還有一位「獨行俠」，此人名小可，年不過十五六，已經開始了對異性的研究。他專門喜歡偷看女廁所和女浴室，還莫名其妙地幾次把女生泡在盆裡、還沒有洗的內衣，連水端走。他的行為為我們所不齒。或許是文革中的禁欲主義波及青少年的結果，當時的風氣是，男女生互不理睬，暗中相戀的事情也許有，但從未有人露過聲色。如果說四排房男女生的關係是個僵局，茶廠連就是冷戰了，可惜我至今不曉得女生的感想。男生談起她們，不但語多譏諷，還給她們每人起了一個外號。好像一說女生的好話，就失了男子氣似的。一時之間，女生簡直成了僅次於階級敵人的對頭。所以，小可不但丟了全體男生的臉，還使自己成了孤家寡人。

◆我的手

要不是有政治運動壓抑著散漫派，他們也許會鬧點事出來。文化大革命期間還有很多小運動，叫做戰役，我們茶廠連趕上了個「一打三反」之役。打誰和反什麼，現在記不起來了，反正是「挑動群眾鬥群眾」諸多花樣中的一種。那年頭，人們的一切思想、言行都要同國內的階級鬥爭和黨內的路線鬥爭聯繫起來，前者叫做「綱」；後者叫做「線」，或者另有專用名詞。若是有人存心想整你，隨地吐口痰，一經「上綱上線」，也能被說成是「反革命破壞行為」。按照那套邏輯一分析，少年郎抽煙喝酒、打架、偷竊等不良之行，都是十惡不赦的資產階級劣跡，發展下去就是「敵我矛盾」了。茶廠連的領導是校方派來的幹部，富有政治運動經驗。算算那幾個散漫派的罪行還不夠可觀，再明查暗訪、探得了他們在北京時候的一些不軌之行，新債舊帳加在一起就有文章可作了。

一時間，像被審查的五七戰士一樣，這些十幾歲的孩子也變成有政治性問題的人物了，逐一開了批判會。大會之前先開小會，由連領導給我們幾個要在會上發言的佈置任務：誰說什麼、怎麼說。能在會上發言批判別人，是一種政治待遇，說明自己表現好、相對安全，依照當時的道德觀念和行為準則，這是人人要爭取的。我曾享有這一政治待遇，卻是來之不易。運動初期，我也被開了一次會，讓我講講對於父母受審查的認識，並對這樣的家庭給予我的非無產階級思想進行批判。怎麼過的關我已經忘了，可以肯定的是我准是先把自己說成一無是處，再按規定說什麼要同父母親「劃清界線」。好在我自己並沒有其它問題，才得到領導的寬容。

遇到運動，壞孩子就只能怪自己生不逢時了。在批判會上挽救他們的方式是「誇大其辭，聳人聽聞」。那些本來沒什麼大不了的事情，一經用時下的政治理論衡量，便不是「替階級敵人做了槍手」，就是「辜負了拋頭顱、灑熱血的革命先烈」。好像亂亂黨、亡國全在他們手裡了。

政治運動中的表現是要記檔案的，誰也不願背著污點走過一生。所以，被批判的人不論服氣不服氣、覺悟未覺悟，都不僅不敢說一個「不」字，還得俯首認錯，誇大其辭地自我批判一番。那些自罪其咎的話中，不乏精彩之語，記得號稱「孟家五虎」之一的小五，在悔過自新的發言中，語言樸素、心情沉重地說：工人農民解放軍的手是建設祖國、保衛祖國的手，我呢？我的手是拿刀子的手……痛哭起來。

◆毛的哲學

有人說當年人們積極的政治表現，全是出於對迫害的恐懼，其實並不盡然。多年以來深入、普及的思想教育，早已經使人們具備了「讀毛主席的書、聽毛主席的話、照毛主席的指示辦事、做毛主席的好戰士」之類的自覺性，不過各人能夠做到的程度不同而已。我們青少年涉世未深、頭腦簡單，就更無例外了。很多年裡，毛澤東的著作是全國人民的必修課。從初級政治教程《毛主席語錄》，到解答一切歷史、社會、政治、哲學乃至自然辯證法問題的「紅寶書」《毛澤東選集》，以及無數輔助讀物和宣傳手段都把「毛澤東思想」說得頭頭是道；教得人們心服口服。茶廠連期間，比勞動還重要的事是政治學習。當局對此很重視，請了一位曾在大學裡教辯證唯物主義的老師，專門給我們講解毛澤東的《矛盾論》和《實踐論》。

毛一向被人譏諷為「農民哲學家」。但是，這也許正是他的過人之處。作為政治家，喚起民眾跟他走，是成功的不二法門。康德、斯賓諾莎、黑格爾之流的學說史有定評。可惜中國的老百姓、我等初中生哪能懂得其奧妙？加之意識形態的嚴密控制，我們別無選擇地接受了馬列主義、毛澤東思想。又何況，毛的哲學文章是那麼的深入淺出，在日常事物中又經得起推敲。好像解釋一般狀態之下的物理現象用不到愛因斯坦相對論，有牛頓經典力學就夠了。這也就是毛澤東的指示，每每能在全國人民中間收如鼓應桴之效的道理所在。

哲學教師給我們講了毛論「事物矛盾的法則」，說是事無鉅細，其中都存在互相矛盾的兩個方面，它們之間的關係是不能調和的鬥爭；因此，社會上的人大致可以分為無產階級和資產階級。在解決了誰戰勝誰的問題之前，辛辛苦苦的建設成果，有可能落入敵手。所以，不妨先把經濟建設放一放，先在政治運動中徹底擊垮資產階級及其一夥，等等。此一說聽來有理，對於勞民傷財的文化大革命、和搞到自己頭上的「一打三反」，我們也就沒什麼可說的了。另外一篇是毛的格物致知說《實踐論》。大意是：一切知識均來源於直接或間接的經驗。其公式為：實踐——認識——再實踐——再認識，直至獲得真知。一經解釋，對我們的輟學做工就得額首稱慶了：勞動給我們直接知識、毛著四卷給我們間接知識，豈不省心省事，夫復何求？

雖然，「以子之矛陷子之盾」的故事，從小就聽過，卻只當是個笑話；更不會把歌德的名言「理論是灰色的，生活之樹長青，」化做自己學習和分析事物的方法。所以，周圍人們的生活、發生過的事情中間，與毛的理論不盡相合之處，困擾了我好多年。

貧下中農

中外古今的文人雅士、巨賈高官，多半歡喜標榜自己頗富田園之趣、嚮往山林之隱。其實，那是他們錦衣玉食、華廈雕車的日子過久了產生的錯覺。我在世外桃源般的環境中生活過，只需領略一二，便可深知個中滋味。我們幹校所在的茶陵縣虎踞山，地處湖南和江西兩省交界，羅霄山的餘脈青翠高聳，直伸到這裡。山腳盤繞著碧綠如帶的洣江，江水清澈見底，江岸綠草茵茵。幹校就在江邊，藍天、紅土、茶園，如詩如畫；丘陵下面白霧繚繞的村落，如夢如煙。可惜，幽美不等於富庶，溫飽是人類的第一需要。我想，如果陶淵明過的是三餐不繼的日子，一定會把東籬下的菊花連根拔起，改種土豆和紅薯的。

這裡的農作物除水稻以外，還有苧麻、姜、花生等經濟作物。就是說，口糧之外能換錢的東西也不少。也許是政府低價統購的關係，翻身做了十幾年國家主人的貧下中農還是很窮。他們住在半磚半土坯的屋子裡，牆上開幾個方洞、豎三、四根木棍就是窗戶，既不遮耳目、又不擋蚊蠅。室內一床、一桌、幾只板凳而已。家家燒柴舉火、燃油為燭，熏得四壁漆黑，白天也不能看書。人不分男女老少，一律身著黑色土布衣褲，四季皆然。農民們從小勞作，風裡來雨裡去，人人皮膚粗黑、身材矮小。所以，在他們眼裡，北京來客個個都好看。

他們日出而做、日入方息，除了稚童看不到閒人，仍然清貧得連婚禮都熱鬧不起來。平時走在路上的幾乎只有兩種人：荷重的挑夫，迎親的小隊。挑擔的或男或女，幾個人一排，每人一根短短的竹扁擔，兩頭墜著百十斤重的稻穀等物，按著同一個節奏，邁著扭秧歌似的步子，無言疾行，一走幾十里，整齊劃一像一隊大雁，當然沒有那麼飄逸。迎親的方式也很別緻：每隊不超過十個人，一人擎著一把傘。新娘就在這中間，因為不著鳳冠霞帔，故爾生人莫辨。無論多遠，都是徒步而來，路上遇見人，他們會害羞地以傘遮身。人們只能對新娘的容貌產生遐想，絕不至於對她的嫁妝做出不切實際的估計。

當地農民嗜食辣椒。手裡的飯碗，白米飯上只鋪著一層紅辣椒，一邊吃一邊吸著涼氣，頭上滲出汗珠。關於吃辣椒，營養學家說它富含維生素；老百姓說它可以驅散風寒；毛澤東又說是革命性的標誌。其實，哪一種蔬菜裡的維生素都不少，辣子吃多了，會刺傷胃粘膜、引起痔瘡……至於散風寒，有的是靈丹妙藥，辣椒的位置大概在「解名盡處」；而毛老爺子餐桌上的辣椒，是同大碗紅燒肉一起端上來的。

我想，窮鄉僻壤裡的農民，世世代代過著同樣的日子，單調、乏味使人麻木，除去辣子，大概少有其他的東西能給他們以感官刺激了。

那裡財富最集中的地方，恐怕得數幹校附近農村的供銷社了。沒有櫥窗，臨街牆上幾個笨拙的墨筆字告訴人們：這裡販賣民生必需品。店裡是泥土地。未曾裝飾過的木製櫃檯的邊沿，被往來的農民兄弟磨擦得烏黑發亮。室內散發著煤油、燒酒和醋混合的味道。氣味之怪，足以使清醒的人眩暈、使迷糊的人振奮。裡面的商品雖不應有盡有，倒也種類繁多，農具、五金、服裝、炊具等等，每類都有幾樣，只是貨色單一，無可選擇。就像那個年代中國人民的生活方式和思想內容一樣，全由政府規定和設計好了，個性一說與反叛同義。

幹校校部所在的虎踞山，離最近的長途汽車站有十幾里，從那兒到茶陵縣城大約六十多華里，四排房就更遠了，對江前村的村民來說，去一趟縣城簡直是生活的劃時代。就連我們這些小五七戰士到洣江茶場參觀時，都被當作中央首長，也就難怪村子裡的老鄉圍觀我們了。在他們眼裡，幹校的人不但長相好、穿得高級，而且人人是闊佬。儘管真正的高幹為數不多，一般幹部並不富裕，我們還是很有購買力，因為虎踞鎮集市上東西比起北京來，真是太便宜了。我記得，周圍農民自產自銷的西瓜一分錢一斤；雞蛋三、四分錢一枚；雞鴨魚都是活的，一兩塊錢就能開一次葷。所以，一待幹校的管理稍稍鬆弛，那些住在村子裡可以自己開伙做飯的人，便瞪著饑餓的眼睛來趕集了。

商品經濟的規律在任何地方、任何時代都起作用。只消三五次開市，全部果菜肉蛋的價格成倍上漲。農民買不起了，一罵幹校的人太有錢、二罵攤販不顧鄉誼；幹部們也願意集上的東西永遠價廉物美。大家南腔北調吵著討價還價，集市熱鬧非凡。

村居的日子也有趣事，比方看老鄉殺豬。操作的時候，屠夫先將一把牛耳尖刀叼在嘴上，再同他的助手，慢慢地把未經捆綁的待宰之豬，引向一個二尺來高、頂部下凹的木架子。到了那兒，兩人一前一後、猛地抄起豬腿、掀翻在架子上。那可憐的豬來不及掙扎，已經仰面躺在三邊無著的凹陷裡。說時遲、那時快，屠夫早已利刃在手，對準豬的喉嚨只一刀，頓時血湧如注。架子上的豬四腳亂蹬、卻不得翻身，徒然發出淒厲的嘶叫、聲聞數里。一會兒，豬安靜下來了，屠夫過去用手握住翹起的豬嘴、轉動豬頭，把血擠淨。然後在一隻豬腳上，割開一個小口，將一根一米左右長、手指粗細的鐵棒，從傷口插進去，慢慢地伸到豬的肩頸，並以那個傷口為軸，用鐵棒在豬皮與豬肉之間做扇骨式穿插，造成無數通道。這時，屠夫放下鐵棒，兩手撐開豬腿上的刀口，把嘴貼上去，用力吹起氣來。他們個個體魄強健、氣力驚人，不幾口那百多斤的豬就皮肉分離、脹得像個大氣球了。隨即，在觀眾的喝采聲中，屠夫就著木架、持刀把豬皮從肚子上豁開，再一刀一刀將豬皮完整的剝下來。我計算過一次，剝一張豬皮只需要十一分鐘。加上先前的動作，至此不過半小時。以後我在別處，再也沒有見過身手這麼矯健的屠夫。

虎踞鎮只有一個屠宰場。沒想到，殺人也在這一帶。那年頭，據說階級鬥爭是尖銳複雜、你死我活的。農村小農經濟的殘餘和幹校裡的反革命份子，都是鎮壓對象。雖然不是抓到就殺，為讓他們服服貼貼，懲一儆百卻是必須的。在幹校抓「五一六」運動開始後不久的一天，全體幹校人員無論老少，全都列隊來到虎踞鎮，會同當地農村社員開了一個批判大會。主角是兩個散發反動傳單的青年農民。記得他們的年齡一個二十一歲、一個二十二歲，除去思想反動之外，並沒有其他罪行。那個會也許應該叫做公審大會，是拿政治犯當作刑事犯來處理的。臺上若干人等慷慨激昂地聲討了一番之後，當地公安幹警宣佈，判處這兩個年輕人死刑、立即執行！果然是立即執行：他們被拖出會場不一會兒，就傳來槍聲，刑場就在旁邊的山坡上。槍聲一落，領導就令大家排隊前去觀看，名曰「受教育」。只見一個滿臉是血、陳屍地下；另一個，子彈打掉了他的下頜，頭上沒有血，慘白的臉上缺了一大塊。

這是我第一次看見死人，確實感到了恐懼。當時誰都知道，要不是幹校在大抓「五一六」，那兩個青年罪不至死。

抓「五一六」

一九六六夏天開始的文化大革命，只兩三年，就在全國範圍內造成了罄竹難書的混亂與災難。始作甬者雖然是毛澤東、林彪、周恩來那些人，但是他們怎麼會負這個責任呢。正好，社會上有過一個叫做「首都五一六紅衛兵團」的反對周恩來的極端組織。規模很小、曇花一現，並無實際作為，而且已經被取締。出於政治家的敏感，他們馬上意識到，這個小團體有別於其他群眾組織的一個特點：秘密性，具有極大的利用價值——為文革初期各地區、各部門的失控狀態「背黑鍋」。

幸好社會大眾都能理解，一個暗中發展成員、單線聯繫、隱秘行事的政治組織，多麼神通廣大。他們既然無所不能，就讓他們承擔一切吧。中共定計嫁禍於人，把前幾年的社會亂象說成這個地下社團暗中策動，作為給予社會的一個交待。於是，毛澤東、林彪相繼下達了徹查令。毛的話是最高指示「革命的學生要團結、要聯合，共同打倒反革命陰謀集團五一六。」林彪那時還是副統帥，他的話一貫好走極端、不留餘地「軍隊是專政的工具，一定要把五一六份子查清，一個也不能漏掉。」具體操作則由周恩來親自調度。

所謂：上有好者，下必甚焉。「清查五一六份子」的政治運動能在全國迅速鋪開，自有其廣泛的社會基礎。文革伊始，「革命群眾」就分成了勢不兩立的派別。隨著毛澤東翻雲覆雨，各派輪流執政。只消幾個反覆，「派性」就昇級成了仇恨。很多人等著利用搞運動的機會洩私憤、圖報復呢；政治運動也是踩著別人往上爬的好機會。把大批幹部集中到幹校來，原意就是便於開展政治整肅。於是，北京下來的大隊人馬，行裝甫卸、喘息未定，「清查五一六份子」的運動，就緊鑼密鼓地開場了。

◆「社會的良心」

那是個「寧可錯殺一千，不能放過一個」的時代。加上敵人都在暗處，殃及無辜幾乎名正言順。運動之初，誰也不知道這個國務院要害部門，有多少「五一六份子」，只聽說始作俑者是一位女士，她曾在那個隱密組織的發祥地「中國科學院哲學社會科學部」工作過，「所以是她把『五一六』引到外交部來的！」然而，由於他們單線聯繫的緣故，這個陰謀集團最終發展成了多麼大的規模，就誰也不知道了，也就可以任意擴大打擊範圍了。破獲他們的第一個方法是「順藤摸瓜」：讓已經暴露的「五一六份子」指認其同黨。無中生有的事說著容易，做起來非常之難。然而，當局卻得到了充分展示其政治鬥爭手段的機會。

基本的做法是先開批鬥會，規模依案情不同而各異，有班組、連隊、幹校，乃至游鬥於全部各幹校和在京部機關的區別。當年的批鬥大會聲勢非常嚇人。少數人利用這個機會官報私仇，平日無處宣洩的私怨，此時正好借題發揮；還有人混水摸魚，趁機把別人拉下來，為自己昇遷掃清障礙；也有人刻意表現自己，以示區別、免遭池魚之殃等等。雖然用心各異，卻都不遺餘力、一同對受難者落井下石。至於大多數的「革命群眾」，他們並不知道個中就裡。這個中央大部雖是官場，慣會因勢利導的野心家倒還不多，多的是知識份子。

有人說「知識份子是社會的良心。」那個時期的良心是什麼呢?是革命性、是鬥爭性，是對毛主席和共產黨的一呼百應。因為他們「受黨教育多年」，因為他們早已「誓死捍衛無產階級專政」。一切背離毛主席革命路線的人或事，都不被他們容忍。只要是黨講的故事，無論多麼離奇他們都相信，沒有人認為這是盲從，多年來的各項建設成就已經使人嘆服。所以，依據當時的道德觀念、是非標準和行為方式，對「階級敵人」實行殘酷鬥爭和無情打擊，不但無可非議，而且是「很有必要的，是非常及時的」。同樣可悲的是，站在臺上挨鬥的人，囿於時代的意識形態，也或多或少地認為自己真的有錯、甚至有罪，只是罪不該誅而已。從而助長了批判者的氣勢。就是這樣，心懷鬼胎的人興風作浪、不明真相的人推波助瀾，給慘遭歷史愚弄、被揪鬥的人造成了多麼大的壓力，也就可想而知了。

◆逼供信

當局迫人就範的手段絕不僅止開鬥爭會，還有牢獄之災和殺身之禍：虎踞鎮上槍斃的那兩個青年就是範例。散發反動傳單即以死論，若是依例治罪，那相似的、更大的事情就算從輕發落，又能怎樣呢？一九六七年，外交部管轄範圍內出了奪權、香港「反英抗暴」和北京火燒英國駐華代辦處等等事件。當時的處理方案全是依照中央的意思定下來的，後來發現不妥，但是上頭反過手來，把責任往下一推，說是有「五一六份子」搗亂其間。這個罪過比發傳單大多了，有關人員不僅得代人受過，還被追究莫須有的政治動機。

其他一切與時下行為準則不符的陳言往事，乃至派別之爭，無一不能同本來含糊其詞的「五一六」行徑扯上關係。按照「無限上綱」的推理方法，幾乎所有「有問題」的人，都夠得上殺頭或者坐牢的罪。所以，眼下的「逼、供、信」竟是「挽救、寬大和給出路」之舉，被系於倒懸的人們，還得對黨的「苦口婆心」感恩戴德呢。

毛澤東等人比馬基雅維利和李宗吾之流高明之處還在於，他們會「用革命的兩手，對付反革命的兩手」。當年他們一面大批特批「資產階級人性論」；一面利用人倫親情作為政治鬥爭的工具。為了積累戰果、邀功請賞，他們不惜使出殺手鐧脅迫「拒不認罪、負隅頑抗」的不合作者——強迫落難者家屬「大義滅親」。社會上現成地有「天大地大不如黨的恩情大，爹親娘親不如毛主席親」之類的「定論」；而且，人人認可的親疏標準，首先不是血緣和私情，而是對待「毛主席革命路線的態度」；同時，與誰站在一起，直接決定自己的命運。有了這重大的理由，「反革命份子」的家眷，「在黨組織的啟發、教育之下」，或為政治信仰、或為明哲保身，是夫妻的宣佈離婚、是父母子女的宣佈脫離關係，以示「劃清界限」；定要等到對方「低頭認罪，回到毛主席革命路線上來」了之後才談復合。這一招，不可謂不夠毒辣，至此仍不屈打成招的，已經是鳳毛麟角了。

◆《釵頭鳳》

已經暴露的「五一六份子」為數不多，不足以顯示當局的手段，為了實現林副統帥「一個也不能漏掉」的意願，還得在群眾之中一一審查，把隱藏著的敵人一網打盡。其辦法，可謂無所不用其極：他們先確定一些嫌疑犯，對之進行明查暗訪，威脅利誘，務使其名列他們的成績單。大興文字獄是常用的辦法之一，而且做法之荒唐足以讓朱元璋、康熙、雍正輩瞠乎其後。

一個典型的例子正好發生在我父親身上。有一個叫劉佐業的人，頂不住猛烈的批判就屈招了下來。為了分散頭上的壓力，他竟說我的父母是經他介紹加入「五一六反革命集團」的。我父親因無罪可認，自然態度強硬，連裡的專案人員就對他進行了徹底的搜查，父親的筆記本也被沒收了。那裡面抄錄了一些唐詩宋詞，其中有唐婉致陸游那首著名的《釵頭鳳》，誰能料到這居然成了「他拒不交待問題的鐵證！」在專門為他召開的批判會上，一個名叫王家驥的運動積極份子不知道是真的不懂、還是指鹿為馬，鄭重其事地對著幾百個高級知識份子講解道：就在不久之前，他寫了這樣一首詞：

世情薄、人情惡，
雨送黃昏花易落。
曉風乾、淚痕殘，
欲箋心事、獨語斜欄，
難、難、難。

人成各、今非昨，
病魂常似秋千索。
角聲寒、夜闌珊，
怕人尋問、咽淚裝歡，
瞞、瞞、瞞。

起首兩句就是污蔑當前的大好形勢；無法抒發內心的感受，所以歎息道「難、難、難」。詞的下闋說「人成各、今非昨，病魂……」分明是哀歎在革命的風暴摧毀下，四分五裂的「反革命陰謀集團五一六」。然後，王家驥刻意把「角聲寒、夜闌珊，」念成「腳步聲寒、夜闌珊」，說這是作者在隔離審查期間，聽著巡邏者的腳步聲，不能成眠；他不願坦白交待自己的罪行，想裝得若無其事、蒙混過關、所以要「瞞」、要「咽淚裝歡」。

如此牽強附會，亙古未有。我父親聽了哭笑不得，卻無人容他申辯；出席者個個噤若寒蟬，誰敢站出來指出這個天大的笑話？我們茶廠連的小夥伴也都在場，因文化水準太低，散會出來有幾個人竟然用欽佩的口吻對我說「你爸爸的詩做得真棒呵！」我也沒有讀過那首詞。這次大會之前，我一直希望父母的問題是誤會了、搞錯了。現在居然「有詩為證」，哪裡顧得佩服，只在心裡暗暗叫苦「原來他真的是『五一六』。」

◆界線

有一句名言叫做「哪裡有壓迫，哪裡就有反抗。」這大概也是毛主席他老人家說的，而且正應在他親自發動和領導的「清查五一六」運動上。正面的反抗是毫不避讓、據理力爭。我的母親就是這樣：掌權者打著辯證唯物主義和歷史唯物主義的旗幟，陷我母親於囹圄，母親「寧為玉碎，不為瓦全」，針鋒相對、引經據典，用馬克思、恩格斯等人的說辭，逐條反駁他們的誣陷。當權者無法自圓其說、又不肯認錯，惱羞成怒，以勢壓人。結果，我母親成了全幹校被關押的時間最長的人。

我從一九六九年十一月到幹校，至一九七〇年十二月，十五歲那年離開，一共在虎踞山住了十三個月。這期間，因父母關押，有八、九個月沒有見到他們。而且，我都不知道他們被關在哪裡。只有一次，我從虎踞鎮供銷社出來，遠遠地看見父親，但是旁邊站著看管他的人。我不能過去同他講話，只能默默地看著他，也不曉得他看到我了沒有。還有一回，我在路上碰見了媽媽，我不由自主興奮地叫她，她也朝著我笑。但是我們都知道，我們不能交談，若是我走過去同媽媽說話，看守就會向「黨組織」告發，說我「劃不清同反革命母親的界線」，那樣一來，我也許就成了小反革命了。直到我要離開幹校，當局才允許我分頭去向父親和母親道別。

◆惹禍的鬍子

那次運動裡被整的人中間，並不是人人都有「如山的鐵證」捏在當局手裡，收集整人的憑據，倒是頗費了他們點功夫。描述那時的情景，諸如疑人偷斧、風聲鶴唳、草木皆兵一類的的寓言故事都遇得到；牽強附會、無中生有、吠影吠形一類的成語都用得上。在反革命的帽子滿天飛、隨意給人羅織罪名的恐怖氣氛中，有些人設想得到自己的命運，心事一重、言行難免失態。正好給慣於察顏觀色、捕風捉影者提供了立功的機會：有人緊張之中把革命口號喊反，成了「誰熱愛毛主席我們就和誰拼，誰反對毛主席我們就和誰親；」有人唱「東方紅、太陽升，中國出了個毛澤東……」的時候結巴了；有人在沉思中走路，撞到了柱子上；有人被點燃的香煙燙傷了舌頭等等蛛絲馬跡，都成了犯罪的佐證。

在那些日子裡，使我「大長階級鬥爭經驗」的一件事是：一位和我同住四排房，向來性格開朗的年輕人王和新，聽說自己上了嫌疑名單，心緒煩悶，幾天沒有顧上修整邊幅。一日全連開會，某領導聲色俱厲道：有人不刮鬍子，你想幹什麼，對現實不滿嗎？我在下面聽了大吃一驚：卻原來鬍子也與政治有關系！王和新終因幾天未刮鬍子湊夠了條件，淪為「五一六嫌疑」，多年不得翻身。

◆失態與攪局

人非草木亦非聖賢，如此精神摧殘、政治迫害，前途無望、申訴無門，真正抗得住的能有幾人？人們不得不遵循「識時務者為俊傑」的古訓：先屈招下來，稍卸重負，假以時日，伺機伸冤。當權者一見眾人不耐折磨，紛紛屈打成招，不禁喜從中來。為了炫耀戰功，就安排一些「交待了自己問題的五一六份子」到大會上去現身說法，這樣的會我參加過好幾次。如何在臺上「批判自己、教育別人，用本身的思想轉變，來說明黨的政策之偉大、正確」，都有規定的程式。說起來不外是自己怎樣放鬆了思想改造，固執了一陣之後，終被革命群眾的熱誠所感化云云。

然而，大同小異之中居然出現了異數。一次全校大會，幾個例行的自我批判以後，輪到了一位司長曹綿之。看上去他的步履格外沉重、悔恨格外深切，上得台來，開口道：我早年參加革命……一言未竟，就開始嚎啕大哭，一把鼻涕一把淚，非常失態。起初還能吐出片語只言，說是悔不該上了賊船，誤了半世英名；以後就更泣不成聲，全體出席者都僵在那裡，從他的哭聲中品味他的懺悔。其實，他是在哭自己的懦弱：既無力反抗栽贓於他的惡勢力，又不願在這裡自欺欺人，滿腹冤情欲訴無門，階下之囚何談體面？值此進退失據，又不得不有所表示時，不哭何為？按照當時的邏輯，破壞莊嚴肅穆的政治氣氛也是不小的罪過。那位司長先生怎麼應付下一關，我就不得而知。

痛極而泣本在情理之中，不算稀奇，稀奇的是在那樣動輒得咎的環境中，居然有人敢以遊戲人生的態度對待政治運動。就在同一次大會上，老先生哭過不久上臺「交待罪行」的人叫余德勝。這是一位身材高大、相貌堂堂的中年男子，對於「曾經參加反動組織、與人民為敵」，余某毫無愧色。他站在主席臺中央、手撐講臺、睜目揚眉，語音洪亮、口若懸河，大講其「落水、執迷、醒悟和反戈一擊」的過程。還記得，在講到揭發「同黨」一節時，余德勝說：有些是老同志，一旦反黨行徑暴露，往日的革命功績將全部作廢；有些人年紀尚輕，罪證一定，前途全成泡影。每念及此不免心慈手軟。但是，想想無產階級的革命事業，我就……他在那裡侃侃而談，把散會的時間拖後了半個多小時。這哪裡是「認罪發言」，簡直就是「活學活用毛主席著作講用」報告。大家都看出余某的玩世不恭，卻只能聽他頭頭是道的說著，無可奈何。天曉得，他根本不是什麼「五一六」，不過是被逼攪局而已。

還有的人，使用了「以其人之道，還治其人之身」的反擊法：利用他們寧錯勿縱的方針，和當權者之間的矛盾，把那些整人最狠、叫囂的最狂的人，指作「五一六份子」供將出來。以致局面大亂。就連幹校領導小組組長屠孝順都成了「五一六嫌疑」；各連隊專案組成員走馬燈似地更換；幾乎每個連裡都有「五一六班」（從班長到全體五七戰士都是「五一六份子」或嫌疑）；全幹校上了黑名單的人超過半數——一千多名。「昨嫌紫蟒長，今憐枷鎖扛」的醜劇一再上演。直弄得烏煙瘴氣、人人自危、不知所從。

一個偶然的機會，我親耳聽到兩個管運動的領導對話，大意是：搞到現在大半年了，外交部的「五一六」組織，叫「縱隊」呢還是叫「兵團」都沒有弄清楚。事實上，不僅是這裡，全國各地「清查五一六」的運動都陷入了類似的困境。因為，「滲透全國的五一六陰謀集團」之說，根本子虛烏有，事後捏造豈能全？但是黨不能認錯、運動不能停止，已經整肅的人不宜平反。就在各級領導為繼續斗爭還是草草收場等待觀望之際，至今為人欽佩、愛戴的周恩來總理施施然出面了，只消一語便點破了迷津——不要在組織上糾纏，要抓思想上的「五一六」！就像一九五七年「反右」那樣，思想有問題的就可以戴上「五一六」帽子；拘泥於其有無組織關係，反而會縮小打擊面。

多虧周恩來一展「雄才大略」，「清查五一六」的運動才得以深入持久開展下去。它是文化大革命運動中，發生在全國幹部和知識份子中最大的冤案。由於文革之後還在臺上的許多中央和地方的當權者都曾參與其事，所以它也是唯一至今沒有平反的大案要案。

〔保爾・柯察金

幾十年雖說只是歷史的一瞬，但這其間，人世卻已經發生了天翻地覆的變化。當年無可非議的事，如今聽來簡直匪夷所思。那些平凡的往事現在說說，恰好能做歷史的註腳。

◆勞動的意義

校部有一台熱水鍋爐，容積不過一立方米左右，為五七戰士喝開水所設，燒的是煤炭。就這麼一個小小的鍋爐，竟由四位月支兩百元以上的高薪老先生伺候。（幹校學員的平均工資大概不到一百元）有人計算過，連工帶料一壺開水的成本大約是五角錢。而我等茶廠連裡的「小五七戰士」，每月只掙十五元錢。雖然我們去打開水時不用交錢，但燒水的費用仍是民脂民膏。卻原來，當局者算的是政治帳：那幾位「鍋爐工」，不是「走資本主義道路的當權派」；就是「反動學術權威」。燒鍋爐的意義在於，讓他們在勞動中改造思想；體現了黨的「給出路」的政策。至於指導一切革命活動的大理論：上層建築的意識形態為經濟基礎服務，這一條此時就不再提起了。

在四排房的時候，「清查五一六」的運動開始不久，出現了一位勤奮的拓荒者。他利用早晨上工前、中午休息、晚餐後的空閒和週末假日——幾乎所有屬於他自己支配的時間，掄著大鋤頭把駐地周圍雜草叢生和寸草不生的空地，深深翻過，整理成菜畦。我們看著他，花白的頭髮、曬成古銅色的脊背，烈日之下揮汗如雨、義務種菜給大家改善伙食，都很敬佩。而且，他一向沉默寡言，對運動並不積極。不料，連裡的領導找他談話了，不但沒有表揚這個志願勞動者，反而說他「消極對待運動」。因為當務之急「不是改善伙食，而是改造思想」。領導還著重提醒他「不要放棄政治學習。」至此，不但荒地不能開墾了，他還得費盡唇舌，「向組織說清楚」自己這麼做的「真正動機」。並且立即改弦更張，與多數人的步調一致：投身到運動中來。

有些人不願意勞動不是政治原因，而是純粹的好逸惡勞。一位高幹勉強出隨眾來到幹校，然後說什麼也不下地勞動，稱病臥床不起。連裡經常派人給他做工作。一日，這名高幹被人逼急了，脫口道「我接到通知，總理讓我回北京去彙報工作！」故事傳開，人人失笑。因為他老先生早就賦閑靠邊站了。還有一位女士，因膀胱炎這種小病，住進了百里之外的一所軍隊醫院。在那裡一再拖延，病實在是好了，醫生再一次請她出院，她怒道「我是一秘夫人，你們要對我的健康負責！」這話就連部長夫人說出來都嫌牙磣。誠然，只有自認政治上沒有問題，官場又不得意的人，才敢拒絕「勞動改造」。

◆夜送陳家康

真正的病人若是政治上也出了問題，可就不能那樣「以此為由，與組織討價還價」了。曾經做過駐埃及大使的副部長陳家康患有心臟病，這時他又在政治上出了毛病。雖然長期直接在周恩來麾下，周卻說他是「跳樑小丑」。所以，陳沒能去醫院治療，而是在幹校接受「隔離審查」，就住在校部。一天傍晚，副部長先生被專案組的人押著，手提暖水瓶去灌那高成本的開水。一時心臟病發作，摔倒在地、就此解脫。幹校原本缺醫少藥，更無急救設備，沒法搶救，只能目送這位為共產主義辛苦了大半輩子的老革命去見馬克思。

陳家康好歹是個人物，他的死得報告中央。所以，屍體不能就地掩埋，要運到「一秘夫人」住過的醫院冷凍待命。這可是一項「嚴肅的政治任務」等閒之人不能擔當。正值幹校遍地「五一六」之秋，校方居然派不出合適的人收屍運屍。想來想去，只得到我們茶廠連來要人，我也去幫了一把。過去我並不知道陳家康其人，待我見到他時，他已經靜靜地躺在一塊床板上了，我看他，身量不高、上唇留著小鬍子、皮膚已然脫了血色、樣子倒很安詳。有人指揮著我們，在他身上覆以自己的棉被，四邊用木條壓住，連被子一起釘在床板上，為的是應付運送途中的顛簸。然後，把他抬上一輛卡車，連夜運到醴陵的軍隊醫院。

多年之後，《人民日報》發表長文，悼念這位死於文革之中的大人物。作者也許不知道這個情節，文中沒有引用此事渲染文革的冷酷。也不知道陳家康的家人是否知道他是如何入殮的。

在中國，不論何時誰都怕戴上「反革命」的帽子，這種事情竟然會有例外。幹校學員中有一個公務員是復員軍人，他不瘋不傻，卻長期主動給自己冠以「反革命」的頭銜。事情傳開人人莫名其妙。原來，這位公務員先生是想用自取其侮的辦法，達到離婚的目的。那年頭，雙方感情不和、一方移情別戀、配偶身有殘疾等等都不是離婚的理由。唯有政見不同：一個要革命、另一個是反革命，才能被批准離異。因為，只要是「人民內部矛盾」都必須在「求大同、存小異，各自多做自我批評」之後，言歸於好。當反革命不但自己有受不盡的苦楚，還要累及九族。他人避之唯恐不及，這位老兄為什麼要引火焚身呢？也許是「愛情價更高」？

批判會上我們得知，幾年來，他私刻公章、偽造證明檔案，給他家在農村的妻子和當地各級政府，發送了很多封信件，說自己是「現行反革命」，讓妻子與他離婚，並請各級黨組織監督執行。誰知他娶的是一個「常存抱柱信，豈上望夫台」的烈女。而且不相信丈夫會「失足落水」，就到北京來問個究竟。那公務員所在單位費了一番周折，才弄明白那原來是自編自演的獨角戲。這裡不被當局容忍的是：那公務員要仳離的妻子是個貧下中農，這是對「工農聯盟」理論的否定。他一定是另有所愛，才如此喪心病狂，不惜給工人階級隊伍抹黑云云。當時，即使有人想到可能是婚姻不睦，萬般無奈才出此下策，也不敢違背凡事都要先「上綱上線」，再分析、解決的常規。於是，對這個自掘墳墓的公務員進行內查外調，始終沒有發現他喜新厭舊的證據。熱衷其事的那幾個人，又缺乏想像力，胡批亂罵之後，久久不得要領，最後以不了了之。

◆絕唱

為離婚不擇手段、授人以柄說自己是反革命，說到底是以革命的名義嚇唬人；同樣，為愛也可以引經據典、化腐朽為神奇。校部有一個身材高大、絡腮鬍子、聲若洪鐘、儀表堂堂的青年，不到三十歲，已婚。平素心儀在俄國「十月革命」期間，為蘇維埃政權戰鬥、建設，出生入死的傳奇人物保爾‧柯察金。那是一部蘇聯自傳體小說，《鋼鐵是怎樣煉成的》中的主人公，並頗有幾段動人的戀愛故事，一向被視為集「革命英雄主義和浪漫主義」於一身的英雄人物。那位幹校青年看中了茶廠連一個十六、七歲的女孩子，便向她示愛。茶廠少女不願意，回絕了他，楊某竟理直氣壯地對那女孩兒說「保爾可以有兩個愛人，我為什麼不行？」這真是時代的名言，堪稱文革之絕唱。如果有人編輯「文革辭海」，一定要收進這一條。

另一位年輕又好心的「五七戰士」陳慰德，看著我們這群輟學少年，整日裡被人驅使著拉沙土、蓋房子，學業全廢，還自以為真的參與了什麼偉大的事業，頗感惋惜。他主動接近我們，給我們講讀書的樂趣，啟發我們的求知欲。我和另外幾個男生被他吸引，一有空就往他的宿舍跑，聽他娓娓而談。誰曾想，沒過多久校方正式通知我們幾個說，陳慰德在用小資產階級思想腐蝕拉攏我們，因為他本人就有政治問題，「不許再同他來往！」

◆美國之音

那時候，人們之間的交往、每個人的一舉一動，都在周圍「革命群眾」的注意之下。校部一個男生通鋪宿舍裡，有人發現，一個名叫夏禹文的人，經常夜間戴著耳機用半導體收音機收聽「美國之音」廣播。這在當年可是一項嚴重的政治罪行，叫做「偷聽敵臺」。那個連的領導為了「掌握證據，教育群眾」，對公開揭露此事做了周密佈置：他們安排與夏頭對頭、只隔一條狹窄過道、睡在他對面的一個人向夏發動突然襲擊；再指定幾個人準備好批判夏禹文的發言。

一切就緒後的一個晚上，夏像往常一樣脫衣就寢，在被窩裡戴上耳機、打開半導體、在短波波段上找到「美國之音」，悄悄聽了起來。他哪裡知道，自己的一舉一動，都在別人眼裡了。躺在他對面的突襲者讓夏某先聽上一陣，漸漸入神、放鬆了警惕。然後忽的翻過身來，猛然將手伸進夏的被子、一把奪過那個收音機、一面喚醒大家、一拔掉耳塞、開大音量，全屋都聽到了「美國人的聲音」這時幾個銜命在身的人，各司其職地組織起群眾，把個夏禹文鬥的七葷八素。

◆八九點鐘的太陽

一次，隨幾個「五七戰士」上山採茶。我所在的一組有四個人：我，算是小五七戰士；三十歲左右的王叔叔，是一個躊躇滿志的「運動積極份子」；四十出頭的東阿姨，她正因「五一六」問題被追查，前途凶多吉少；年近花甲的胡伯伯，是個老幹部，本已官至副司長，不知為了什麼問題，非但丟掉了「頂戴花翎」、而且看不到一絲「重返歷史舞臺」的希望。

我們一邊採茶、一邊閒聊，東阿姨問我「你多大了？」我正待回答，猛然想起昨天是我十五歲生日，要不是她問到我的年紀，現在我還忘記著呢。於是我說「昨天我就滿十五歲了，今年沒有人給我過生日，你要是不問我都忘了。」我那時「少年不識愁滋味」，這個回答並無埋怨之意。但是，「說者無心，聽者有意」，他們都知道我的父母已經被隔離審查，我有好幾個月不曾見到他們了，一時他們三人默然無語。

如今回想當時的情景，頗有幾分意味深長：胡伯伯首先打破沉默，語帶安慰地說「你是早晨八九點鐘的太陽啊。」對此，王、東二人表示同意，依此類推，王叔叔「是中午十二點的太陽」。東阿姨趕緊自謙道「我是下午四五點的。」胡伯伯見狀苦笑著、操起南方口音的普通話道「那我就是月亮嘍。」我那時並不懂得這語中的禪機；王叔叔應當是會意的，但他只有微笑而已。

「早上八九點鐘的太陽」一語是有來由的，出自毛澤東對中國留蘇學生講的一段話「世界是你們的，也是我們的，但是歸根結柢是你們的。你們青年人朝氣蓬勃，正在興旺時期，好像早晨八九點鐘的太陽，希望寄託在你們身上。世界是屬於你們的，中國的前途是屬於你們的。」這樣的話無論在什麼時候都有激動人心的力量，我曾經真誠地等待過世界屬於我們的那一天。然而，它沒有在我生命最美好的年齡中到來。

「五七幹校」是我走上社會的第一步，按照大陸那時的算法，十五歲就是青年了。一九七零年年底，我離開虎踞山、戴著「知識青年」的桂冠到北京郊區農村插隊落戶。因為，毛澤東還有話「知識青年到農村去，接受貧下中農的再教育很有必要。」也許，這才是「世界是你們的……」云云確切的含義吧。

公議莊的歌

這是這個知青，在述說那段至今後怕的經歷時，能夠找到的最輕鬆的角度了。

公議莊是我當年「插隊落戶」的地方，自一九七一年二月到一九七四年七月，我在那兒當了三年多「接受貧下中農再教育的知識青年」。這個地方離北京不遠，坐京郊列車往南開一小時，房山縣境內有個小站叫良鄉，下來之後朝永定河方向走二十幾里路就到了。

下鄉的時候我十五歲。在全國「插隊知青」中間，我雖年紀不是最小、經歷不是最苦，但荒廢了學業、虛擲了光陰的程度，足以同任何遠走內蒙古、雲南、東北的「知識青年」媲美。那些日子，我和一起下鄉的同伴，四顧茫茫、心中充滿苦悶，又少不更事、理不清頭緒、找不到排解的方法。幸好生命的本能給了我們一種發洩積鬱的辦法，那就是寄情於歌聲。

古人說「在心為志，發言為詩。情動於中而形於言；言之不足故嗟歎之；嗟歎之不足故永歌之；（按：永者，詠也）……故正得失、動天地、感鬼神，莫近於詩。」歌詞是詩，譜上曲子就更抒情了。《國語》中的一段話講的很清楚「詩所以合意，歌所以詠詩也。今詩以合室，（按，合室，即以現成的詩，合自己的意）歌以詠之，度於法矣。」這些，當年我是不懂的，後來才知道「插隊知青」唱歌消愁之舉，可以為「我思古人實獲我心」的說法做註。

其實，我們那時心裡沒有什麼非吟之賦之才抒發得出來的志向。就我自己來說，曾經為政治狂熱過，誤以為到農村去插隊真的是「戰天鬥地，創造新世界」的偉業。那點膚淺的理想和熱情，同繁重的勞動、艱苦的生活、險惡的社會一相碰撞，立即敗下陣來。代之而來的是日甚一日的彷徨與惆悵。囿於時代的局限，心中的疑惑既不敢說出口，又不會深究，只能找尋某種方式宣洩。一同插隊的青少年有幾十人，大家的處境和心情都一樣，因個性不同表達感想的方式就不一致：有消極怠工的，有沉溺於煙酒的，也有用偷雞摸狗、打架鬥毆表示對社會不滿的。

公議莊的「知識青年」中間，大家都認可的一種形式，是聚在一起大唱暗中流行的中國老歌和外國歌曲。當然是唱那些詞意頹唐、曲調憂傷的。大概相當於「借他人杯酒，澆心中塊壘」吧。既是借用，就不可能很貼切，好像一個流浪的人，乞食借宿千百家，也吃不合味、睡不安穩，暫解饑困而已。

〈桂花飄落〉

有些生活優裕的人，專門尋找淒清的美，喜歡無病呻吟。所謂「不應有恨事，嬌甚卻成愁」。他們也欣賞這類的歌，那是他們炫耀福分的一種方式。我們那麼唱著，可不是「嬌多無事做淒涼」，只恨找不到恰當的、淋漓盡致表述心境的方法。真正的愁苦是難以言喻的，尤其是身陷其中的時候。就像是從噩夢中驚醒的人，再也說不清夢魘的詳情，只能約略地比喻。

我們唱的歌，大都得自口口相傳，沒有歌篇兒做依據，詞曲是不是正確我們倒不在意，只要歌詞頹喪、旋律感傷，接近我們當時的心情就唱。幸運的是，我們中間有一位樂感很好、無師自通的吉他手。就這樣，在公議莊的日子裡，我和夥伴們經常收工以後，圍坐房前，吉他手撥動琴弦，男生小合唱隊緩慢、低沉地唱起一支又一支憂鬱的歌。

桂花飄落、
又來到這小小的院子裡。
苦的心腸、
死的靈魂、
也有沉醉意。
誰的青春、

誰不吝惜，
痛苦向誰來提？
往日的歡樂、
甜蜜的笑語，
一去永無歸期。
……

這首歌出自何人之手不得而知，只聽說歌名叫《囚歌》。一說《秋歌》，想那歌中雖有「桂花」，卻無收穫；歌詞譜著沉痛的曲子，更適於表達囚徒的心境。

一起下鄉的「插隊知青」都是不滿十八歲的孩子。村里比我們大的孩子還在上學，我們卻被他們當大人使用了。「知青」名義上是自由之身，實則堪比籠中之鳥。我們隸屬於某個生產隊。每天隨著上工的鐘聲，像成年壯勞力一樣下地勞動，以工分計酬。年節之前，上級會派人來向我們宣佈：為了維護社會治安，不許「知青」回北京過節。難怪林彪的兒子在《五七一工程紀要》裡說「知識青年上山下鄉是變相勞改」呢。人們就那樣日覆一日地做下來，沒有週末和公眾假日。但是三年之中倒有兩年，工分所值還不夠口糧的價錢，要欠生產隊一筆賬。

在那裡有家有業的農民，日子比我們也好不到哪兒去。供銷社裡經常看到這樣的情形：一個拖著孩子的大嫂來到櫃檯前，伸出乾枯的手，把兩三個自產的雞蛋輕輕放在秤盤上。政府收購那幾只雞蛋的價格只有幾分錢，大嫂就用那點錢買些食鹽、醬油或火柴回去。

生計艱難，就談不上什麼娛樂；又值國祚不興，人人前程渺茫。我們年紀輕輕，卻終日情緒低落、暮氣沉沉。有一首不知道是誰介紹來的歌，其中幾句為我們反覆吟唱：

在這沒有歡樂的地方，
就好像瓜兒離了秧。
在這沒有愛情的春天，
就好像豎琴斷了弦。

「知識青年上山下鄉」運動，雖然肇始於文革之前，卻是在「十年浩劫」中達到高潮的，是「文革成就」簿上的一個大項。時至今日，還有人認為這一斷送了千百萬青少年前途的運動「不能否定」。因為，「知青」們「也得到了其他時期所得不到的磨練」；「我們畢竟還是有所收穫的」。（如王年一《大動亂年代》）如果憑那兩條就對「上山下鄉」另眼看待的話，按照同一理論和邏輯，全國人民在「無產階級文化大革命」中受到的「磨練」，也是「史無前例」的；從中得到的政治知識和社會經驗更是難以估算的「收穫」。那不是等於說《關於建國以來黨的若干歷史問題的決議》中，「徹底否定文化大革命」等說辭存在嚴重的語病嗎？其實，「知青」之所得，略等於「屠龍之技」，幾無用武之地。

某些壞事情可以引出好的結果、得出有益的教訓，但是那件壞事不能因此變成好事，連部分重複也不允許。因為，事物之間各個方面是互相聯繫、會起連鎖反應的。社會進步的方向是農村城鎮化。當年的「知青」本來有其正常的生活道路；對民族、對社會，我們應有的貢獻和義務也不是「面朝黃土背朝天」地去「修理地球」。向農民學習、認識社會的方式方法有許多種，「插隊落戶」是所有事倍功半的法子當中最愚蠢的一種。

〈雨呀雨呀 請你告訴她〉

普希金在一首詩中說「那過去的都變為可愛。」（有的版本譯做「那過去的都變成親切的回憶」）此說有理、此法有益。所謂「往事不堪回味」，其實是無法從不愉快的回憶中自拔的無奈。普希金等於是在說：事過境遷，以往的經歷也有值得珍視的地方吧？我不能像錢鍾書先生筆下的某些人物，可以讓不如人意的前塵往事「從記憶的篩子眼裡走漏的一乾二淨」。所以，我樂於接受普希金的辦法。畢竟，那個時候我們年輕，思想單純、感情真摯。人終其一生，如果有過可愛之舉的話，百分之九十五不都是那個時候的所為嗎？不過，我這裡要追述的，是可愛之中偏於可笑的那類事情。有一首不知道名字的歌，和著吉他我們不知唱過多少遍：

聽雨聲滴滴答答打窗響，
想起往事如雲如煙。
使我痛苦傷心有誰憐，
心上人幾時能見？
我的愛人心已改變，
讓我日夜淚漣漣。
記得最後一句別離言，
從今後不再相見。

雨呀、雨呀，

請你告訴她：
我的心永不變。
哪怕我等她十年二十年，
也要和她再見面。

回想我們唱歌時那付煞有介事的樣子，確實可笑。不僅因為我們寄情於如此俗不可耐的歌；更不相宜的是，我們當中沒有一個人交過女朋友，卻人人都能擺出失戀的架式——與「先結婚，後戀愛」相反，我們這是「先失戀，再去愛」。

為什麼要這樣，在公議莊的時候從未有人問起過。如今想想，大概是出於人的本能吧。人類自古就用追求愛情隱喻對幸福的嚮往。例如，莎士比亞的《羅密歐與茱麗葉》「平靜留在你的心裡，睡意停在你的眼底。我願做那平靜和睡意，能到這樣甜美的地方安息。」李白《長相思》中：捲帷望月空長歎，美人如花隔雲端。」我想，公議莊的知青合唱隊員們也有此意。對於異性美的欣賞和享受，是人類幸福中最普遍的形式、最主要的內容。更何況，「飲食男女，人之大欲存焉」？

儘管那時所有愛情歌曲都被斥為「黃色」，我們也禁不住要唱那首情緒熱烈、率直的《多幸福》：

多幸福，
我和你在一起。
你的吻、

像烈火，
燃燒著我的心。
你就是幸福，
我要把這快樂、
秘密地藏在心裡。
你是我的光明、未來，
我絕不讓別人奪去你，
你是我的光明、未來，
我絕不讓別人奪去你。

唱則唱矣，插隊生活還是那麼平淡無奇。若是非分之想，得不到時也就罷了。而我們想要的只是最基本的色彩和漣漪。人們對得不到的東西，往往不是淡忘而是填充以有情節的幻想。公議莊的知青就是這樣一次又一次聚集在屋前，彈起吉他，低聲緩慢地唱著托賽里的《小夜曲》：

往日的愛情，
已經消逝。
幸福的回憶，
像夢一樣、永遠留在我心裡。
她的笑容、

和美麗的眼睛，
帶給我幸福、
照亮我青春的生命。
但是幸福不長久，
歡樂變成憂愁，
那甜蜜的愛情，
從此就永遠、
離開我。
在我心裡只留下痛苦。
我獨自悲傷歎息，
時光白白度過，
心中悲傷地歎息。
啊，太陽的光芒，
不再照亮我的生命，
我的生命。
……

後來讀宋詞，看到辛棄疾的一首《採桑子》「少年不識愁滋味，愛上層樓、愛上層樓，為賦新詞強說愁……」如果真是這樣的話，我在少年時代，比他可要老成多了，我那時深知「愁」為何物——本來應當在課堂裡「磨」桌角的，卻到農村經受磨煉。我若會作詩填詞，也許寫得出「怎一個愁字了得」似也的句子呢。然而，我們只能從會唱的歌裡，挑選含意與我們的心情相近的反覆吟唱，算是「雖不中，亦不遠矣」吧。

有一些曲調哀怨的外國民歌，如南斯拉夫的《深深的海洋》，我們常唱的是最後那段：

啊、別了歡樂，
啊、別了青春，
不忠實的少年他拋棄了我，
叫我多麼傷心。

用意含蓄的作品，能表達豐富的感情，適用範圍也廣，它能引起人們悠遠的聯想。在這方面俄國的《三套車》最常被我們記起，它的前兩段是這樣的：

冰雪覆蓋著伏爾加河，
冰河上跑著三套車。
有人在唱著憂鬱的歌，

唱歌的是那趕車人。
小夥子，
你為什麼低著你的頭。
為什麼憂愁，
是誰讓你這樣地悲傷，
問他的是那乘車人。

……

唱著這首歌，彷彿我們這群「知青」就是那架三套馬車，在天寒地凍中跋涉在荒野上，無助、無望。

按理，我們年輕、適應環境的能力正強，但在鄉下住了幾年，與公社社員還是格格不入。農民也不喜歡我們，在他們的眼裡，知識青年既笨手笨腳，又愚昧無知。一次，我跟著一輛馬車出工，裝好車以後，車把式對我說「去量量前邊那兩顆樹中間有幾庹，看看這車能不能過得去。」他所說的「庹」是當地人丈量時用的土法子，指兩臂平伸兩手指尖的距離。但我不知道，就問他「什麼是『庹』？」那位貧下中農車把式見我竟然有此一問，就連諷刺、帶挖苦地罵道「你，二十幾歲的人了，怎麼連『庹』（當地讀『討』）是什麼都不知道呵，你是幹什麼吃的？」……其實，他知道我只有十六歲，是個外來戶。

「插隊知青」個個自身難保，彼此也沒有多少幫襯，孤獨、寂寞的氣氛始終籠罩在我們中間。《小路》中就有充滿惆悵意味的一節：

一條小路曲曲彎彎細又長，
一直伸向迷霧的遠方。

在這一片寬廣銀色的原野上，
只有我的小路孤零零。

當年，政府對我們的要求是「紮根農村，走一輩子與貧下中農相結合的道路」。我從心裡害怕事情真的弄成這樣。和社員在一起，我經常端詳他們之中身材、輪廓與我相仿的人，邊看邊想：我到二十歲的時候，就是差不多他這個樣子：那是一位中等個頭、消瘦、皮膚粗糙而黝黑、刺兒頭、露出鮮紅的牙床咧嘴地笑著的本村青年；三十幾歲時，該像他了——蹲在牆根太陽地裡，兩只佈滿裂紋的大手湊在一起、笨拙地捲著一支旱煙，毫無光澤的臉上，印著深深的皺紋；再老一點的我將是怎樣一副模樣呢？八成不會比這位齒搖髮脫的老大爺強到哪兒去：上身的黑棉襖胸前泛著油光，盔甲一樣緊裹著已經佝僂的身子，下面一條抿襠棉褲、紮著褲腳，腰裡別著他最心愛的物件——漢白玉嘴的菸袋鍋。看著他的時候我還想：上了歲數能熬上這份在牲口棚裡拌草料的差事，不用風裡雨裡下大田，就謝天謝地了。面對自己的未來，我不寒而慄。

村子裡的老鄉對我也有關心的時候，用的是他們特有的方式。他們喜歡對我說「你就留在我們這兒吧，以後給你說個媳婦，找人幫工蓋上三間房；跟隊長好好說說，給你一畝莊戶地（房前屋後的菜園子），住著不比城裡寬敞！」每聽一遍這種話，就像被判了一次無期徒刑，唯有報之以苦笑。那時候，我們不可能設計自己的將來，何去何從完全聽憑政策的安排。看那文化大革命還在深入、持久地進行，去留之事，像是凶多吉少。年紀輕輕，我們就感到前程迷惘了。我們的歌裡，有過這樣一首，歌詞倒真像是為「知青」作的：

道路盡頭仿佛向我招手。
啊……
這顆沒有彌補的心。
不知什麼命運在等待，
各種思念擾亂著我
一顆沒有彌補的心。
……

散文一束

隨憶、隨想、隨記，點到即止。因為，凡事
就怕細琢磨。

境由心造

大概很少有人對自己的命運十分滿意的。民主國家的政治家在攫取權力的坎坷之途上，摔打得遍體鱗傷，大權在握了，時不時還要妥協、讓步，因為「黨外有黨」；一黨專政的獨裁者，也不能為所欲為，因為「黨內有派」。事業發達的億萬富豪，沒有一帆風順的，說起創業史，人人一本「血淚帳」。富可敵國的大財主，也不是什麼生意都盤得下來。

楊絳先生說「據說，希望的事遲早會實現，但實現的希望總是變了味的。」這樣的經驗大概每個人都有一些。為什麼凡事都要打點折扣呢？原來，生活的道路本身就不是一條坦途。社會太複雜、變數極多，任怎麼樣聰明的人也不可能把一切安排得妥妥貼貼，所謂「謀事在人，成事在天」就是這個意思。

自然災害、社會變革、人情世故……躲不勝躲，防不勝防，運氣再好也不免橫遭掃蕩。功成名就者可能家庭不幸福；養尊處優的人也許身體有傷痛。好像造物主的故意設計，為了安慰那些運多劫難的人似的。諸如此類都說明：人生，苦痛、磨難原是其常；成就、歡樂只是其變。

常常有人不解道，自少及長幸福的標準一改再改、一降再降，還是達不到、保不住；案頭、壁上貼滿了「知足常樂」、「能忍自安」、「難得糊塗」……心還是靜不下來。其實，以為有某種辦法可保幸福常在、心境常安，是對人生的最大誤解。確有善將大災小難化解成平淡甚至快樂的人，可惜那算不得事實上的「遇難成祥」，多半是降低標準的自我安慰。

個人命途多舛，還因為國家、民族多難多災。近代中國，社會動盪、民族禍殃何曾一日稍歇？古人說「樹欲靜而風不止」、「覆巢之下豈有完卵」等等，都是人與國家、社會關係的精闢總結。消極、躲避不是辦法，比較明智的做法也許是：放下一勞永逸的幻想；面對現實，確立自己的價值觀。

四川青城山的道觀中有無數楹聯，其中傳誦最廣的恐怕要數這一首了「事在人為，莫道萬般都是命；境由心造，退後一步自然寬。」

上聯看似老生常談，得見於拜神祇、尚無為的道教聖地便又是一種滋味。看來，人生在世還是不能消極；經歷一切勝敗得失，生命才豐富。從下聯看，幸福與痛苦只是一種觀念，沒有統一、客觀的標準。「造境」者「我心」也。挫折無絕境，成功無盡頭。每逢走到看似頂點的地方，屏息想一想，左右比一比，就能發現還有機會、有更高的境界。

享受孤獨

魯迅給瞿秋白寫過兩句話「人生得一知己足矣，斯世當以同懷視之」。魯迅不是個自做多情的人，想來瞿秋白原有這個意思。像魯迅這樣交遊廣闊，瞿秋白這樣的社會活動家，都有一向寂寞之慨，可見內心的孤獨感在人群中是多麼普遍。

常言道：相識滿天下，知心能幾人？我們行走在熙熙攘攘的都市裡，陷入紛紛繁繁的事物中，疲於永無止境的交際應酬，但心裡總覺空空然無依傍。遂按智者的指點多表達、善理解、勤溝通，還是不如意事常八九，能與人言無二三。我想，這大概因為：人不但是「有思想的動物」，同時也是「每個腦袋都打著不同主意的動物」。所以心靈之聲難遇知音——蕓蕓眾生經歷不同、需求各異；思想方法、接受能力千差萬別，因此自成一體，各行其事。

誠然，孤獨有範圍不是絕對的。但是，與我們處處合拍之人終生難覓，應該是大家的共識。這就是我們平常只能：同這個朋友談文學，同另一位論音樂，張三是談家常的夥伴，李四才是橋牌搭檔等等。結果是，節日慶典請朋友聚會要分若干場——人數太多還在其次，按照脾氣，愛好分類安排才能盡歡。

孤獨是人之常，偏偏有人生方設法要擺脫它，因為他們對人生有一個誤解，以為人心應該是交融的、共鳴的。於是，對人生充滿信心者就製造「座上客常滿，杯中酒不空」的場面；意興闌珊者則隱居起來，以自我放逐表示對知己難求的抗議。其實，這些做法都是枉費心機。

人若學會善用孤獨，就能免去許多煩惱。

沈達夫的《風人夢憶》裡有這樣一句話「在群眾中，你生活在當前的時代；在孤獨中，你生活在所有的時代。」被動地應付喧鬧和俗務，當然不如優游於科學、文化、藝術、史跡。對於憤而避世的苦修者，安東尼的《沉思錄》裡有一段勸慰的話不可不讀「與其想往山林，不如退隱內心……一個人的心靈，如果思想寧靜，心境和諧，便是世界上最幽靜的地方。因此，應該常常利用這個隱秘的地方，在這裡，把你的品德刷新一番。為此，你要預備一些短小精確的概念，使你的悟性真實。不要讓這裡有緊張和傷憂的氣氛，讓一切都平靜地進行。」

人生貴適意

列夫・托爾斯泰《安娜・卡列尼娜》的開篇是一句名言：幸福的家庭都是一樣的，不幸的家庭各有苦衷。這話說得很巧。人們的「幸福觀」看似各不相同，其實標準是一樣的，就是因嗜食家鄉的鱸魚、不願千里為官的晉朝人張翰所謂「人生貴適意」——《世說新語箋疏》中卷上〈識鑒〉：張季鷹辟齊王東曹掾，在洛見秋風起，因思吳中菰菜羹、鱸魚膾，曰：「人生貴得適意爾，何能羈宦數千里以要名爵！」遂命駕便歸。俄而齊王敗，時人皆謂為見機。

我們無論做哪一行，總要到了最能發揮自己特長的時候才會心安，心安就是「適意」、不適意無以言「幸福」。至於托翁關於「不幸」的話，正好相當於我們民諺中「家家有本難念的經。」強調的都是難言之隱各不相同。其實，人群中還有一些人人相似的苦惱。比如，「學非所好、用非所長」。至少在我年輕時候的中國大陸，那是社會通病、困擾著許許多多的人。

那時候，沒有幾本書可讀，一部梅林著《馬克思傳》看過好幾遍。記得書裡說，馬克思的博士論文是一部傑作。他舉的例子是，馬克思在文中道：當一個人知道自己應當做什麼之前，社會早已決定了他的職業。細想這話確實不差，五十年代以降的四十幾年中，我們在學習和就業的時候，難有按自己的興趣和長處選擇的機會。我們曾以為很幸運，正趕上「社會主義建設高潮」。全國民眾無不自覺自願地把自己的「思想、意志、行動、步伐統一在共產黨和毛澤東的旗幟下」。那是當時的行為準則和道德規範。社會主義制度只強調「共性」，人們的生活方式差不多一生下來就被限定在一個統一的模式下，「個性」是受到嚴厲批判的。因為思想、行為都統一了的老百姓才好指揮。為此，民眾付出了身不由己、勉為其難的代價；社會其實也浪費了無數寶貴的人力資源。

本來，人因稟賦各異，本應各有所長。如果人盡其才，勢必科學昌盛、社會進步。然而，天賦之才並不能自然成為特長，特長多半是從興趣中間培養出來的。既有這麼一個必經的過程，就要對環境和條件提點要求了。因為，詩仙如李白，不下「鐵杵磨成針」的功夫，絕作不出那麼多好詩；音樂神童如莫札特，沒有鋼琴也學不會作曲。

我們都有這樣的常識：雖然興趣是愛好的前提，卻不一定有因果關係。一般而言，興趣指人對某些事情關注的程度，但不一定去做那件事，它比愛好更廣泛。比如一個人有觀看多種體育比賽的興趣，卻只有從事很少幾樣運動的愛好。至於原因，最起碼「興趣比愛好容易養成和維持」是主要的一條。

我想，興趣維持的也許在於外界的吸引力；愛好的養成大概是自己有了成就感吧？青年人接受能力強，要從興趣中篩選和發展出愛好，還得花一番功夫。儘管有時耗費了大量時間和精力，發現那件事並不適合自己，還是要繼續嘗試其它的項目。趁著年輕、好奇心強接觸多種學科、試做多種行業，在學習新事物的過程中愛好也許就培養出來了。愛好一件事，是做好那件事最可靠的保證。不用威脅利誘，也不感到如牛負重。到了在那個領域的造詣超過一般水準，特長就形成了。如果每個人都能這樣學習和工作，生活該有多美好。

這事社會有責任，社會環境是造就人才最大的力量。天賦才能人人都有，端看能不能被發現、得不得到扶助、有沒有機會施展。三者缺一則社會埋沒了人才，且人生了無意趣。就像沒有適時嫁接的果樹，結出的果實不是又酸又澀，就是淡而無味。可惜，我們年輕的時候中國不講究這些；資本主義國家也經過類似的階段。因為沒有自我發現、自由發展的機會，很多人才被社會耽誤了、埋沒了，他們根本不知道自己的才能何在，有的人甚至說不出自己有什麼興趣愛好。那不是他們的錯，是環境、時代使然。

馬克思（也許還有別的什麼人）上個世紀發現的問題，本世紀還有人在研究。比如美國著名社會學家托夫勒在《第三次浪潮》裡說過：學校不理會學生的個性，按照社會的需要像工廠生產線一樣，成批製造定型產品的時代，史稱「第二次浪潮」。現在，人類文明進步到開始重視人的個性、有意識地培養和發揮人的潛能的階段了。平心而論，不管美國抑或中國，與過去相比，個人的發展空間都大多了。

既如此，何不善加利用？我想，所謂「不虛此生」，就是儘量享受自己的興趣愛好、展現一己長；既可慰平生之志，又有貢獻社會之功；也是真正的自尊和自重。

品味人生

偶翻閒書，看到一則新式寓言，大意是：一位富翁在海灘享受日光浴，旁邊有一個垂釣的漁夫。富翁看到漁夫才釣到幾條魚就收拾家什要打道回府，便問那漁夫「時間還早，你怎麼就不幹了呢？」漁夫道「把這幾條魚賣掉，已經夠生活了。」富翁不以為然地指點他道「你應當儘量多釣魚，把錢存起來，以後買一條船，出海去捕更多的魚。」漁夫不解道「那又怎麼樣呢？」富翁說「你就能像我這樣，躺在沙灘上曬太陽啦。」漁夫反問他「我現在不是也同你一樣，在這兒曬太陽嗎？」富翁聞言愕然。像是悟到了幾分「算來名利不如閑」的道理。這個寓言有一個漏洞，因為生活有很多內容，海灘上的那幾個小時，漁夫和富翁有過同樣的人生享受，衣食住行等等其他一切，漁夫恐怕就難與富翁相比了。

生命的過程，其實就是品味、咀嚼、體驗社會、人生的過程。變化的人生才有意思。不能一輩子錦衣玉食，像晉惠帝那樣，人家來報告說：外面的老百姓都吃不上飯了。他問「何不食肉糜？」被人記恨。誠然，飲寒交迫地度過一生，就更不上算了。有一首歌唱得好「生活是一杯酒，飽含著人生的酸甜苦辣。」鄭玄註《周禮・天官》中的「品」字，說「品者，每物皆嘗之。」食之五味要嘗，社會、人生的味道就更多了：悲歡離合、勝負成敗、富貴貧賤……要樣樣經歷過，才算完整。

人生在世，先天稟賦特異、後天調養得宜，也不過百年而已，那只是歷史的一瞬。時代的變遷、生活的色彩、知識的博奧，卻無所窮其極。在一切以效率來衡量的現代人中間，「經歷多、見識廣，就是幸福」的說法，已經廣為人們接受。西諺：與其做一輩子烏鴉，不如當一次鷹。我們不僅僅要做一次鷹，還要做一次老虎、一次狐狸、一次鴿子、一次奶牛……。前人則每把多樣人生的理想寄託在神話故事裡，「孫悟空有七十二般變化」的臆想，是不是也包含著這層意思呢？

要想見多識廣，一定得有強烈的好奇心和求知欲。就像我們過去常說的「有條件的時候要上，沒有條件、創造條件也要上」。正好大多數人都是莎士比亞說得那樣，對「世界上的事物，追求時的興致總要比享用的興致濃烈」。所以我們不滿足，能有一個五光十色的人生。在品味大千世界精彩繽紛的過程中，我們的生活品味也就逐步提高了。所以，名廚不僅多半來自備有珍饈美饌的高級飯店，還必定有一根味覺發達的舌頭。

第二間書房

大千世界、芸芸眾生，人的幸福觀雖不相同，卻能粗略歸類。我想，對愛書的人來說，獨處書齋，摩挲、翻閱自己的藏書的時光，應該是最愜意的了。

知堂老人說過「我們於日常生活必需的東西之外，必須還有一點無用的遊戲與享樂，生活才覺得有意思。」書房裡的什物，哪樣是「日常必需」的呢？書，不能當飯吃；電腦，不能當柴燒；舉凡輔佐我們讀書寫作的零部件，好像都沒有止渴療饑之功。但是，那裡卻是我們最惦念的地方。可見，書房的生活正是「無用而有意思」的。

然而，真正有錢有閑，整日價從書房踱到畫室、再從畫室走到家庭影院，出了家庭影院又進健身房的能有幾人？坐在書房裡「才覺得生活有意思」的人，可能少不了要出去工作賺錢，眼看著不能長相廝守的滿壁藏書，只怕多半有過「聚散苦匆匆，此恨無窮」的感歎呢。

對自己喜愛的處所和事情長久浸淫、樂而不疲，是人之常情。心知「人生苦短，來日無多」，為了衣食，每日裡最好的時間，大半耗費在與愛好無關的工作上，是個令人無可奈何的事。怎麼才能兼顧愛好與生活呢？我想，唯有做一份與自己的喜好相同或部分相同的事，把辦公室變成另一間書房。果真能這樣，我們的生活可就大有聲色了。自己喜歡的事自然能做得很好。如此，老闆、公司滿意，我們賺到了「生活必需的東西」，工作也不再是生活中的勉強。看來，把書房延伸到辦公室裡去，真的是一舉數得的好事。

這樣的工作看似不好找，其實，我們也許都有過不止一次那樣的機會呢。失掉它的原因往往是工資不如現在無精打彩做的事情高。若是轉一個念頭，或許就能得到與自己的興趣愛好有關的職位——辦公室裡那類似坐在自家書房的感覺本身，就是工作酬報的一部分。細說起來，消耗生命做這樣的工作才更合算。

生活退休才開始

人們常說：整日打工為掙一缽一飯，是活著；沉浸在自己的愛好中，才是生活。現實中，前半生積累，後半生享受的可能性還是很大的。我想，要積累的東西有兩樣：維持生命的財富和享受生活的品味。前者不言而喻，值得一表的是，怎樣在閒暇中享受生活。

人老了、退休了，最怕的是寂寞。訪客盈門、兒女繞膝不一定能沖淡內心的孤獨，況且，誰也不願為了自己消遣拖累旁人，自得其樂最好。此事又有何難？早早培養幾種個人愛好就行了。人一旦活到浸在自己愛好裡才覺有趣味，就該盼著退休那天的到來了。也許辛苦工作幾十年，然後在安逸歡樂中度過晚年，正是人生之常。

在大陸的時候，看到很多人不願意退休到了怕的程度。一個主要的原因是他們沒有自己的興趣愛好，老來無事可做，閒極無聊。這與前幾十年大陸的社會制度密切相關。那時候，共產黨要求人民大眾「統一思想、統一步調、統一意志、統一行動」，幾乎不許你有個人的興趣愛好。而人的行為方式、思想取向的形成與年齡直接相關，很多可做的事情都有一些技巧，趁著年輕才好掌握。那個年代的中國人，時間和精力大多消耗在工作和學習上了。職業不是自己選的，多半毫無樂趣可言，學什麼是政府規定好的，政治充斥其間。這樣度過中青年的人最倒楣。意識、情趣定型成那個樣子，時代若是不變還好，沒有選擇也就免去許多煩惱。可是待他們老之將至，中國改革開放了，世風大變。社會上種種奇技淫巧包圍著新生的銀髮族，擺不脫、躲不掉，學也學不會、參加不進去；更兼物價翻了幾個筋斗，憑微薄的積蓄和養老金過著捉襟見肘的日子，如何不怕？

有了這樣的對比和前車之鑒，我們更得早早打算。退休金多多益善之外，還得早早培養個人的興趣愛好。體力所限，喜歡打籃球的朋友，恐怕得試著改習釣魚了；靠搓麻將打發時間的，得注意到三缺一的限制，再學一門兩人即可開戰的棋藝；電視電影太多俗套，可能得與園藝之類戶外活動交替進行；諸如此類。

其實，最為經濟、省事、實用又自娛自樂興味無窮的，就是你自家現成的本領——看書：看人之經歷、人之所思；寫作：寫己之經歷、己之所思。沉迷其間，不勞他人陪伴，再無閒置時間；神遊筆馳，抵得多少離合悲歡；深思博覽，參透古今歷史進程。人們的價值觀念各異，感覺卻是一樣的，一朝開始按照嚮往多年的方式生活，才覺得不再浪費生命。可惜，往往直到退休才有這種可能。

誠然，齒搖髮脫之後，終有許多享樂不能消受，這是沒有辦法的事。就像錢鍾書先生說的，就算是人生對人生觀開的一種玩笑吧。

〈像我愛你一樣〉

可能是司文藝的維納斯規定的吧——「愛情」是文學藝術創作中「永恆的主題」，所以我們看到無數男歡女愛的故事。又大概有什麼人總結過：傳世之作多半是悲劇。於是，《紅樓夢》裡，黛玉聽說寶玉娶了寶釵，「淚盡而亡」；《安娜・卡列尼娜》裡，安娜誤以為渥倫斯基對她冷淡，失望到臥軌自殺；《咆嘯山莊》裡，希斯克利夫因愛人被奪去，報復起來不擇手段，弄得仇人家破人亡；等等。

後來，書看多了才知道，對待失戀，還有另外的處理模式：狄更斯的《雙城記》裡，醫生那美麗的女兒為一個年輕律師所愛，但小姐已經心有所屬，那青年沒有橫刀搶親，而是對女孩說，我會為你所愛的人去死。正巧他長得很像女孩所嫁那個法國貴族，當她丈夫要被革命處以極刑的時候，失戀的律師設計替下了情敵、替他赴死。用這種方式，表達和證明了其對醫生女兒的無悔之愛。

還有一個故事與《雙城記》相映成輝，那就是俄國人車爾尼雪夫斯基的《怎麼辦》——女主角是薇拉，男主人翁有兩個，羅普霍夫和他的朋友。薇拉嫁給了羅普霍夫，婚後卻又愛上了丈夫的那個朋友，她一面自我遣責，一面割捨不掉新歡，倍受折磨。羅普霍夫終於察覺了此事，毅然離開薇拉。分手的時候，羅氏對薇拉這樣說：對一個人有感情就是希望她幸福。而沒有自由便沒有幸福。如果你因為我的緣故受到束縛，你就會面臨痛苦；為了不讓你痛苦，我唯有主動離開。那個失戀的丈夫甚至對妻子說：你不要這樣做（迴避、自責），而應該怎樣對你更好才怎樣做。

不僅小說，詩歌裡也有這樣的例子。普希金有一首〈我曾經愛過你〉：

我曾經愛過你，
愛情，也許，
還沒有完全從我的心靈中消亡；
但願它不再煩攪你；
我一點也不願再使你難過悲傷。
我無言地、無望地愛過你，
我忍受著懦怯和妒嫉的折磨：
我那樣真誠、那樣溫柔地愛過你，
祝上帝給你另一個人像我愛你一樣。

誠然，正如人們常說的，詩人、小說家把自己實現不了的理想寄託在作品裡。那些令人迴腸盪氣之作，終究是紙上談情，當不得真的。

觀癖識人

周作人先生說過：我們於日用必需的東西之外，還要有一點無用的遊戲與享樂，生活才覺得有意思。這裡說的大概就是慣常所謂「人要有些愛好吧」。人們常說：沒有愛好的人多半是個乏味的人。明朝人張岱的一句話講得更嚴重：人無癖，不可與交，以其無真情也。看來，不會沉溺於任何事物之中的人，不僅毫無生氣，簡直不能與他作朋友了。

細想起來，人總是在沉浸於自己喜歡的事情時最愜意、最放鬆，甚至只有此時才感到生命的意義和價值。無奈，我們多數時間要硬著頭皮上班、做事、應酬。賺到的錢、積攢的假期、做了種種安排，只為了到愛好裡去享受一下、調劑一下人生。所以往往樂不知返地感歎「時光真如過隙之駒」呀。這種情景就像人們戲言的相對論：你與一位美妙的女郎相處兩小時，覺得才過了一分鐘；我在火爐上坐了一分鐘，覺得已經過了兩小時。

我想，從情之所繫，可以看到不同的人生觀。以此為界，世間大概有三種人：為了沉溺於情之所鍾的事物，有人便生出進取之心。我們看到有人努力學習、有人拼命掙錢、有人攫取權力。最終，當我們看到他們把得到的東西用於何處，便知道了他的價值取向。他們之中，如願以償的固不乏人；理想破滅而自暴自棄的也不在少數。

還有的人態度消極，為了享受其所愛，寧願捨棄生存所需的其他東西，或者用已經擁有的東西去做交換。比如歌德筆下的浮士德、巴爾扎克筆下的葛朗台老頭、是些被指為玩物喪志的敗家子和有某種怪癖的人。這些人的壞或怪，並非都是有意而然，有些是潛意識的呼喚，身不由己。張岱的說法提示我們，大概可以從控制其癖好入手，限制和改變他們。

就個人的生存價值而言，不論怎樣的喜愛癖好，總是人生的享受。可是我們還看到有些人，說不出自己有什麼興趣愛好。這些人很淺，從來不會陷在什麼事情裡；他們又很急，不停地尋找能夠吸引自己的東西，求個心安。生活中那些注意力不集中、興趣多變或無目地的拼命工作的人們，可以歸入此類。

其實，前兩種人，因有明確的生活意義，對人生的憂樂體會頗深，卻擔著功虧一簣、得不償失之險；而第三種人，因其不太專注、依賴程度低，感情生活上倒不太會有大起大落、大災大難。人的價值觀既不相同，也就不存在誰優誰劣的等級了吧？

「花應羞上老人頭

春花秋月、滄海桑田是自然規律，任什麼人、多大的權勢也奈何它不得。好在人類極聰明，對這種事我們自有因勢利導的一法。比如人們常說的「三十而立、四十而不惑、五十而知天命」就是一例。什麼年齡的人，用什麼樣的特質來配這個年齡，也叫做「不虛此生」。

少年不宜太老成，那是個天真爛漫的時代。人遲早要走上社會，為生活、為事業奮鬥，雖有成功與失敗之別，大都多少要沾染點虛偽和庸俗則一。良心未泯的，組織起同學會、同鄉會在一起懷舊，每逢聚會，最為人們一擊三歎的，往往是那些少年時代無邪、真誠的舉動。最後多歸結為「那樣的年華太短暫」。

據心理學家的說法：人生不能跳躍任何一個階段，若是無意間略去了，潛意識會要求你補上。有一個例子是，一位天才兒童，自幼與書本為伍，同伴們還在上初中，他已經念完大學，早早進了實驗室，從事高深的科學研究。在他二十五六歲的時候，家裡人發現他的房間常常傳出機械磨擦聲和歡笑聲。問他，他卻不答，悄悄一看才知道，早熟的科學家正爬在地板上玩電動火車呢。

國人知人論事會以「相配」、「相襯」做標準，這裡可以借用一番：有人小小年紀就有萬貫家私，是一種不相襯。因為個人財富的積累多應與時間和相應的付出成正比。彌補的辦法是他儘早學會經營管理的技能，讓自己的能力與名下的財產相配。

還有人年高權重、一言九鼎，卻無益於國家民族。這樣的政治家本應被歷史淘汰了，卻垂簾聽政做著太上皇，也是不相襯。時代早變了，他老人家待在家裡含飴弄孫就相配了。

人的平等，不僅體現在法律面前，更體現在歲月之間；無論尊卑，人都是要老的。成功與平淡往往與機緣相關，不完全反映某個人的智識和才能。所以，孟子說「得志，澤加於民；不得志，修身見於世。窮則獨善其身，達則兼濟天下。」看來，中年乃至老年仍然藉藉無聞者，不必羞對鏡中華髮。不管我們處在哪個年齡，應知、應會、應能的事情大致不差，就無愧於人了。

若生來是女人，好像負擔更重了一點。做女人的大道理除上述「得志、落魄」與否、「窮、達」之別外，還有美貌、姿色之累，與青春息息相關。其實，不同年紀的女人都有可親可愛之處，不過表現不同罷了：女孩兒有清純、少婦有婉約、媽媽有溫蘊、祖母有慈祥……不必一生扮靚。

各個年齡層的人做什麼事恰當，很難界定，大趨勢卻是明確的。那就是人的知識、能力、見識、個性等（最好還有成就），應當隨著年齡增長而提高，這是人人都能做到的。不這樣恐怕也不行，輕者自尋煩惱，重者會顯得很可笑。蘇軾有兩句詩道：「人老簪花不自羞，花應羞上老人頭。」也有這層意思。有了這個認識，人就不怕長大、也就不必怕老了。

對人對己看分明

巴爾扎克說過「身處逆境至少有一個好處，就是能看出誰是真正的朋友。」塞萬提斯也曾大講，某人為了識別敵友，故意裝出潦倒相的故事。識人之難，一向是人生一大困擾。對你周圍的人，再怎樣「聽其言，觀其行」，得到的印象，也不如在你遇到挫折的時候，看他們對你的態度和作為來得真切。

我們常常聽到或看到的是，本來是好朋友的事業合作者，背信棄義。弄得失望的一方人生觀大改，從此不再相信任何人。但是，人在社會上獨往獨來多有不便。而人是一個多面體，沒有全無優點或全無缺點的人，只要我們清楚所交往之人的脾氣秉性，契合的方面多接觸，不合的地方早回避，有個把損友也許比沒有朋友還好呢。

我們也不必埋怨遇人不淑，其實，人性都是一樣的，若不是好友，當初也不會合作，換成別人恐怕也是一樣。那個對你不起的朋友，多半原本也沒想到他會做出那樣的事。事到臨頭的反應違背了自己理念的事是常有的——因為有潛意識在，人並不清楚地瞭解他自己。

差不多每個人都會失算。我們設計好以為能做成的事，運作的結果，有時會離我們的預期很遠。雖說「謀事在人，成事在天」，但我們不得不承認，那導致全盤盡墨的一步，往往是我們起初忽略了的一環。

既如此，挫折也就不全無是處了，至少我們可以從中發現自己原先不知道的弱點。因為人們一般不會去做明知力有不逮的事。而人在哪些方面的能力有所不足，有時要等到我們胸有成竹地為一件事投下時間和精力的時候才會暴露出來。這種時候，我們就加深了對自己的瞭解，得以日後揚長避短。

人們常說：順利和成功只能助長驕傲與脆弱，逆境與艱難才是提昇我們處世為人水準的環境。看來，所謂壞事變好事，就包括著善待生活和事業中的挫折。

〈走出桃花源〉

毛澤東詩云「陶令不知何處去，桃花源裡可耕田。」援「詩無達詁」的例，這聯詩也許還能解釋為：陶淵明不知如何逃避紛憂的世事，只得以創作虛幻的武陵勝境、婉轉地表達對現實的不滿。千年以還，人類的生存環境與生活方式，不僅未臻舒適安定，或許比魏晉時更其險峻；人們對和平與寧靜的憧憬不曾一日稍歇。於是，「世外桃源」的寓言就流傳了下來。然而，遁世並非處世之長道，心中塊壘杯酒難澆，應對之道自有千條。

陶潛其人，虛無悲觀之氣頗濃，《自祭文》中甚至道「人生實難，死如之何！」桃源既無從尋覓，死亦非一易事，生命中無盡的煩惱怎生相處？哲人安東尼的《沉思錄》中有一段話「與其向往山林，不如退隱內心，哲學才是心靈唯一可以寄託的地方……一個人，如果思想寧靜、心境和諧，便是世界上最幽靜的所在，應該常常利用這個隱密的地方，把你的品德刷新一番。為此，你應當預備一些短小精確的概念，使你的悟性真實。不要忘記經常退隱到這個幽靜的地方去，不要讓這裡有緊張、傷憂的氣氛，讓一切平靜的進行。」安東尼的說法不僅可行，而且已為世人沿用，只是很多人尚無這等自覺與經常罷了。

細想，武陵源的境界除去諷世的一層而外，也不見得高明到哪裡。人生苦短，總要多經歷廣見聞才算不虛此行。若是生長在那個「土地平曠，屋舍儼然，有良田、美池、桑竹之屬，阡陌交通，雞犬相聞……」的「絕境」，雖「怡然自樂」，但「不知有漢，無論魏晉」，耽誤了觀看多少人間悲劇喜劇；比較外部世界百年變遷、精彩紛呈，武陵人的生活未免太過平淡了吧？

其實，即使一個價值觀念旨在毛羽自珍的人，不論外面地覆天翻，也要營造自家安穩的仙境桃源，自溺自耽，卻未必就能如願。因為事有因果，善惡相連，得必有失。理想的境界盡管任意設計，總要與現實比較接近，才有可能實現。

「文章是自己的好

有句盡人皆知的俗話說「老婆是人家的好，文章是自己的好。」老婆到底是誰的好難得說清，「文章是自己的好」倒是有些道理的一句話。

讀報的時候看到一則逸聞，說是歐洲某著名科學家年紀大了，記憶力衰退、理解力仍然正常，翻看家裡過期雜誌和藏書的時候，常常拍案歎道「這篇文章寫得真棒，我要是能寫出這樣的文章就好了！」旁邊的人拿過去一看，那些文章多半正是他老人家的舊作。可見，這是一種「同氣相求」效應，作者本人對自己文章中思緒的脈絡，分辨得最清晰；對文中論理的意義認識最深刻、遣詞造句的含義理解最貼切，就像在鏡子裡端詳自己。如此，就難怪兩件事了，一是敝帚自珍；再就是不情願被人斧鉞。

古人說：文章千古事，得失寸心知。也有這層意思。我們無不盡著自己最大的努力，寫自己有心得的題目、要褒貶的事物。只是人們的知識有深淺、見識有高低，寫作又需要相當的天分，而文章的優劣確實有著那麼幾條客觀標準。這麼一來，自鳴得意就成了作者的一大忌諱。除去寫日記，只要是拿出來給人家看的、更不用說是投到報刊雜誌想發表的，一定會遭到外界批評。原本挑得「正合我心」的形容詞，可能被朋友指為「辭不達意」；連夜寫下思前想後豁然頓悟的「人生哲理」，巴巴的寄到編輯部，卻不想在人家眼裡，不過是「老生常談」。如此等等，都會使人於心耿耿，「此事古難全」。所以唐朝詩人賈島有句云「獨行潭底影，數息樹邊身。……兩句三年得，一吟雙淚流。知音如不賞，歸臥故山秋。」嘴上雖是這般說法，心裡多半在罵人家不識貨呢。

看來，寫作不是一件容易的事。其實，寫可以隨心所欲地寫；難在發表和引起期望中的反響上，因為人的審美角度和處世立場不盡相同。我的文風能不能被編輯欣賞、他的觀點會不會為導師贊同，都是要講究點運氣的。文章被退稿或得分不高，不一定寫得不好，也許只是不合時宜、不對審稿者的口味呢？尤其是退稿，可能是寄錯了刊物。「人家不登這類東西」，這話若是周圍的朋友說出來，已經差可安慰作者，若是信封裡夾著編輯大人的短劄，上書這樣的寥寥數語「大作自有精彩之處，唯與本刊宗旨不合，請試他處。」就足以撫平那些失落的心、讓我們繼續在孤芳自賞中得到平衡了。（大陸很多報刊都備有類似的退稿箋）若是編輯大人再鼓勵性的捎上一句「建議閣下筆耕之暇，讀讀傑克・倫敦的《馬丁・伊登》」。拜讀之後，本來已經決定放棄寫作的大器晚成者，八成會重拾信心，並將那些無人問津的舊作精心保存起來，心想「誰能擔保它們不會造成『洛陽紙貴』的效應呢？」

有一個現成的榜樣：囊括美國幾大寫作獎的大陸英文小說家哈金。據說，他之遭遇退稿，到了其妻規定「晚飯之前不許拆信！」之地步。因為堅持、後來終於……。

「心有所感，不吐不快」者不在少數，我們既然寫，就要像書法家「凡書之時，貴乎沉靜，意在筆前，筆居心後」；像畫家「我手寫我心」。不抱功利心，秉筆抒發情懷，自有無限意趣。如《金樓子・立言篇》中的那段話「筆，退則非謂成篇；進則非言取意。神其巧慧，筆端而已。」

煮字烹文味難調

大凡寫書、投稿的人，多半會羨慕晉人左思，一篇《三都賦》「豪富之家，競相傳寫，洛陽紙為之貴」，相當於今天的「榮登暢銷書榜」吧？據《晉書・文苑傳》載「左思欲賦三都，移家京師，詣著作郎張載，訪岷邛之事。構思十年，賦成。」千年之後的曹雪芹，一部《紅樓夢》也是「字字看來都是血，十年辛苦不尋常」。雖然這是兩個極端的例子，卻說明美文華章得之不易。前人曹禮吾集龔自珍的句子道「著書都為稻糧謀，儉腹高談我用憂。萬一飄零文字海，人間無地署無愁」。可見，寫作難，以此為生更難。在此之外還有一難，就是文章傳世難上加難。

人類文化普及、出版業發達到今天這個程度，使有意發見聞、講故事、刊行著述的人大都能夠得其所願。而寫作與閱讀的人多，目的、取向各不相同。大批人為休閒、娛樂而讀書，於是，作家行列中出現了一批言情小說家。他們的書容易暢銷，坐收名利，不能不使寫嚴肅文章的人生出不平之慨。看到嘔心瀝血之作不易付梓，有時候出書還得自己掏錢，為出版社承擔風險，覺得人心不古，斯文掃地。

其實，寫作這件事，早就已經平民化、世俗化、商業化了，這是社會發展進步的副產品和代價。所以，現實是：要民主和自由，就得允許別人在報刊雜誌上按自己的方式表現；既生活在商業社會，就攔不住有人把文化當作商品，賣到市場上去。除非學術、高雅碰巧具有商業價值，才能見到經濟利益，因為文化與商業畢竟只是有關，而非對等。兩者的交叉與重疊，可遇不可求。

我想，古人燈下秉筆的時候，大約也不都在心裡想著「文章千古事，得失寸心知」那麼鄭重其事。今天我們讀到前人的華彩篇章，都是時代淘汰下來的傳世之作。同理，今天暢銷的通俗文藝作品，大多會因經不住歷史的篩選，而證明其寫作動機不過是些商業行為。鬻文求利向為士林不齒，這類寫手大可歸入商家。

雖然說「詩窮而後工，文窮而後通」，恐怕只限於少數天才、大家；平凡之人依靠寫作為生，就難不墮入末流。若是不幸生在專制社會，還會成為御用文人，那樣的作品就更沒有傳代的希望了。看來，作家既不能功利心重，又不能不食人間煙火。一個作家，須得沒有生計之累、不求聞達之私。才能做「載道，言志」之事。常有人用「煮字烹文」形容煉字造句，可是，技巧不是第一要義，最重要的是真誠，小仲馬說過：「只有真誠，才能傳至永久」。

人莫知之　心竊喜之

我從小受的教育是：看書要讀名家的作品，不是他們的所有作品，而是他們的名著。因為，書太多，選錯書就會浪費時間。能傳世的書，是經受了時代篩選的，一定有他們跨越時空的道理。於是，看小說的時候，「世界名著」單子上有的才看。當然，陰錯陽差地，也看了一些寂寂無名的書，而且，那些作者好像至今也沒有出名，但是，他們真有與經典作品同樣吸引我的佳作。

有一本小說《阿瑪蒂的故事》，作者胡小胡。講的是一個發生在文革初期的愛情故事，男主角是北京一所理工科大學的學生，並不熱心造反、革命，他的女朋友是音樂學院附中的學生，活潑、率直。她有一把義大利名琴「阿瑪蒂」。趁著文革之亂，中央某要人（大概是江青）想攫取她的「阿瑪蒂」。後來，那女孩為了幫助她所愛的人越獄、為了保護她的「阿瑪蒂」，死在獄卒的槍口之下。

書中人物很少，但是個性鮮明；故事自然展開，沒有說教，不是訴苦。作者用那個冷酷、暴戾的時代，襯托一對普通人平凡、溫馨的戀情，無需渲染，讀者自能理解：那樣的時代，如何摧殘了人的品味和愛情，從而對生不逢時的他們，寄予深切的同情。我想，在中國的傷痕文學中，《阿瑪蒂的故事》應該是為數寥寥純以文學感動人的一部。

還有一部不見評論家提起，平常與人談到也不為朋友所知，我卻念念不忘的自傳體小說：《求》。作者是北京的一位英語教授熊德蘭，講的是一位原籍江西貧苦人家小姑娘的成長過程。從國民政府寫到解放再到文革，從江西寫到英國再到北京，小女孩運氣不錯，碰到好人、幫她讀書，出國留學、回來工作。故事極平實，文字極流暢，所以，書中的悲歡離合、喜怒哀樂極易感動人。

這些自然不是特殊之處，這本書之給我特別深刻的印象，在於主人翁的信仰歷程。與時下多數回顧參與中國共產主義運動經歷的作者不同，《求》的作者毫不隱諱地描寫了女主角信仰過共產主義，並且在她的經歷中讓人看到了其中的道理。作者還原了我們都走過的時代，看出那曾經是歷史的宿命。所以，信仰過它並不恥辱；選擇過它也不是民族的悲哀。難得的是，德蘭女士用文學的方法講清了這個道理，比長篇講章更有說服力。

其實，中國已經從那段歷史走出來了，現在我們談過去，政治上的作為無須回避，寫作手法也不要煽情。相信經過千年錘煉的、傳統文學筆法動人的力量吧，焉知今天不甚為人所知的作品，不會變成文學史上的經典之作？

「自己的園地」

如果讓我在報社挑選一份工作，我一定去做副刊編輯。

說起來，報紙的主要功能是新聞報導，跑新聞多是進報館人的首選。但是對我來說，風裡雨裡追蹤採訪、三天兩頭交際應酬，實非我之所願；最主要的是，我們不能製造新聞，只能跟在後面緊追不捨，沒有多少主動性可言。辦副刊就不同了，對於喜愛文藝的人，編副刊，可以刻意設計欄目，栽培後起之秀，引導讀者的審美趣味，提高大眾的欣賞水準。無論這事多麼公眾化，它總是某個人經手而成的，選編稿子、安排版面、設計題圖在在充分體現著編輯的個性和情趣。就像知堂老人說的，「依了自己心的傾向」，為了「獨立的藝術美與無形的功利」，去耕耘「自己的園地」。

我們的職業，若僅只掙錢養家，難免乏味，非得還有豐富從業者生活的作用才合理想。這樣的事容易出成就、對社會貢獻也大。比如，因為有那些在設計和研究中體驗到無限樂趣的工程師、科學家，我們今天的生活才能如此簡捷、便利。我想，副刊編輯也是這樣娛己益人的行當。編輯總是站在幕後的，版面上的文章花團錦簇，讀者只看到作者的名字，少有人去問：是誰約來這麼多好稿子?誰把來稿篩選得這麼精細?所以，做編輯是難得出名的，顯然也與金錢一類的利益無涉。這樣清廉的職業，非雅人不為。

編輯得到的是精神享受與成就感。在北京的時候，面向知識界的《光明日報》副刊上曾經有過一個專欄，叫做「我的書齋」，為這個欄目寫稿的大都些專家教授。那是八十年代後期，這些學問人的書房或從無到有、或毀而重建，莫不倒映著時代的變遷。看他們娓娓道出，多有令人迴腸盪氣的篇什。後來，這個專欄的文章結集成書，一下子就脫銷了。我想，主持其事的編輯給那些對人生、對社會有無限感慨要抒發的中國知識份子，提供了講話的機會，尤其是為他們選擇了那麼好的角度，讓作者和讀者在寫作和閱讀時反思、領悟，這就是副刊編輯的成就。

既然是把副刊當做自己的園地來打理，自然要精心設計，不能只用自由來稿填充版面。編輯工作的主動性多半表現在組稿、設立欄目上。版式排好交付印刷，編輯心裡不但要設想讀者對那些文章的褒貶；還會想像也許有人對編輯的見識有所評價，那多半是些同行、內行，他們的看法不容忽視。就像女孩子出門前對鏡試衣，不必擔心路人對這件衣服的裁縫手藝怎麼說，只要想著自己是不是選對了行頭，再好的時裝也得上了街才能被人賞識。這些挑戰和威脅正是編輯工作的一大樂趣。

現代社會無論怎麼忙，閱讀的需要還是有的，人人都有求知欲。讀書的人雖然少了，讀報還大有人在。我們評價一張報紙辦得好壞，只看新聞版不容易區分，因為大家報的新聞都是一樣的。從旁看別人讀報：信手翻過新聞版、到了副刊會不會停下來不動？應該能說明點問題了。

副刊的作者隱在讀者中間，看到編輯出了好題目他們會覺得「技癢」、想「借題發揮」，好文章之紛至遝來，原是編輯的「新意效應」。比如平日看到各副刊的徵文啟事，有些話題看似很不好寫，但是，刊登出來的篇章多有巧思佳構、神來之筆，令人自愧不如，從中學到不少東西。我相信，許多讀者和我一樣，常常讀到錦繡華章，提高了文學水準、加深了社會見識。在感謝作者的同時，更感激推薦他們的副刊編輯。

不靠岸的夜航船

有兩句勉勵人讀書的話說「學海無涯苦作舟，詩山有路勤為徑」。學習應該是快樂的事，為什麼感覺到「苦」呢？我想，這樣的「舟」大概就是「夜航船」吧？

明人張岱講過一個「夜航船」的故事——昔有一僧人與一士子同宿夜航船。士子高談闊論，僧畏懾，蜷足而寢。僧人聽其語有破綻，乃曰「請問相公，澹台滅明是一個人、兩個人？」士子曰「是兩個人。」僧曰「這等堯舜是一個人、兩個人？」士子曰「自然是一個人！」僧乃笑曰「這等說來，且待小僧伸伸腳。」

看到這裡時，我忙翻註解。唐堯、虞舜不用查了，澹台滅明是何方神聖？「澹台滅明，春秋時魯國武城（今山東費縣）人，澹台是複姓，名滅明，字子羽。事蹟見《史記‧仲尼弟子傳》。」我平時看書很雜，被作者問住的事就時有發生。難怪張岱說「天下學問，惟夜航船中最難對付。」人生在世，不曉得會碰上什麼人，遇到什麼事。不能像應付考試那樣，把某個範圍裡的東西死記硬背下來，才去臨場發揮。

古人說「一事不知，士之恥也。」未免責己太嚴。現代人就輕鬆多了，只說「知識就是力量。」「力量」雖然可大可小，但一定要有，而且越大越好。更何況，人類社會發展到科學文化日新月異的今天，不要說站在時代的前列，要想不太落伍，也得不間斷地學習新東西。有人說「我們既然生活，就必須全力以赴地學習我們能夠學會的一切，以此鍛煉我們的反應能力。」理由夠充足了，只是讓人覺得這樣的學習很被動。

古人作詩「為求一字穩，耐得半宿寒。」可謂勤奮。還有人強迫自己念書「頭懸樑、錐刺股」地自虐。恐怕就是學海中的苦生涯。這樣的學法，非有超人之質者不辦。能夠一生如此者一定是鳳毛麟角。

子曰「學而時習之，不亦樂乎。」可見，學習本來是一件很愉快的事。不知道有沒有人把它列在自己的「人生幾大樂事」當中。但是，學到了新知識、掌握了新技能，心裡就有不可言喻的充實感，是人人都曾多次體驗過的。但事實上，不是每個人都能終生享受這樣的樂趣。「活到老學到老」的道理人人懂；可是，停頓下來的理由也有千萬條。

激勵人們不斷學習的方法不勝枚舉。其實，最有效的督促是保持或者喚起人們的好奇心。所有的孩童都有樂意學習、百折不撓的天性，那就是不可抑制的好奇心的驅使。好奇心保持多久，人的心境就平和多久；生活的趣味就伴隨他多久。在好奇心的引誘下求知，不勉強、不是負擔、不會覺得苦和難。我們常常看到的那些手不釋卷、求新求變的長者，都是童心未泯。

經驗告訴我們，做好一件事，出於本身的需要比出於某種信念來得可靠。據說，人的本能被一些研究者歸納為三種「食欲、性欲、防禦」，看來還得加上「求知欲」。好奇心就是求知欲，有求知欲的人，不怕遇到難題。滿足學習的本能，就像解決饑渴一樣，是一個自覺、享受的過程。若是帶著永不減褪的求知欲，乘著夜航船在人生的海洋上蕩漾，那船要是永不靠岸才好呢。

看看學問長了沒

「溫故而知新」是孔老夫子的教誨。對此，我第一次有具體的概念是文革後期，在家裡。一次父親見我看雨果的《悲慘世界》，就說我也在看這本書。其實，他讀的是英文版。我問你過去沒看過這本書嗎？他說上一次看是高中時代，那時候太年輕，現在經歷閱歷廣了，再看這樣的書，對裡面的人生哲理有了不少新的體會。但是那會兒外國小說還是禁書，想溫習舊學要費一點周折。幸虧我父母是外語系教師，於是他們以「教學參考書」的名義，從圖書館借出來半公開地看。

我姐姐也讀了不少十八、十九世紀的歐美文學名著，第一次讀這些書，是她在黑龍江生產建設兵團作「知識青年」的時代。狄更斯、屠格涅夫、羅曼羅蘭等等在年輕人中間秘密傳閱。到美國之後，不僅可以公開地看，而且很容易借到英文版了，不料，她重讀了幾部之後有點失望地跟我說：印象中，狄更斯、巴爾札克的書裡有不少精彩的文字，現在看的英文本那些好句子怎麼少了好多似的？我們討論了一番的結論是二十幾年下來，她的學問長了，與那些作家的距離縮短了。

類似的體會我自己也有。比如第一次讀《管錐編》，大概是一九八二年或者一九八三年，書是慕名買的，拿回家一看，簡直不知所云。書的體例很少見，每則長的兩、三頁，短的一、兩行，錢鍾書先生寫的是文言文，與他大量引用的「古人云」連成一片，書裡用得最多的是引號，引號套著引號，文言連著文言，還有英文、法文、德文、義大利文夾雜其間，錢老先生的譯文也是文言。這書是錢先生讀經、史、子、集的筆記，所論有考據、有訓詁、有批評、有闡述。如此體大思精、舉世無匹的巨著，不學如我當然看不下去，只得束之高閣，卻一直耿耿於心。

時光荏苒，大概是一九九三年的時候，我有了一份上班可以看閒書的工作，一日，我又乍著膽子打開了錢著，這次我讀的本子是舒展先生選編的《錢鍾書論著學文選》，內容以《管錐編》為主，分類編排，還有簡短的導讀。加上經過這些年，潛移默化地知識了有些許長進，居然能看懂一點了。但是，平均要二十分鐘到半個小時才能翻一頁。看得這麼累，又不是做功課，就又放下了。又過了若干時日，我第三次拿起《管錐編》，慢慢地讀，才覺著有所體會，甚至寫了兩篇劄記。

過去沒看懂，現在還是不懂的書也有。我一向愛看周作人先生的散文。一次看到有人在談周作人晚年時提到，一九六零年代，周氏為北京的人民文學出版社翻譯了「希臘對話集」，並在一九六五年最後改定的遺囑中說「余一生文字無足稱道，唯暮年所譯希臘對話是五十年來的心願，識者當自知之。」此事不能不引人注目：知堂素常不喜歡說客氣話，他這樣著作等身的人竟把譯作看得高於自己的創作。「希臘對話集」該好成什麼樣兒呀。後來得知，一九九一年人民文學出版社將「希臘對話集」以《盧奇安對話錄》的書名出版了。

我對此書心嚮往之，怎奈人在美國望洋興嘆。直到一九九五年夏天回國才能開始尋訪。這書只印了三千二百九十本，上市四年之久，哪裡還見蹤影？然而，我此生偏是與書有緣。一日，去看一位朋友到早了，辦公樓下是一個擺攤賣菜的自由市場，裡面竟夾著一間書店。於是信步走去消磨時間。不想，一眼看到《盧奇安對話錄》赫然站在架子上，趕緊買了下來。路上翻看，見知堂老人為每一章都寫了提要，還逐節註釋，全書四十八萬多字，下的功夫可謂大矣。回到家裡細讀。不料，一點也看不出所以然。因心有不甘，曾經幾次試著再看，仍然不得要領。看來只能用「學無止境」來解釋了。

托爾斯泰曾經說，每一位作家都應該反覆地讀普希金的那四個短篇《棺材匠》、《暴風雨》、《村姑小姐》和《射擊》，以學習寫作技巧。我想，對讀者來說，書要反覆讀，才能盡可能多地從中汲取識見；而文章能不能禁得住一讀再讀，像莫札特、貝多芬、拉赫馬尼諾夫等人的成名作，讓人無數次欣賞、傳於後世，就得看作家的了。

我的百科全書

我十一歲時碰上了文化大革命，學校裡「停課鬧革命」。十四歲上下鄉「接受貧下中農的再教育」，蹉跎到十九歲才返回北京。那時候，我對幾乎所有的學科都存著好奇心，求知欲真可以用「如饑似渴」一語形容。不久，文革收場了，報紙、雜誌的版面逐漸豐富、生動起來。不斷介紹數學、物理、化學、醫學、生物、地理、地質、植物、考古等知識；文、史、哲領域，不再是馬列主義的一統天下。如此，我有了補課的機會。當時，我剛剛中醫畢業，工作纏身。其他專業的知識只能粗淺涉獵。報刊雜誌上的科普文章和文史知識，就成了我的百科全書。

雖然說「好記性不如爛筆頭」，但要留的資料太多，抄不勝抄。買書本是好辦法，只是專業書籍太過艱深，既看不懂，也沒有那個必要。那會兒，掃描儀之類的設備，還聞所未聞，至今也不擁有。倒是從小在家看慣父母如何在研究工作中收集、整理資料，就知道：剪輯，是收集資料的簡便易行之道。

我所在的醫院，各科室訂閱不同的報刊，醫生、護士們看過之後，隨手就丟掉了。於是，我把它們彙集攏來，將載有科技、文史知識的文章一一裁剪下來。又做了兩個剪報本，大的一個，比半張報紙稍小一點，用來粘貼自然科學知識；小的那個比雜誌大一些，社科、文史專用。那兩個剪貼簿是用大帳本做的，每個都有二百多頁，貼滿報紙之後，足有十斤重。

那時候，《光明日報》、《文匯報》、《北京科技報》、《世界經濟導報》和《參考消息》等報紙上，刊登過不少值得保留的文章。我先把自製的剪報簿貼滿，再將雜誌上不需要反覆閱讀的篇章用剪報覆蓋起來。這樣，平時買的雜誌就更有保存價值了。常買的雜誌如《百科知識》、《書林》、《科學畫報》、《環球》和《八小時以外》等。這麼做有一個好處：一篇文章先看了一遍、剪的時候又看、貼的時候再看，比隨便流覽印象深多了。

因為是隨剪隨貼，分類的事就很難辦到。不過也好，每一本貼上了剪報的雜誌，都成了百科紛呈、五光十色的新書，拿起來翻看一點也不單調。

剪的東西多，報紙上文章大都不規則，把它們拼接起來，貼在雜誌中不準備再讀的文章上。打開看時，只見左上角是「維生素C治療癌症」；旁邊一篇則在介紹「數理邏輯」是個什麼概念；下來也許是「考古新方法——碳十四同位素測定年代」；中間可能會有一篇輕鬆的短文「談談熱帶雨林」；右下角或貼著一篇一千五百字的矩型豎排版長文，是介紹「動物器官相關論」的。就這樣，到了出國的時候，貼有剪報的雜誌，已經裝滿了一隻大木箱。

來到美國這幾年，中文讀物的種類少得多了，北美《世界日報》卻以一當十地，替代了過去在家常看的一些報紙和雜誌。那眾多的版面和豐富的內容，延續了我剪報的愛好。「綜合新聞」版上很多新聞的背景，對我來說，就是美國社會、法律、經濟、生活方式等等的歷史和知識，很有保留價值。臺灣和香港新聞版也是如此。就連「大陸新聞」版上的報導，我都常剪，因為目前的動態就是歷史記錄。「世界副刊」和「家園」裡面的散文和知識小品也是我收集的重點。每天閱後的「上下古今」，大都是開著天窗放在一旁的。《世界週刊》我經常得出去再買一份：「世界廣場」、「專題報導」、「社會切片」、「法律—移民—社安」、「理財」、「醫療保健」等版面常常是正反面，剪了這邊，就破壞了那邊。

美國市售各式各樣的辦公用品，改進了我的收集方式。我用五個二十一格的文件夾，把剪報分了一百類。唯一的遺憾是，自然科學類的文章數量少多了。

「拿起筆作刀槍」

念小學的時候寫作文，懵懵懂懂，至今全無印象。現在記得起自己最早寫的東西，是文革早期的批判稿。

那時候我十二歲，剛進中學，聽到高音喇叭每天在唱一支造反歌，大意是：拿起筆作刀槍，集中火力打黑幫。誰要敢說黨不好，馬上叫他見閻王云云。當時最大的黑幫是國家主席劉少奇；我們呢，叫做「革命小將」，天職就是寫文章批判劉少奇和他的同夥，叫「批判稿」。寫的時候還有老師教。用「刀槍」寫成的文章自然殺氣騰騰。可能必竟是寫文章吧，老師就教我們在批判稿裡加一些詩詞進去，以增文采。

最常在批判稿裡引用的，是毛澤東的作品，不愧是紅衛兵的總司令，他的詩詞有不少適用於批判文章的句子。比如，他的一首《滿江紅》有這麼兩句「四海翻騰雲水怒。五洲震盪風雷激」，因聽說世界上革命運動就像那個樣子，就常常拿來引用。當然了，被「翻騰」的其實是我們這些稚子，課業全廢。

毛還有一首就著電影「孫悟空三打白骨精」寫的七律，其中兩句道「金猴奮起千鈞棒，玉宇澄清萬里埃」。這樣的句子常用做表示革命派一採取行動，就是天下大治。天知道，正是那個自稱兼有「虎氣和猴氣」的毛總司令，擾起了萬丈塵埃，把中國鬧得昏天黑地整整十年。毛澤東的文辭頗有可讀性，拿它來教我們寫批判稿，就是誤人子弟了。

還有一些詩句那會兒常用，例如「千鈞霹靂開新宇，萬里東風掃殘雲」，提到文革新氣象代替了以往的沉悶時多半會用上。出處哪裡至今也不知道。現在想想還是猜不透：這樣的句子除批判稿裡能用，還有什麼地方適合呢？反正文革大批判過後，就再也見不到那些詩句了。

也有那時候用過，不知所以，後來又碰到的古詩。「古為今用」一法，竟也適用於寫批判文章。劉禹錫的「沉舟側畔千帆過，病樹前頭萬木春」可以形容文革中的新生事物勢不可擋，還比被取代的事物顯得美好。另外，李賀的「黑雲壓城城欲摧，甲光向日金鱗開」則只用前一句，比喻毛澤東的主張在某個時期或部門被劉少奇的一套壓屏蔽的情形。

為寫批判稿還學到李白的詩，如「兩岸猿聲啼不住，輕舟已過萬重山。」形容「革命形勢一日千里，任什麼人也阻攔不住」云云。好像還用過王之渙的「欲窮千里目，更上一層樓」表示革命成果有待發展之類的意思。

最初用過心的東西印象深。經過文革、學寫批判稿的用處如今只剩下一條：看到大陸人士撰寫的評論文章，文革遺風未泯的，作者的年齡多半與我相當或比我大；不常用質問句、結論不太武斷的，多半年齡比我小——我只趕上了大批判之末。

翻譯其實也很政治

「翻譯與政治」是一個古老的話題。比如一次胡錦濤與奧巴馬的聯合記者會，連著出了兩件與翻譯有關的事，至少一個「很政治」就是「漏答了人權提問。幸而被人當場糾正，免去了胡主席回避敏感問題之譏。還有一個是「他」指的是誰，若是直指奧巴馬總統，則有點失禮；指那些議員則毫無問題。看上去，不僅作為表達與交往的仲介，翻譯確實具有談判技巧、政治手腕的功能。

「外交無小事」，因為「君子一言、駟馬難追」。所以，為了留下糾正失誤、改變主意的餘地，據傳外交部有個規定：正式會談時，主談官員無論外語多麼好，都要通過翻譯轉達。意在一旦需要改口時，可以推說原話是翻譯的錯。幸虧有此慣例。一次，鄧小平與來訪的美國國防部長會談，鄧說要與美國結成軍事同盟云云，美國防長毫無準備，事關兩國關係的重大轉變，沒有授權他做不了主，只能支吾其詞。但是，中方倡議者是慣做驚人之舉的「總設計師」啊，美方自然當真。不料，會後不久，就接到中國的更正通知：那個話是誤譯。當值的翻譯還被指：不熟悉中國的外交政策。翻譯則哭喪著臉對人說：政策都是他定的啊，聽他那麼說的時候，我還以為政策變了呢。

在政治氣候異常嚴酷的年代，與外國人打交道，中間有沒有翻譯都不保險。彭德懷曾經五次外訪，行跡遍及蘇聯東歐，因此得了一頂「裡通外國」的帽子。他哭笑不得道：我根本不會說外語，凡事都有翻譯在，怎麼和人家密謀？但此事比廬山的「萬言書」還難洗清。林彪接任國防部長後，似乎接受了這個教訓，見了外國人裝聾作啞。弄得外交部最怕給他安排會見。外國人講了一大篇，他點點頭、哼兩聲，翻譯恨不得替他編幾句話應付場面，又不敢。就這樣，林彪最終基本擺脫了在外交場合作主人的煎熬。

閒話少說，言歸正傳。在中國，對翻譯的一般要求是「信、達、雅」。主要用於文學作品、技術資料之類，一到了政治場合，翻譯的第一要務就變了。如德國學者漢斯・弗米爾所說：「翻譯是一種行動，行動皆有目的，所以翻譯要受目的制約。」一有學者介入，裡面的名堂就多了。

據考，「翻譯的政治」是二十世紀六十年代西方後現代語境下出現的一種「問題意識」（asense of questioning）。作為一個命題，首先正式提出者是沃納・溫特一九六一年發表的文章《作為政治行為的翻譯》。此類現象，則至少可以上溯到文藝復興時期馬丁・路德翻譯《聖經》。有人考證出，那部現代德語版的《聖經》，存在著複雜的政治利害關係——革命性地將《聖經》翻譯成了新教改革運動的理論基石。所以，西方譯論家艾德溫・根茨勒公開說：翻譯當然就是「改寫」（rewriting）；是服務於權力、充滿變數的文本操縱。

這個方法，是隨西風東漸進入中國的。近代啟蒙思想家梁啟超的翻譯活動，就有「政治為先，應時而變」等特點。後來的魯迅，中文、日語根底之厚自不待說，還學過德語、英語和一點希臘文。他竟寧願「硬譯」，為了新文化運動的需要。看似，有政治頭腦的譯者，可能會依翻譯的目的，決定直譯、意譯還是編譯，並不盲目地忠實原文。這麼一來，翻譯就成了政治的工具和技巧。

其實，古代的帝王大臣早就這麼幹了。有學者在研究中外交流史時發現，中國的史書上有一些外國使臣所遞國書的譯文，滿篇誠惶誠恐的臣服之語。而且，遣詞造句「很中國」。遂暗生疑竇，設法找來國書的原文。一看方知，譯文乃「改寫」之作，把人家平等、友誼的話語，全部改成皇帝愛聽的、能向國人宣揚外夷如何卑躬屈膝的典雅的文言文。

西方，翻譯與政治、權力、意識形態、社會環境等因素有千絲萬縷的聯繫。在蘇聯，史達林則授意翻譯亞非拉國家的文學作品，討好朋友、建立友誼。晚清，介紹進來的西方文明時，譯者根據某種需要，刻意選擇的中文詞彙並不能與西文原意對等，至今還在產生理解上的偏差與誤會，如個人主義、集體主義、中共的做法就更高明些。因「馬列主義」是各項工作的指導思想，便專門成立了中央級的馬列著作編譯局，根據中國現實政治的需要，把馬克斯、恩格斯、列寧、史達林的著作編譯成「適宜」的中文。典型的一例如宗教的社會功能，譯馬克思的話作：宗教是統治階級麻醉人民的鴉片；出《列寧全集》中文版時，把列寧引用的這句話加上了一個「煙」字。後來我們看到，錢鍾書先生在《管錐編》中提到馬克思論宗教時說，馬氏的意思是：宗教乃人民用來麻醉自己的鴉片。

那些都意譯。出現在《黑格爾法哲學批判》中馬克思的原話是指新教而言的，有人給出的直譯是：宗教是被壓迫心靈的歎息，是無情世界的感情，正像它是沒有精神的制度的精神一樣，宗教是人民的鴉片。——馬氏雖為無神論者，倒還頗具悲憫之心哦。

〈科學其實也很道德

廢名在《知堂先生》一文中說，他曾認為：「古今一切的藝術，無論高能的低能的，總而言之都是道德的，因此也就是宣傳的。」為此，他覺得「悶窒」，想呼吸新鮮空氣，「這個新鮮空氣，大約就是科學」。廢名把這個意思對周作人講了，不料，周「不完全的說道：科學其實也很道德。」

按理，科學是自然的法則，不像人為規定的道德，應當真實和獨立，不受操縱。故常言道：人情有善惡，物理無是非。然而細細一想，自然科學是人類的工作之一，既然人主其事，科學就被動了，不免被人利用，為自己做宣傳、為個人謀利益。我們曾經聽到西方有人為永動機辦展覽、申請專利就是一例。至今，中國大陸的「特異功能熱」還未退燒等等，都是有人打著科學的旗號，沸沸揚揚地一鬧從中牟利，還壞了科學的名聲。

若是再有政治家介入就更不像話了，科學甚至可以淪為政治的註釋。因為道德作為一種生活和行為準則，有時是由統治階層制定的。在共產黨國家更帶有濃厚的政治色彩。蘇聯出過一個名叫李森科的生物學家，說是研究出了使「獲得性狀實現遺傳」的方法，還提出了「一個物種飛躍成另一個物種的進化理論」。史達林大力宣傳他的偽科學，用來論證蘇維埃制度的合理性。中國也發生過類似的事情，在毛澤東「人定勝天」的「無產階級科學觀」鼓動之下，虛構的科學奇跡層出不窮。很多科學工作者還為之作證，給中共宣傳機構提供依據，推動對毛澤東的個人崇拜。

歐洲的中世紀，科學做過宗教的僕人；在有些國家，科學又曾經是政治的工具。今天，科學被人用做宣傳，則多見於買賣人在推銷商品的時候，強調和誇大其對人有益的一面、避而不提它們副作用的行為。在商業道德中，那似乎是允許的。這都是科學的不幸和無奈。

一念之間

常見有人引用古語「一失足成千古恨，再回頭是百年身」。然後就是「追悔莫及」、「鑄下終生大錯」等等，說得都是無可挽回之事。既然事如覆水難收，感歎只能徒增悵然，不如引前車之鑒為後事之師，不蹈覆轍，憾事也就派上用場了。

人的一生，要做錯多少事，錯失多少良機呵。完全避免既不可能，惟有不在大事上留下終身之憾。人們都知道「謀事在人，成事在天」的道理，若是「天不助我」，人們大半不至於痛悔，深切的自責往往出於自家力有未逮或功虧一簣。所以，前人發明瞭「盡人事，聽天命」，「不能盡如人意，但求無愧於心」等等說法，讓人不要跟自己過意不去。

比如說，某事壞在那時猶猶豫豫，則正好三省吾身，想好想透，再遇到這樣的事怎樣在利弊中權衡、決斷。若是那件一提到就心痛的事情，差池出在當時少說了一句話、錯誤地傳達了一個意思，就說明我們的表達能力，不夠應付這個缺乏耐心和善意的社會。與其悲觀、抱怨，不如找機會、下功夫，提高自己曲盡衷腸的能力。

世有「時不我待」之說——有的時候我們還沒準備好，那個千載難逢的機會竟提前來了、錯過了。倒也不必就此刀槍入庫，馬放南山。還是得儘快充實自己，下一次，伯樂翩然而至的時候，千里馬已經披掛停當等在哪兒了。

當然，我們對自己也不要過於苛責：財力、地位、特殊技術的不足，是所願不遂最常見的原因，事情發生在這樣的地方，全怪不得我們，古往今來，還沒有什麼人能呼風喚雨，心想事成呢。

其實，人生留不留下缺憾，完全在於自我感覺。既這樣，當我們回首往事、計較得失的時候，價值觀就是第一位的了。人之有所羈絆，全繫於我們重視的東西。有這樣一則故事，說是某僧人，得到一件價值連城的古瓷，他一面把玩於手，一面擔心如何收放——藏起來吧，不便欣賞；擺出來吧，又怕失竊。該僧為此夙夕不寐，茶飯俱廢。猛然間，他獲得醒悟，舉起那寶貝向地下摜去，古瓷摔得粉碎，頓時一文不值。老僧長噓一口，從此潛心修煉，安度餘年。

懸想那僧，會為自己的一時之舉抱憾終身嗎？也許會，也許不會，就看他「不蓄財、不掛牽」的價值觀會不會變了。

曾經是正見

有一個名詞叫做「單位觀念史學」，持這種學說的人認為，同一個觀念在不同的歷史階段含意不一樣，當然也包括了它的正、誤。

比如，今天人人指為偏見的「種族差別」，幾十年前在美國、百多年前在幾乎整個人類社會中，就是天經地義的事。國與國之間的「不平等條約」也是這樣：清政府同列強簽下《馬關條約》、《南京條約》、《瑷琿條約》……的時候，「弱國需屈從強國的旨意」也不叫「偏見」，而稱「世界公理」。那時候，大家都認可「文明的等級」。

分清一個觀念是不是偏見，有時得大費周章、甚至要出極大代價。大陸出來的人都知道，「階級分析的方法」和「暴力革命的手段」，曾經具有巨大的魅力，就像跛腳道士送給賈瑞的「風月寶鑑」，無產階級從它的正面得到安慰和自豪、看了它的反面又感到威脅和憂患。於是，自覺自願地投入那一連串的政治運動，幾十年鬥下來，敵我莫辨、民不聊生了才漸漸發覺：毛澤東那個「放之四海而皆準的普遍真理」，原來是對人與人關係最大的偏見。

有人總結說：「偏見比無知離真理更遠」。然而，人們很難一步就得到正見，因為學習、比較、印證的過程並不輕鬆，稍一懈怠就會執偏。所以，錢鍾書先生說，偏見是思想的放假和開小差。那麼就等於是偷懶了。誰也不是「上了發條的機器」，血肉之軀需要休閒，偷懶是人之常情。神力為人療疾、消災解厄乃至助人升官發財的故事，在科學不發達的古代可以載入正史。現在雖然科學昌盛了，但還不能解釋一切、做成一切；民智提昇了，做事取巧、存僥幸、找快捷的心理仍彌漫在大眾中間。安神定志、吐氣納氣練某種氣功，就能祛病延年，確實省心省力，一些不逞之徒正是利用人們這種心理，誤導、行騙。臺灣

「神壇掃黑」揭露出來的那些事，一直以來大陸「特異功能大師」們的種種劣跡，都是很好的例證。

有了那麼多欺瞞、苟且行為的供狀、受騙上當的教訓，我們應當清醒了。其實，輕信本不是什麼大錯，人的見識都是從謬誤中學來的。從歷史上看，偏見給人類造成的災難已經越來越小了。前幾年，我們不就是給那些巫醫神漢捐了幾個香火錢嗎？以後我們把這筆開支匯攏起來，放到大學和研究所去，還能讓科學研究少走彎路呢。

胡蘭成與盧梭

胡蘭成的書兩岸三地都在出，臺灣出版的較全，連專著帶文集至少有十幾種。我是從《今生今世》開始看的，一路下來，經《山河歲月》、《中國文學史話》、《閒愁萬種》、《亂世文談》興味逐漸下降，到了《禪是一枝花》就看不去了。印象最深的，還是他的那本自傳。

《今生今世》看點大致有三個，最突出的當然是其與張愛玲的從始至終；其次則是他當的漢奸經歷；還有就是他的情史了。這裡是就故事言，胡文的見識文采另當別論。因沒看完、看時又不夠仔細，胡蘭成提到過盧梭嗎？沒有印象。但是看《今生今世》時確曾不止一次地想到盧梭。

盧氏聲稱為了爭當自古及今，站在上帝面前時最坦蕩的人，便在自傳中把一生偷雞摸狗、坑蒙拐騙、放蕩形骸的劣跡一一道出，名曰「懺悔」。這種寫法，完全不合人們的閱讀習慣，等於折磨讀者，難以終篇。所以，盧氏一體，雖然達到了標新立異的目的，幸未造成風氣。一時想得起來、如此直言不諱挑戰傳統的自傳寫法，除了與盧梭同時代的義大利人卡薩諾瓦的《冒險和豔遇》，就是胡蘭成了。

《今生今世》那幾大看點，不是始亂終棄，就是賣國求榮或者濫情無行。但是，胡著的社會效應比那個法國人和卡薩諾瓦好多了。對於《懺悔錄》最客氣的評論可能是梁實秋先生的話（大意）：那些壞事，並不能因為承認下來了就變成了好事。而十二卷一百八十萬字的《冒險和豔遇》，中文至今只有簡略本，沒有什麼好看，讀者寥寥。胡蘭成呢？據說，其在中青年男子中，激起的是「賈寶玉效應」；而女性讀者看了《今生今世》而愛上張愛玲的負心郎者，更不知凡幾哦。

如此荒唐事，誰解其中味？

〈張愛玲的選擇

文壇奇葩張愛玲來到美國的時候，正值創作力旺盛的年紀，幾十年裡卻沒有拿出堪與《傾城之戀》、《金鎖記》、《秧歌》為繼的小說來。世人遺憾之餘，遂以「婚姻誤人」論之，說是貧病交加的賴亞拖累了她。

從張愛玲的傳記材料看，她與賴亞共同生活的那十一年，雖然寫作不輟，卻不是揮珠灑玉、獨到精彩，而多應酬之作、賣文為生了。為了養活、照顧又老又病的美國丈夫，張愛玲收拾起絕世才華、犧牲了錦繡文學前程，煮字烹文地與賴亞做著柴米夫妻，看似匪夷所思，細想想，對以「個人主義」名世的張愛玲來說，這也許就是她的選擇呢。因為，她並沒有過非那樣不可的壓力。

從張愛玲親友和研究者提供的史料上看，與賴亞結婚前，她的人生有很大缺欠：自小在家，她缺少父母之愛；及長，與胡蘭成雖做了「神仙眷屬」，卻聚少離多，終至不歡而散。而張愛玲天生是個小說家，她會細緻入微地體察人情世態，也能生動詳實地描寫居家瑣事。說明其對普通人的生活有深厚的興趣。但她自己一直沒有過真切、平凡的家庭生活。我想，說張愛玲與賴亞結婚是為補上人生這一課，倒是順理成章的。

胡蘭成說過，張愛玲的個人主義是「柔和、明淨」的。所以，雖是為自己計，她卻不傷別人。她不用名望才華為自己找依靠，而是嫁給了貧困潦倒的風流才子賴亞。看起來，張愛玲下嫁賴亞最顯著的目的，也許就是為了過一過普通人的生活吧？與賴亞相識的時候她的境況就很不好，那是在一個免費食宿的「文藝營」。讓張愛玲動了凡心的，一定不只是賴亞那「燦出蓮花來的如簧之舌」，可能還有輾轉於東西海岸各慈善「文藝營」間的搬遷；小城鎮上租房子、買便宜傢俱的瑣細繁難；連汽車都沒有，常常要借朋友

「東風」的不方便；收入不穩定，辛苦寫出的文稿不知哪一篇賣得出去，哪一篇會被出版商「槍斃」的惴惴不安等等。然而，在這樣相濡以沫、一點一滴都是倆個人親手建立起來的生活中間，又有無限的意味與樂趣，就像張愛玲說的「它到底是我們的，於我們親」。其中的細枝末節讓人如嚼橄欖，久愈味濃；如飲佳釀，回味無窮。尤其對張愛玲來說，還有「繁華落盡見真淳」之意。

張愛玲的特立獨行眾口一辭，她的審美標準、價值觀念一向不與人同。她不留戀家中的奢華與父親訣別，遂後成名；她不沉溺初戀的癡情，中斷與胡蘭成的婚姻，遺世獨立；她不惜以難民的身份移民美國，豐富生活經驗；她無視世俗的偏見，選擇最艱苦的方式生活，從而完整了作為小說家、評論家應有的人生。我想，張愛玲之所以有這些出人意表之舉，一個重要的原因是，她的感情世界足夠豐富，她有很多事情可做，所以在小說創作、舉世盛名、華服美食之外，一樣生活得愜意。

張愛玲極天真也極世故。她天真到幾乎不食人間煙火，世故得不為聲名和觀念所羈。所以，她的選擇總是只對自己負責，她的一生是純然自我、真實的。所以才會寫出令張迷為之汗顏、令評論家無法為之緩頰的《小團圓》。

〈一個難題〉

《在家和尚周作人》裡面，有張中行先生兩篇講「苦雨齋」的，文中都有「談人不易」的感慨。張先生說談人最難在評價，「評價要有標準。仁者見仁，智者見智，不同的人可以有不同的標準……標準定不下來，評價就懸空了。」可見，蓋棺論定，也是就某個確定的前提和範圍而言的。

規定了前提、範圍，我們就比較容易談論和評價一個人了。因為人都是立體的、多面的，可以選擇他的一個或幾個側面來發議論。像周作人這樣的人，曾經是青年導師，一生寫了那麼多文章，他的風格和見識，薰陶、影響了幾代人。我想，對於今天的人來說，周之作家、學者的側面，還是應當給予好評的。類似的人還有，例如胡蘭成，其學問、品味也不能等閒視之。他們之為人頗不單純：一方面繼承了中國文化中的一些精華，同時又一反「做人須謹慎，為文可放蕩」的古訓，是「文人無行」的代表——抗戰期間，這樣「可以抬出來讓國內外看看的人物竟然倒了」。

一個公眾人物可以是千面人，每個側面背後必然會有聯繫。其內外的關聯，卻不像中醫用五行、五色、五味，來推演臟腑、五官、體表的關係那樣明確和必然。因為人的思想遠比物質結構玄妙。知人論事的理論雖多，卻因各有立場，便不免牽強附會、挂一漏萬。

在更好的辦法發明之前，還是借助常識吧。西諺有云：沒有一個罪犯的身上，不具有閃光的東西。如果這個罪犯本來是位學者、作家，因人廢言就是後人的損失了。比如趙子昂，他的書法圓潤遒勁，自成一家，可以師視之。故歷代與顏、柳、歐並列四大書家。至於他由宋入元的悖祖行徑，早就只對歷史學家才有意義了。

所以，在臧否人物的時候，我們不必在全盤接受和徹底揚棄之間走極端，選擇有用的部分取之可矣。就像一株野玫瑰，天之精、地之露既給它美麗的花朵，又讓它帶毒刺，誰人不知避開毒刺，只擷其花呢？

人飾衣服馬飾鞍

《管錐編》博大精深，讀到錢鍾書先生詳細闡述語出雙關，文蘊兩義的「衣」字時，讀者不僅可以清楚地看到表現題材時遣詞造句的原則，還能悟出日常生活中常用的某些「處世銘言」的原理。

錢氏先從「衣者隱也，裳者障也……蓋衣者所以隱疾」談起，繼而指出「然而衣亦可資炫飾」。人著衣衫，就像孔雀的羽毛一樣，既遮身蔽體，又華麗示人，「使之尊嚴。是衣者移也……則隱身適成引目之具，自障偏有自彰之效，相反相成，同體歧用。」我想，「衣者移也」，大概有幾重意思：一則，時新裝、千金裘，既可表現個人的地位、品味，又提示別人應該如何看待自己。古代有官服，現代有工作服，都有區別身份尊卑的意思。如德齡女官的《御香飄渺錄》所說：沐浴時的慈禧太后，看上去與平常老太太沒有什麼分別。再則，社會人士常常自覺不自覺地被西服革履、破衣爛衫引導，並決定給他們什麼臉色，因此發生的故事我們看得也不少，馬克•吐溫的《王子與貧兒》就是成了經典的一例。同理，有了這種社會心理，改變裝束，玩個遊戲和逃犯、間諜的障眼法才會有效。

看來，老百姓「人要衣裝，馬要金裝」的另一個說法，寫出來不應該是「人是衣服馬是鞍」或「人憑衣服馬憑鞍」，正確是用字也許是「人飾衣服馬飾鞍」。在這個以衣帽取人習焉成風的社會，頗有些人講究穿高檔、穿名牌，怕是多少有點不得已才隨俗的吧？

接著「衣者移也」，《管錐編》又說「故服為身之章……夫文德，世服也。空書為文，實行為德，著之於衣為服。衣服以品賢，賢以文為差。」與衣裝服飾的款式圖案要與人的身份、身材、像貌相配一樣，文章的寫法也得同其表現的題材相襯相當。不然會犯「詞肥義瘠」之忌。錢氏援引摯虞的《文章流別論》道「夫假象過大，則與類相遠；逸辭過壯，則與事相悖；辯言過理，則與義相失；麗靡過美，則與情相悖。」列舉：紀昀《唐人試律說》評錢可複《鶯出谷》之「一囀已驚人，搏風飛翻翰疾」云，鶯有聲，然「驚人」非鶯之聲也；鶯能飛，然「搏風」非鶯之飛也。又評陳至《芙蓉出水》之「劍芒開寶匣，峰影寫蒲津」云，「劍似芙蓉」不得云芙蓉似劍，峰似芙蓉，不得云芙蓉似峰。張佩綸《水仙花》詩「出門一笑大江橫」，「橫」字粗獷，直是水師矣。古希臘人論文云，道纖小事物而措辭狀偉，如以悲劇大面具加於稚子面上。錢先生既這樣說，那麼頗為傳頌的太平天國東王楊秀清，過苗寨接受用吸管飲酒的招待後所賦「千顆明珠一甕收，君王見它也低頭。雙手抱住擎天柱，吸盡黃河水倒流。」還能當得上「豪邁」二字嗎？

其實，衣服「自障偏有自彰之效」的原理，還可以做為揚長避短的技巧寫文章的時候用。陶希聖先生的《潮流與點滴》中有「社論有如家常飯」一節：（一）有上好題目可拿得穩時，可就意思與格調兩方面用力發揮。好像廚子每逢一個節氣便拿出一桌大席面。（二）如其沒有上好題目，只能平淡的敷衍一篇，但須在某一點上用力寫出一段，作為全篇的警策。好像平常的便飯，至少要有一味合口的小菜。（三）如果題材是枯窘的，甚至沒有可作警策的論點，就要用輕巧的文筆，完成有頭有尾的一篇。好像家常一頓便飯，就是一碗雞蛋湯一碟炒白菜，也要配合得漂亮。（四）如其這個也做不到，就要跳出題材之上，空靈一點、不落俗套。好像家庭的早點，今天是豆漿，明天就換紅茶。

逝者如斯 在水一方

中外文學作品，常用隔水相望表示情人可望而不可即，惆悵、無奈的境況。既然將場景設在江河岸上，文中應該還有借汩汩之水表示企慕之情不絕而又久長的意思。

錢鍾書先生在其巨著《管錐編》中，有釋《詩經》「所謂伊人，在水一方」的一節，指出「後世會心者以為善道可望難即、欲求不遂之故」紛紛慣用之，如：《易經》「夾河為婚，期至無船，搖心失望，不見所歡。」《古詩十九首》「迢迢牽牛星，皎皎河漢女……盈盈一水間，脈脈不得語。」孟郊《古別離》「未得渡清淺，相對遙相望。」到了曹雪芹筆下又演化成《紅樓夢》裡的《枉凝眉》「一個是水中月，一個是鏡中花。」等等。錢氏並以其淵博揮灑道：古羅馬詩人桓吉爾名句云「望對岸而伸手嚮往。」德國古民歌詠好事多板障，每托興於深水中阻。但丁《神曲》亦寓微旨於美人隔河而笑，相去三步，如阻滄海。近代詩家至云「歡樂常在河之彼岸。」慕悅之境遠在彼岸的出處，又見於佛經「釋氏言正覺，常喻之於『彼岸』。」錢學專家臧克和也說，望洋興嘆，徒呼奈何的「『奈何』一語本作『奈河』。《十三經》云：『見渡亡人。名奈河津』」云云。

為什麼古今中外的墨客文人都用江河隔阻情侶呢？也許是因為：山雖高而可攀，谷雖深而可越。唯有江河，急流險灘、暗礁漩渦，「河大水深，不得往來……取象寄意……可以『在水一方』寓慕悅之情，示嚮往之境」。臧氏更推衍說，「河水」之象的文化內涵為：禮法防閑、社會輿論、人言可畏、不容越軌等等。

我想，不妨再引申一步：《論語》「子在川上曰，逝者如斯夫，不捨晝夜。」其一意為「時間像滔滔江河，日夜流逝，去而無返。」思戀的深度和渴望的程度，最「硬」的指標是持續的時間。江河之象有時間的含義。古人已屢用之。如：齊謝眺《暫使下都夜發新林到京邑贈西府同僚》「大江日夜流，客心悲未央。」整日沉浸在離情別緒中，不能自已。古詩《河中之水歌》「河中之水向東流，洛陽女兒名莫愁。」「莫愁」者，愁甚也。詩中道她遇人不淑，以水自東流喻其無奈、鬱鬱以終。唐李白《渡荊門送別》「仍憐故鄉水，萬里送行舟。」寄情江水，遊子雖離家多時，思鄉之情未曾稍歇。宋李之儀《卜算子》「此水幾時休，此恨何時已。只願君心似我心，定不負相思意。」指不休不歇的江水為誓，生死相許。清洪昇《已卯春日湖上》「西湖一勺水，閱盡古今人。」時間老人化作湖水靜觀昔賢今愚的表演。美國女星瑪麗蓮・夢露主演過一部電影，片名和主題歌都叫「永不回流的河」——河水像時間，只有一個方向，象徵主人公的愛情，一發便不可收拾，無止、無息。

誠然，這些給我們三維聯想的詩篇，多半是因為不可求之於現實生活，才寫就的。

人瑞楊絳和寂寞的錢鍾書

楊絳先生年逾百歲，同錢鍾書先生一樣，一生不願接受採訪、不願被人宣傳。要說他們是「大隱隱於市」吧，也不像，知道他們的人太多；倒有點「富在深山有遠親」的意思——可望不可及、被人惦念，可惜用的不是他們夫婦樂見的方式。

據說錢先生拒絕打攪比較直接：過年了，社科院某副院長親自給一些德高望重者拜年，敲到錢宅的門，錢鍾書開了條縫就不動了，副院長一行趕緊申明來意，錢氏聽罷一聲道謝，就把門關上了。有洋人來電話盛讚《圍城》，要求採訪，錢說：如果你吃了一個雞蛋覺得還不錯、就行了，何必非要認識下那個蛋的母雞呢？楊絳先生也首選清靜，拒絕來訪的方式婉轉一點而已。

其實，與他們二老有私交的人說，錢、楊二位喜歡與朋友漫談，尤其是年輕人。回憶文章裡這麼說的不止一處兩處；甚至有一位中年人說：我去時，若錢先生正在和某老年人閒談，就會笑對那位說：你走吧，我這兒來年輕人了。按理應該是這樣：快意之事莫若友，快友之事莫若談。而他們研究的是文學、文學史、文學評論和比較文學等等，需要與人交流觀點、角度，而談感受正是調理思路的好辦法。當然，對方得聽得懂錢、楊在說什麼。

果然，細看和他們深談過的人之所言，道古說今都是學問上的事。學問也者，不包括小說故事噢。但是上網一搜，提到錢鍾書的，開口《圍城》、閉口《人、獸、鬼》至多言及《寫在人生邊上》；極少提到《談藝錄》、《管錐編》；甚至有「錢學」研究者不知道他出版過一套十二本的《宋詩紀事補正》，竟感歎錢鍾書晚年沒寫什麼東西。楊絳先生的遭遇也差不多，其哀而不傷、怨而不怒的《幹校六記》和深情款款的《回憶兩篇》被提起的頻率，遠遠不如其它的「遊戲之作」。

「當時年少青衫薄」，是錢、楊二位對自己昔日所作小說、劇本的反省。相當於「人不輕狂枉少年」吧。作為專家學者，後來的老成之作才見他們深厚的學力。「粉絲」們視而不見等於「買櫝還珠」。每談觸不到興奮點，應付文學青年，「小兒科」的問題成了浪費時間。就像一位不擅書法的畫家，用心作畫一幅、隨手寫了幾個字在邊上。展覽會上，觀眾大多讚美題款、沒幾個人跟他討論畫的內容。畫家見狀，哭笑不得之餘，心裡還會輕視那些熱情的知己。

書載，是夏志清「發現」並推介了錢鍾書。但是錢某並不怎麼領情，問夏道：你怎麼拿我和張愛玲相提並論？甚至有楊絳說張的作品是「下三濫」的傳說。此事確否待考，他們完全不是一路則無庸置疑。張愛玲是通俗小說家，文字水準與楊絳不相伯仲，品味則大異其趣。張主張：出名要趁早，來得太晚，快樂也不那麼痛快。而錢楊夫婦是淡泊名利、甘願坐冷板凳的。不然，錢鍾書不會用文言寫書；楊絳的散文集也不會寥寥無幾了。

楊絳百歲華誕，有文章感慨他們稿費上千萬，印量之大可以想見。要是能舉出哪本書印了多少就好了。因為，同時有學術著作和文藝作品的學人並不多見，從其著作的讀者分佈，可以看到當今社會學問與娛樂的關注比例。

文革後先出了《管錐編》，那是一九七九年的四冊本，初印萬餘，讀者更少，久賣不動、新書就淪落到舊書店去了。到了一九八二年，可能是夏志清在海外宣傳有方吧，《談藝錄增訂本》出來了，首印兩萬多部。有香港人專程到北京去買，發現該書「憑票供應」！當時，還給副部級以上人等出了一種潔本《金瓶梅》，也是發票的。結果發生了「以金換錢」的史上奇跡。但是，再版就長駐貨架了。令人疑惑：楊絳不屑去領稿費，怕是覺得「已悔之少作」那麼值錢挺沒勁的——不同的價值觀念。

傳說上世紀二十年代，相對論剛出來的時候，歐洲物理學界有「全世界只有十二個人懂得相對論」之說（一說是三個人，而說得出名字只有兩個）。但是，理論很快就啟動了技術飛躍，科技有了今天的局面。清末，「開談不講《紅樓夢》縱讀詩書也枉然」。此風不知「腐蝕」了多少「乾嘉」學者，少出了多少鉤沉考據的著作。《圍城》之受青年追捧也曾有過相似的地位。國人的文學熱情越百年不減並不是壞事，但是治學之風未見提昇，得算一種失衡吧？

張岱《西湖夢尋‧瑪瑙寺》篇，連同篇末的詩，全部圍繞寺裡的大鐘。沒說鐘有多大，只說鐘上鑄了佛經，「晝夜十二時，保六僧撞之。每撞一聲，則《法華》七卷、《金剛》三十二分，字字皆聲。……大地山河，都為震動，則鏗鍧一響，是竟《法華》一轉、《般若》一轉矣。內典云：人間鐘鳴未歇際，地獄眾生刑具暫脫此間也。」

卻原來，鐘聲能傳到冥界，讓領受刑罰的罪人喘口氣。按理，下地獄的多是壞人，罪有應得，解脫他們幹嗎？因果報應不就沒有懲戒作用了嗎？當然，這類傳說向來沒人當真。以此解釋「做一天和尚撞一天鐘」之「虛應故事」倒挺合適。

看似，宗子此篇的「文眼」是「每撞一聲……字字皆聲」。只有張岱能寫出這樣的句子。有他那句在，你既寫成：銅鐘鑄上經文，撞擊發出聲音時等於瞬間朗讀了一遍、做了法事。也顯囉嗦。

其實，「瞬間讀經一遍」還有更簡略的辦法，器具也輕巧地多。如藏傳佛教的轉經輪。經查「藏區，隨處可見那些信徒們不分男女老幼，手中拿著一個經輪，不停地轉動。由於藏族人，特別是老人，大多不能流利的誦念經文，所以他們用轉經輪代替誦經。」多麼人性化、大眾化。內地寺院裡的鐘，等閒之人不許觸碰吧？

轉經輪的功德也非銅鐘可比。如「世尊教言：以短暫的時間或在殊勝的節日裡轉經輪，或於日常如小溪流水一樣不間斷地轉經輪，可使三界眾生獲得解脫。以手接觸經輪或眼睛見到經輪的，有情不會墮入惡趣中；以手轉繞經輪，可以使天空、大地、水、火、風、山石草木、森林中的有情皆成佛道」云云。同時還強調地指出佛法是隨「轉經之聲」傳播的。與鐘聲差似。

無論如何，梵音是善意、是祝福，提昇人的精神境界，應該沒錯。間或還能激發詩興哦。如鄭燮《板橋詞》裡的「浪淘沙・煙寺晚鐘」：日落萬山巔，一片雲煙，望中樓閣有無邊。惟有鐘聲攔不住，飛滿江天。秋水落秋泉，晝夜潺諼，梵王鐘好不多傳。除卻晨昏三兩擊，悄悄無言。

張岱《西湖夢尋・瑪瑙寺》原文：

瑪瑙坡在保俶塔西，碎石文瑩，質若瑪瑙，土人采之，以鐫圖篆。晉時遂建瑪瑙寶勝院，元末毀，明永樂間重建。

有僧芳洲僕夫藝竹得泉，遂名僕夫泉。山巔有閣，淩空特起，憑眺最勝，俗稱瑪瑙山居。

寺中有大鐘，侈弇齊適，舒而遠聞，上鑄《蓮經》七卷，《金剛經》三十二分。晝夜十二時，保六僧撞之。每撞一聲，則《法華》七卷、《金剛》三十二分，字字皆聲。

吾想法夜聞鐘，起人道念，一至旦晝，無不牿亡。今於平明白晝時聽鐘聲，猛為提醒，大地山河，都為震動，則鏗鍧一響，是竟《法華》一轉、《般若》一轉矣。內典云人間鐘鳴未歇際，地獄眾生刑具暫脫此間也。

鼎革以後，恐寺僧惰慢，不克如前。

張岱《瑪瑙寺長鳴鐘》詩：

女媧煉石如煉銅，鑄出梵王千斛鐘。

僕夫泉清洗刷早，半是頑銅半瑪瑙。

錘金琢玉昆吾刀，盤旋鐘紐走蒲牢。

十萬八千《法華》字，《金剛般若》居其次。

貝葉靈文滿背腹，一聲撞破蓮花獄。
萬鬼桁楊暫脫離，不愁漏盡啼荒雞。
晝夜百刻三千杵，菩薩慈悲淚如雨。
森羅殿前免刑戮，惡鬼猙獰齊退役。
一擊淵淵大地驚，青蓮字字有潮音。
特為眾生解冤結，共聽毗盧廣長舌。
敢言佛說盡荒唐，勞我闍黎日夜忙。
安得成湯開一面，吉網羅鉗都不見。

「海色佳人」北高峰

北高峰在杭州西湖西北方，雖僅海拔三百一十四米卻是杭州最高的山峰。「咫尺西天」的靈隱寺在就在它的腳下。故《西湖夢尋》少不了有它一篇。在此題詠的也代有其人。

既是最高峰，遠近景致不僅盡收眼底，而且成了吟唱的主要內容。眼底的景致對於描摹者是一大考驗。張岱於是一逞其出神入化的簡潔，只用了二百九十七個字（附於文末）、就寫出了沿途古跡、山頂所見和當地的掌故。其中最精彩的一筆是「西望羅剎江，若匹練新濯，遙接海色，茫茫無際。」

「羅剎江」是錢塘江的別名，從西面的杭州灣入海。距離超出視野。看不清楚的東西最難描述。如用白話文寫做：那綢緞般明麗的羅剎江、緩緩西行、在地平線的盡頭注入煙波浩渺的大海……」。就不如張氏那二十一個字富有詩意。「遙接海色」一語更加詩中有畫。且丹青難寫，盡顯文字的魅力。

按常規，有蘇軾這樣的大家在這裡賦過詩，歷代唱和的登山者應不乏人。一時不考。現成的則有素負詩才的毛澤東《五律・看山》一首，碑刻在山上「三上北高峰，杭州一望空。飛鳳亭邊樹，桃花嶺上風。熱來尋扇子，冷去對佳人。一片飄飄下，歡迎有晚鷹。」寫於一九五九年十一月。公開發表已經是一九九三年了。

那時，毛氏已經「走下神壇」做尋常有婦之夫的凡人觀了；他又風流之名遠播。於是有人指著「熱來尋扇子，冷去對佳人」一聯說：要考證考證——不是說「世間萬事都有雙重標準」，「浪漫與墮落是一回事，區別在於發生在誰身上」嗎？然而，不考證還算是個話題，一看註釋就興味索然了。卻原來，北高峰附近有飛鳳亭、桃花嶺、扇子嶺、美人峰等名勝。據作者自註：「扇子」指「扇子嶺」、「佳人」指「美人峰」云云。這次毛澤東作詩，只就眼前景致做幽默語，而未目馳八野、神遊四合、頗不多見哦。

張岱《西湖夢尋・北高峰》原文：

北高峰在靈隱寺後，石磴數百級曲折三十六灣。上有華光廟以祀五聖。山半有馬明王廟，春日祈蠶者咸往焉。峰頂浮屠七級，唐天寶中建，會昌中毀；錢武肅王修複之。宋咸淳七年複毀。

此地群山屏繞、湖水鏡涵、由上視下，歌舫漁舟若鷗鳧出沒煙波，遠而益微，僅規其影。西望羅刹江，若匹練新濯、遙接海色、茫茫無際。張公亮有句「江氣白分海氣合，吳山青盡越山來。」詩中有畫。郡城正值江湖之間、委蛇曲折、左右映帶、屋宇鱗次、竹木雲蓊、鬱鬱蔥蔥、鳳舞龍盤，真有王氣蓬勃。

山麓有無著禪師塔。師名文喜，唐肅宗時人也。瘞骨於此。韓侂胄取為葬地。啟其塔有陶龕焉。容色如生，發垂至肩、指爪盤屈繞身。舍利數百粒，三日不壞，竟荼毗之。

蘇軾《游靈隱高峰塔》詩：

言游高峰塔，蓐食始野裝。火雲秋未衰，及此初旦涼。
霧霏岩谷暗，日出草木香。嘉我同來人，又便雲水鄉。
相勸小舉足，前路高且長。古松攀龍蛇，怪石坐牛羊。
漸聞鐘磬音，飛鳥皆下翔。入門空無有，雲海浩茫茫。
惟見聾道人，老病時絕糧。問年笑不答，但指穴梨床。
心知不覆來，欲歸更彷徨。贈別留匹布，今歲天早霜。

飛來峰論原生態

靈隱寺是杭州名勝，飛來峰又是靈隱景區的亮點。現今的景致介紹是這樣的：靈隱寺前的飛來峰、又名靈鷲峰，高一百六十八米，山體由石灰岩構成。由於長期受地下水溶蝕作用，飛來峰形成了許多奇幻多變的洞壑。如龍泓洞、玉乳洞、射旭洞、呼猿洞等。洞洞有來歷，極富傳奇色彩。飛來峰的廳岩怪石，如蛟龍、如奔象、如臥虎、如驚猿，仿佛是一座石質動物園。山上老樹古藤，盤根錯節，岩骨暴露，峰棱如削。

這些話，顯然是從明代文學家袁宏道的《飛來峰小記》來的「峰石逾數十丈，而蒼翠玉立。渴虎奔猊，不足為其怒也；神呼鬼立，不足為其怪也；秋水暮煙，不足為其色也；顛書吳畫，不足為其變幻詰曲也。石上多異木，不假土壤根生石外。前後大小洞四五，窈窕通明，溜乳作花，若刻若鏤。」對於這座石峰的形貌，上至宋元也都是這描述的。

可是，若以為古今人物的審美觀一脈相承可就錯了。袁宏道緊接著就說「壁間佛像，皆楊禿所為，如美人面上瘢痕，奇醜可厭。」「楊禿」指楊璉真加（楊璉真加，元朝宗教職員，本是西夏人，藏傳佛教僧人）。《元史》載「有楊璉真加者，世祖用為江南釋教總統，發掘故宋趙氏諸陵之在錢唐、紹興者，及大臣塚墓凡一百一所；戕殺平民四人；受人獻美女寶物無算」云云。竟是一個專辦盜墓的官員。

「絕代散文家」張岱更把楊某恨得咬牙切齒。他寫《西湖夢尋・飛來峰》的時候說「深恨楊髡（按：受刑剃髮曰髡，有詛咒意。比稱其為禿更顯不屑），遍體俱鑿佛像，羅漢世尊，櫛比皆是。如西子以花豔之膚、瑩白之體，刺作台池鳥獸，乃以黔墨塗之也。奇格天成，妄遭錐鑿，思之骨痛。翻恨其不匿影西方，輕出靈鷲，受人戮辱；亦猶士君子生不逢時，不束身隱遁。以才華傑出，反受摧殘。郭璞、禰衡並受此慘矣。」意為：雕鑿自然的飛來峰乃暴殄天物，不如此峰留居西土不曾飛來。至於始作俑者，考古學家說，在飛來峰諸洞穴及沿溪峭壁上的刻石雕，早在五代就開始了，楊髡只是有據可查者之一，且因盜墓奸尸聲名狼藉。

中國自古確有鑿壁雕像的傳統。但多半選址無甚可觀的禿壁斷崖。把自成氣象的飛來峰雕琢成神仙洞府，是令其滿目瘡痍還是錦上添花？自然天成與人文景觀如何搭配，是人類文明史永恆的難題之一。要想不給後世留下話柄、不做萬劫不覆的傻事，比較保守而保險的辦法，大概是自然景觀任其自然，人工建築另成一體，以便拆卸。畢竟，按一時一已的審美觀念，在山川形勝上動手動腳，不比繪畫之「筆補造化天無功」，不至於真的弄成佛頭著糞或狗尾續貂。

不料，上述常識竟遭有關部門置若罔聞。飛來峰景區又開闢了一處名為「中華石窟藝術集萃園」的景點。全長二百五十米，塑造了代表不同地方、各個年代的佛像近萬尊。看似策劃者極具競爭意識，緊隨「世間萬物商品化」大潮，意在把大足石刻、樂山大佛、安岳臥佛、麥積山石窟、雲崗石窟、龍門石窟等地的旅遊生意都做到杭州來。

經查，那是一九九三年的工程。那時，「原生態」的概念傳到大陸了嗎？

張岱（一五九七年至一六七九年）《西湖夢尋・飛來峰》原文：

飛來峰，棱層剔透、嵌空玲瓏，是米顛袖中一塊奇石。使有石癖者見之，必具袍笏下拜，不敢以稱謂簡褻，只以石丈呼之也。

深恨楊髡，遍體俱鑿佛像，羅漢世尊，櫛比皆是。如西子以花豔之膚、瑩白之體，刺作台池鳥獸，乃以黔墨塗之也。奇格天成，妄遭錐鑿思之骨痛。翻恨其不匿影西方，輕出靈鷲，受人戮辱；亦猶士君子生不逢時，不束身隱遁。以才華傑出，反受摧殘，郭璞、禰衡並受此慘矣。慧理一歎，謂其何事飛來。蓋痛之也。亦惜之也。

且楊髡沿溪所刻羅漢，皆貌己像。騎獅騎象，侍女皆裸體獻花，不一而足。田公汝成錐碎其一；余少年讀書岣嶁，亦碎其一。

聞楊髡當日住德藏寺，專發古塚喜與僵屍淫媾。知寺後有來提舉夫人與陸左丞化女，皆以色夭用水銀灌殮。楊命發其塚。有僧真諦者，性呆戇，為寺中樵汲。聞之大怒，嗚呼詬誶。主僧懼禍鎖禁之。及五鼓，楊髡起，趣眾發掘。真諦踰垣而出，抽韋馱木杵奮擊楊髡，裂其腦蓋。從人救護無不被傷。但見真諦於眾中跳躍，每逾尋丈，若隼擻虎騰，飛捷非人力可到。一時燈炬皆滅，耰鋤畚插都被毀壞。楊髡大懼，謂是韋馱顯聖，不敢往發，率眾遽去，亦不敢問。此僧也洵為山靈吐氣。

袁宏道（一五六八年~一六一零年）《飛來峰小記》原文：

湖上諸峰當以飛來為第一。峰石逾數十丈而蒼翠玉立。渴虎奔猊，不足為其怒也；神呼鬼立，不足為其怪也；秋水暮煙，不足為其色也；顛書吳畫，不足為其變幻詰曲也。石上多異木，不假土壤根生石外。前後大小洞四五，窈窕通明、溜乳作花，若刻若鏤。壁間佛像皆楊禿所為，如美人面上瘢痕，奇醜可厭。

余前後登飛來者五：初次與黃道元、方子公同登。單衫短後，直窮蓮花峰頂。每遇一石無不發狂大叫。次與王聞溪同登；次為陶石簣、周海甯；次為王靜虛、陶石簣兄弟；次為魯休甯。每游一次，輒思作一詩卒不可得。

錢鏐：知止知禁宮廷奇人

曹雪芹對中國官場常規有過生動準確的描寫：「因嫌紗帽小，致使鎖枷扛。昨憐破襖寒，今嫌紫蟒長。亂烘烘，你方唱罷我登場，反認他鄉是故鄉。甚荒唐。到頭來，都是為他人作嫁衣裳」云云。古今中外，這樣的例子不勝枚舉。尋常看客都笑他們不懂得適可而止。然而，廣為人知，急流勇退的例子有過，寥寥無幾，范蠡、張良而已；我因孤陋寡聞，撈夠了就止步的榜樣式官吏，一單也沒有聽說過。

不曾想，近來翻看的《西湖夢尋》裡居然有這麼一例。說的是錢鏐（西元八五二－九三二），唐末擁兵兩浙，統十二州，受封吳越王兼淮南節度使，後自稱吳越國王，在位四十一年。謚武肅。蘇軾說「其有德於斯民甚厚」。今天的記載呼應蘇說：「錢鏐……敬禮文士，吳越境內的文化有所發展。在位期間，築捍海石塘，置龍山、浙江兩閘，以遏潮水內灌。在太湖流域興修水利，境內河浦，都造有堰閘，以時蓄泄，不畏旱澇，並建立水網圩區的維修制度。這些措施，有利於境內農業生產的發展。他開拓杭州城郭，大興土木，悉起台榭，有「地上天宮」之稱」等等。

只論政績，為官幾載都能例舉一些。瞭解其人就顯單薄，看不出他的音容笑貌。張岱給錢鏐作的小傳則比較立體。他先說錢某出身鹽販，後因軍功受封。而且不能免俗地大肆誇耀、衣錦還鄉：「是年，省塋壟，延故老，旌鉞鼓吹，振耀山谷。自昔游釣之所，盡蒙以錦繡，或樹石至有封官爵者，舊貿鹽擔，亦裁錦韜之。」如此糜費，在那物質匱乏的五代，似非其俸祿、賞賜可以支付；若說毫無收受乃至搜刮，恐難服眾。幸而在淺薄與虛榮為主流意識的地方，對官僚貴冑原無「廉潔」、「低調」的要求，誇張、炫富更受追捧。只見錢鏐「為牛酒大陳，以飲鄉人；別張蜀錦為廣幄，以飲鄉婦。年上八十者飲金爵，百歲者飲玉爵。鏐起勸酒，自唱《還鄉歌》以娛賓，曰：「玉節還鄉兮掛錦衣，父老遠近來相隨。鬥牛光起天無欺，吳越一王駟馬歸。」何等志得意滿、顧盼自雄。

按常規，人一膨脹到這個份上，就離下臺、清算不遠了。不料，下面的故事是這樣的：「時將築宮殿，望氣者言：因故府大之，不過百年；填西湖之半，可得千年。武肅卻說「西湖乃天下名胜，安可填平？有國百年，吾愿足矣……奈何困吾民為！遂弗改造。」同是暴發戶，現在的貪官污吏，拿風水陰陽當傳統繼承，拿特異功能當科學膜拜。面對老前輩，還不汗顏？

雖然，「身後有餘忘縮手，眼前無路想回頭」的諷戒誰都聽過。問題出在：足是多少？止於何處？每個人、每一代對這種模糊概念的標準和理解是不同的。

《西湖夢尋‧錢王祠》原文

錢鏐，臨安石鑒鄉人，驍勇有謀略。壯而微，販鹽自活。

唐僖宗時，平浙寇王仙芝，拒黃巢，滅董昌，積功自顯。梁開平元年，封鏐為吳越王。有諷鏐拒梁命者，鏐笑曰：「吾豈失一孫仲謀耶！」遂受之。改其鄉為臨安縣，軍為錦衣軍。

是年，省塋壟，延故老，旌鉞鼓吹，振耀山谷。自昔游釣之所，盡蒙以錦繡，或樹石至有封官爵者，舊貿鹽擔，亦裁錦韜之。

一鄰媼九十余，攜壺泉迎於道左，鏐下車亟拜。媼撫其背，以小字呼之曰：「錢婆留，喜汝長成。」蓋初生時，光怪滿室，父懼，將沉於了溪，此媼苦留之，遂字焉。

為牛酒大陳，以飲鄉人；別張蜀錦為廣幄，以飲鄉婦。年上八十者飲金爵，百歲者飲玉爵。鏐起勸酒，自唱還鄉歌以娛賓，曰：「玉節還鄉兮掛錦衣，父老遠近來相隨。鬥牛光起天無欺，吳越一王駟馬歸。」

時將築宮殿，望氣者言：「因故府大之，不過百年；填西湖之半，可得千年。」武肅笑曰：「焉有千年而其中不出真主者乎？奈何困吾民為！」遂弗改造。

宋熙甯間，蘇子瞻守郡，請以龍山廢祠妙音院者，改為表忠觀以祀之。今廢。明嘉靖三十九年，督撫胡宗憲建祠於靈芝寺址，塑三世五王像，春秋致祭，令其十九世孫德洪者守之。郡守陳柯重鐫表忠觀碑記於祠。

八股何辜

「八股文」，指明清時科舉考試文章所要遵循的格式。由破題、承題、起講、入手、起股、中股、後股、束股八部分組成。

「破題」是用兩句話闡述題目的意義；「承題」是進一步加以說明；從「起講」開始要就題目發表議論，並一定要以「意謂」、「若曰」、「以為」、「且夫」、「嘗思」等詞開始；「入手」則為下面幾股的鋪墊；緊隨其後的「起股、中股、後股、束股」才正式展開題目的微言大義，而「中股」為全篇重心。這四股需要排比對偶云云。（令人聯想到西文古典交響曲的結構規則哦）文章的題目則摘自四書五經，且須根據朱熹的《四書章句集註》為確解，表述自己的理解，不鼓勵聯想與發揮。字數也有限制。

垢其病者有代表性的，如顧炎武：八股之害等於焚書，而敗壞人才有甚於咸陽之郊（坑儒）。說它禁錮人的思想；郭沫若則說「要做出適合老爺們口胃的八股來，大家都已經感覺著頭痛。」慨歎按照規定的格式作文之難。不一而足。

「八股文」是為「科舉」設計的，此前經過了唐代的「詩賦取士」、宋元的「改試經義」，入明逐漸確定了「八股」的文章格式，沿用至清。其有什麼問題，應先責之於「科舉制度」。而科舉，是中國人發明的、領先世界文明的文官制度，向為傳承中原文化、以儒家思想凝聚人心極為簡便有效的手段。放在歷史的進程裡、對比其它古文明之消亡，科舉制度的歷史合理性不容置疑吧？

而「八股」的規定多半屬於「技術性」問題。試想：同一題目、各地考生，閱卷者的好惡、審美也不相同，評選優劣總要有個標準吧。看似，只能看看誰人能在同一個格式裡，言出意表、妙筆生花。像今天這樣，三四個「評委老師」，各執一詞地為唱歌跳舞爭執不休，只能用於商業演出吧；「選拔幹部」不是也有一些死規定嗎：年齡、性別、民族、學歷、政治面貌、是否超生、業績，還得「拼爹」呢。

「八股文」之廢除先於「科舉」。卻同為中華文化今古割裂的原因之一。此是另一個題目，暫且按下。

古人的除夜詩

王安石的七絕《元日》「爆竹聲中一歲除，春風送暖入屠蘇。千門萬戶曈曈日，總把新桃換舊符。」一派歡欣鼓舞，迎接新年的景象。正與人們辭舊迎新的心情相合，所以最為我們熟知。古人在春節前夜——除夕時的心緒是怎樣的呢？

也是宋朝詩人的唐庚在《除夕》詩中道「患難思年改，龍鍾惜歲徂。」是一種矛盾的心情：正逢世事不靖，希望來年能有轉圜；又因年事已高，慨歎歲月流逝，又過了一年。暗喻對來日無多的人來說，天下太平了與己何干?歲末消極幾近極點。

唐朝是個出詩人的時代。戴叔倫有一首《除夜宿石頭驛》「一年將盡夜，萬里未歸人。悲顏與衰鬢，明日又逢春。」訴說在闔家團聚的日子，卻有人未歸。詩中滿含一位病弱的老者已經等待了一年，不知還要再等多久，以至不願新年來臨的悵惘。

意思相近的還有著名的邊塞詩人高適的《除夜作》「故鄉今夜思千里，霜鬢明朝又一年。」與戴叔倫不同的是人在外，思念家鄉。與他齊名的岑參也有一首《玉關寄長安李主簿》「玉關西望腸堪斷，況複明朝是歲除。」想自戍所返回內地而不得的惆悵之情，表露無遺。就連「詩聖」杜甫也未免俗，他在《杜位宅守歲》中有句云「四十明朝過，飛騰暮景斜。」可能相當於今天的「人過四十天過午」，不會有多大的作為了吧。看來，在前景茫茫的年關撫今思昔，確實難以振作。

他們怎麼都如此消沉呢？也許就是錢鍾書先生說的那樣「那種『高致』只是史書上的理想或空想，而『饑者』、『勞者』的『怨恨而歌』才是生活裡的事實。」前面那幾位都沒有過王安石作宰相的經歷。與他們相反的正好有一個現成的例子：皇帝唐太宗的《除夜》詩調子就是光明的——「冬盡今宵促，年開明日長。」對於李世民這樣胸中有理想又能親自推行的人來說，歲月的更迭，正好意味著他事業的發展呢。地位不同，面對同樣事物感受的差距之大有如此。

純文學的描寫也有。曾松的《除夜》詩中道「一宵猶幾刻，兩歲欲平分。」原來，時間不像某種東西，要兩邊都有了才能從中間分；能分的東西就能存在，時間又是具象的，過去了的那一年並沒有消逝，它體現在我們生活周圍的事物中。

曹松的《江外除夜》動感十足「半夜臘因風捲去，五更春被角吹來。」舊年臘月在夜半的時候隨風而去；下半夜開始計更的時候，春天已經同著角聲到來了。

朱淑真的一首七律《除夜》詩意清雅，也很符合今人的品味「一夜臘寒隨漏盡，十分春色破朝來。」

〈紅樓夢〉

名不見經傳的曹雪芹寫《石頭記》，後來以《紅樓夢》行世，全書一百二十回，他親自改定的只有前八十回；書中人物、故事又有一些破綻。儘管這樣，兩百年來尤其是近幾十年，多少人為它皓首窮經，弄出了一門「紅學」，專門為它出刊物、成立學會、研究機構。評說《紅樓夢》在大陸甚至引發過影響深遠的政治運動。這樣的小說，古今中外的文學史上，恐怕絕無僅有。

前清的《紅樓夢》讀者對這部書的看法比較單純、一致，多認為它是一部持「色、空」觀的言情故事。進入民國，據說胡適之先生首先把考據的方法，用在了《紅樓夢》上，著有《紅樓夢考證》提出「自傳說」。俞平伯先生先是贊同胡適先生的結論，而後產生了自己的觀點，說《紅樓夢》還是一部創意之作，不過映著曹家的影子而已。他指出此書結構、情節中的紕漏、寫了《紅樓夢辨》，成了「紅學」大家。

還有一些人，對曹雪芹的史料、《紅樓夢》中的細枝末節研究得特別仔細，到了探微鉤沉乃至牽強附會的地步。終於引出來一幅漫畫：留長辮的曹雪芹轉身問一個手持放大鏡對著他後腦勺、現代學者模樣的人道「你數我有多少白頭髮幹什麼呀？」

五十年代之前，對《紅樓夢》的評論，集中在文學和學術上。然而，就像魯迅先生所說，人們對《紅樓夢》有不同讀法，什麼樣人從中看出了「仁」、什麼人從中看出了「空」，又有人從中看到的卻是「淫」等等。社會主義時期的共產黨人在《紅樓夢》裡看到的是什麼呢？以毛澤東為首，他們說《紅樓夢》是「封建社會沒落時期，社會生活的百科全書。」把作者說成超越時空的反封建戰士。於一九五四年，把俞平伯先生拿來開刀，批判古典文學領域裡的資產階級唯心論。文化大革命中，《紅樓夢》簡直成了階級鬥爭教科書，說書中的主僕矛盾、榮甯二府坐地收租等等才是曹雪芹落墨的重點。這麼一攪和，一般讀者越發不知所以，難怪民間流傳著毛澤東的一句話：《紅樓夢》至少要讀五遍才有發言權。

過去的人講古詩說「詩人未必然，讀者何必不然？」讓我們儘自己的聯想品味文學作品。毛澤東他們真會「古為今用」。建國之初，要在各個領域用無產階級世界觀取代封建主義、資本主義的意識形態，評紅樓不過是借題發揮，意在給中華文化染色。

無論如何，《紅樓夢》確有非凡的魅力，不然禁不住這樣推敲。有人寫文章道：《紅樓夢》的讀者，將永遠在林黛玉的清輝中低吟、徘徊，走過他們的一生。可謂登峰造極。

我想，研究、評價一部文學作品，還是不要離開它本身太遠才好。林語堂先生以小說家的經驗、資格道：那後四十回應當如高鶚、程偉元所說，是從賣舊書的擔子上得來的曹氏未定稿，因為小說不可能續。張愛玲女士則是超級「紅迷」，看她的《紅樓夢魘》，她差不多把幾種版本的《紅樓夢》背下來了。一邊比較，愛玲一邊指出，雪芹並不是生就的大手筆，他的功力是在「刪繁五次，披閱十載」的過程中練就的。看似也有：《紅樓夢》這副樣子，乃曹氏「修改未完，淚盡而逝」之意吧！

剪輯人生　佐證歷史

分散在報刊雜誌上的文章，可以剪裁下來，粘貼成有系統的資料簿。豐富多采的人生經歷，也能依不同的側面、段落剪輯一番，寫進著作裡，那就是自傳、回憶錄。

什麼是歷史？歷史就是人的故事。據說中國的史學界，有過秉筆直書、不粉飾、不矯過的獨立性。因禁不住政治和強權的壓力，才漸漸把史書變成了「為勝利者所作的註釋」，很多重要的歷史事件和過程，不是重新編造，就是語焉不詳。現在，臺灣、香港的政治開明瞭，大陸也在緩緩解凍，但是修一部客觀、公正的歷史還需要一段時間，我們可以先從歷史見證人撰寫的自傳和回憶錄裡，窺見些往事的詳情和真相。

比如，顧維鈞先生那部五百多萬字的回憶錄，就是他漫長一生中外交家生涯的剪輯。我想，研究北洋政府和民國外交史的人，不讀他這部書恐怕是不行的。顧氏是許多外交大事的參予者，他的回憶對官修史書有一些補正。例如，從小就聽說，袁世凱為了讓日本軍國主義支持他恢復帝制，竟秘密與日本簽訂了喪權辱國的「二十一條」。顧維鈞做過袁的英文秘書，他追述這段史實時說：是日本先向袁世凱提出「二十一條」的，袁無力與之強爭，就派顧維鈞於每天中、日談判之後，悄悄地到英、美公使館去，將會談的情形知會他們，以求助英、美出面遏制日本。

張國燾先生曾經是著名的共產黨領袖，後來投到國民黨方面。晚年在香港出版了《我的回憶》，回顧他的共產黨員經歷。其中也頗輯了些與年輕時學到的黨史相左之處。他說，西安事變時，他看到毛澤東向張、楊那裡的中共代表周恩來發電報，要周鼓動西安的中、高級軍官殺蔣。後來，共產國際突然給中共來了指示，說中國當前首要的問題是與日本的民族矛盾，而共產黨力量尚弱，不足以領導抗戰，非擁蔣抗日不可，故應和平解決「雙十二事件」。看到張著之前，我只知道「共產黨深明大義不計前嫌，為顧全民族利益主動勸張學良、楊虎城釋放蔣公……」。

當事人的敘述，一向被稱做「野史」，不全面、不系統也許是其含義之一。讀者若將有關同一時代的野史合起來看，與其他史料比較、印證，就能剪輯出相當完整的畫面。譬如，汪偽政權那一段，正規的史書無不帶有強烈的斥責情緒，文多重在批判，輕於徵引史實。所謂「和平運動」的起因、過程和結果，至今還得從金雄白、胡蘭成、陳公博、陶希聖、周佛海等人的回憶之中瞭解其大概。中共黨史實不堪讀：一則一味吹噓、二則信口雌黃。若是對照著讀張國燾、鄭超麟、蔡孝乾、龔楚、李德、盛岳、王凡西等人的自傳，就能增加許多側面和片段，剪貼出富有立體感的中共黨史。

誠然，歷史不是若干一家之言拼湊起來的，它們只是史料的一部分。從人生剪輯者的著作中，還能看出另外一些東西。比方說《曹汝霖一生之回憶》，是一部頭重腳輕之作。他一生的光彩都集中在清末民初那十幾、二十年，「五・四」運動以後便黯淡無光了。他的自傳跨越七、八十年，重頭戲都在前半生，後面則輯無可輯，比重失調中透露出對富貴無常、世態炎涼的無奈。周作人先生的《知堂回想錄》，則有意避開他「落水」那一段不剪，用「一說便俗」來推脫他曾經給中國知識界帶來的恥辱。然而那一塊空白，自有其他見證人會把它貼補起來。

當然，同一件事，出自不同的親歷者之筆，細節、過程不一樣的屢見不鮮，這倒未必就是壞事。史實需要印證、核實。不同的說法正好作為線索，讓人們把歷史上的人和事查得更清楚。

雷鋒日記

有一個翻譯的很貼切的詞，叫做「隱私」。日記本來是隱私裡重要的一項，卻有人專門作日記為了給別人看，比如「雷鋒日記」。雷鋒這個名字對大陸人都不陌生，他是一個士兵，在軍隊裡開汽車。他有一顆高尚的心，是「毫不利己，專門利人」的典範。一九六二年，雷鋒在一次事故中喪生。身後，他被指為「全國人民學習的榜樣」，官方還發表了他的日記，用意之一為證明：是共產黨把他教育成這樣的。

發表出來的雷鋒日記中，都是學習毛澤東選集的心得體會，歌頌、讚美之辭連篇累牘，例如：毛主席著作是我的糧食、武器、方向盤。等等。那時，我們捧讀他的日記，無不為之感動。如今想起來就不免心生疑竇了。它不像是傳統意義上個人見聞、對人對事的看法和感想的記載，毫無生活氣息。它的真偽現在已不可考，但「雷鋒日記」作為故做姿態、宣講情操、證明曲衷的專用名詞，已經在大陸流行許多年了。

據說，楊玉環曾經指著安祿山的大肚子問他：這裡面都是些什麼呀？安祿山道：「唯忠心爾」。安某若有日記在手，就不用回答得那麼笨了。掏心剖腹事實上不可能做到，即使那麼做了，也不能表明某人對黨的一片赤誠，在很長一段歷史時期裡，那卻又是一些人竭力而為的事。有了「雷鋒日記」的啟示，後來的先進人物同一套路似的、大都也拿得出一部類似的日記供發表。難道又是「英雄所見略同」嗎？

往日唬得老百姓自愧不如的那些「雷鋒日記」到底是怎麼炮製出來的至今未見披露。有一點可以肯定的是，它們不再擁有讀者、已經被人唾棄了。最主要的原因是：它們不真實。

另外還有一些公開發表了的日記，一望可知，當初寫它就是為著以後公諸於世的。而且流傳甚廣、經得住時間的篩選。其中大部分具有史料價值。它們的作者如魯迅、周作人、胡適、徐志摩、郁達夫等人，甚至周佛海。這些人文筆好、學問好，又親歷親睹了歷史上有影響的人和事。他們記人、記史、記事，充滿時代的資訊；即使吟風弄月也別有風致。已經成了研究歷史的重要資料。

日記還是回憶錄和自傳的原材料之一。我們讀《顧維鈞回憶錄》，幾十年前的外交交涉，被他敘述的巨細靡遺，就是得力於他半個多世紀裡每事必記的習慣。一九五九年，發生在江西廬山的那次影響深遠的中共中央全會，詳情一直是國人關心的熱點，卻又不得而知。會中要角、毛澤東的秘書李銳，三十幾年之後在退還的抄沒物品裡，檢出當年他與會時期的日記本，這才寫出了《廬山會議實錄》。讓我們知道，什麼是出爾反爾、深文周納、以勢壓人、殘酷鬥爭、無情打擊……。

可見，寫日記未必只為記隱私，也是記錄大事的好方法。它還可以拿來引用、發表。話說的不必十分漂亮，卻一定得真——才有史料價值。

讀禁書猶如享特權

中國政治，向來嚴管言論出版，立場觀點「不正確」的不能公諸於眾。中國文化又有因人廢言的傳統。不僅官方代有規定，民間也多不願給「罪人」出書、士子不屑讀「壞人」的作品等等。當然，所涉作者和書目各個朝代不同。那是因為政治標準、道德觀念無常。以致「歷代禁書目錄」所列書名也要隨之刪減增添。不僅史家探微索隱做學問需要搜羅禁書，讀者本能的好奇心理，早使「雪夜閉門讀禁書」成了人生一大樂事。

被禁的書大致有傷風敗俗的風月小說和政治立場不宜的論著和回憶錄等；結束了政治生命的「歷史罪人」的著作也在此列。雖然朝野提倡「百花齊放」，古代也有「兼聽則明、偏信則暗」之訓。但是，禁什麼書、禁誰的書從未含糊過。哪怕目前這個「中國歷史上最好的時期」，還是禁書不斷。比如《李鵬六四日記》、鄧力群的《十二個春秋》、何方的《黨史筆記》、陳碧蘭的《早期中共與托派》等等都不能在大陸出版。

幸而禁止印行只能限於大陸，拜「一國兩制」之賜，香港就能公開售賣。買來一讀，發現比國內官方出版物中敘述同一時期、同樣事件的「正史」有意思得多。看書嘛，有官方文獻比照，說法有異、角度不同、立意獨到、有所披露，自然吸引讀者。至於正確與否、真實幾分，不是普通百姓能夠分辨的。反正完全正確與真實根本不可能，能讓讀者在閱讀時，有「前所未聞、有此一說……」的享受到就行了。

讀禁書的樂趣全在與公開印行之同樣題材作品做參照。這裡主要是指政治和歷史類。據說國內有規定：某些歷史人物、歷史事件誰能寫、怎麼寫、寫多少……由中宣部、黨史研究等機構管理。禁書由此產生，犯忌的樂趣也就同時產生了。未經審查者斧鉞的文章，行文也不那麼呆板官腔，文字多半比較活潑、甚至挾帶故事乃至戲劇性情節呢。然而，需得先看過官樣文章，至少是熟知官方立場者，才能從禁止印行的書籍、文章中看出不同，這個「不同」，就是樂趣，是資格。就像某種特權，旁人享受不到。

比如《李鵬六四日記》，八零後恐怕就沒有幾人能看出興趣。因為他們幾乎不知道「八九民運」、「六四屠城」，無從與以往的說法對比，而這個對比涉及三個大方面：大陸官方的說法（比較一致）、海外民運（版本不一）而李鵬幾乎獨家提供了那個歷史事件的一個版本。能把《十二個春秋：鄧力群自述》讀得津津有味的，年紀可能得更大才行——年青人看到把常識「真理標準」討論得硝煙彌漫、只能啞然失笑吧？能在何方和陳碧蘭的書裡讀出趣味，大概非五零以遠者不辦，因為他們需要撥亂反正。而生活在資訊自由地區的人、在做跨文化、跨國度研究時，得先補課、看大量註釋說明才能明白禁書的意義，就此少了一大「人生樂事」。

還有一類書是因人而禁的。比如抗戰中的漢奸，上迄汪精衛、陳公博、周佛海，下至金雄白、胡蘭成。這些人的著述中，汪精衛的《雙照樓詩詞稿》、陳公博的《苦笑錄》、周佛海的《往矣集》等應為早期國民黨和民國史研究者之必讀；陳公博、金雄白和胡蘭成關於「和平運動」的敘述，以及《周佛海日記》等，也是抗戰史、民族文化史的重要資料，看看何妨。查禁他們的理由除去他們「歷史罪人」的身份外，恐怕還有一條：就像法官不得與嫌犯交往，怕被其花言巧語引起同情。禁了這些人的作品，連帶地，如胡蘭成生花妙筆寫就的人生見解、歷史詮釋等等，也淹沒無聞了很多年。

平時一提禁書，人們首先想到恐怕是《金瓶梅》、《查泰萊夫人的情人》、《洛麗塔》之類。這樣的書一翻可知禁在哪裡。後來社會容忍度提高或曰需求多元，昔日的情色已經登堂入室躋身藝術殿堂，這些書早已走出地下，大賣特賣，以名著稱了。還成了研究對象、今人典範。看來，標準決定價值。依此類推，誰能否認若干年後，政局變化到某個程度，那些政治人物的回憶錄不會被奉為信史的一部分呢。

其實，禁書之舉頗有「放水」之嫌。歷代私刻、盜版禁書一向是書商生意的大宗。真正好看的禁書其實不多，比較多見的情形是：官方一禁，作者出名、商家賺錢、讀者上當。

偏方略談

偏方是中醫藥範疇裡的治療方式之一，多半是煎煮草藥等等。但是，在院校學中醫的人發現，課堂所授中藥學、方劑學，基本不提偏方。問過老師，答曰：那是民間自創，還沒收到正規的中醫藥裡來呢。民族醫學裡的一些說法、用法的學術處境就是這樣。

偏方也稱「單方」，所用藥物大多隻有一味，至多兩三味；或曰「驗方」，經驗的記錄、沿用之意。而「正式」的方劑，處方如此之小的很少。所謂「經驗」即不強調「原理」、不追究依據吧。所以，站在中醫學術的立場看，偏方所針對的病症，用中藥四氣五味、升降浮沉的理論，大多解釋不了。但是，偏方確曾有效也是不容否認的。

然而，學問大又懂中醫的陳寅恪先生在《吾家先世中醫之學》中卻說「然不信中醫，以為中醫有見效之藥，無可通之理」。偏方就更要等而次之了。看來，可能的解釋似乎是：病理、藥理非常複雜，目前的醫學水準有限。不妨以「實踐是檢驗真理的唯一標準」之精神，將此事列入科研課題。

然而科學是要例證的，這裡說了半天，哪些偏方「不合中醫的道理」呢？個中實例還真不好舉。就像侯寶林那個諷刺鄰居的相聲，一番揶揄芳鄰擾民之後，郭全寶幽幽地問：那麼您住哪兒啊？侯先生忙道：租房子，還沒找準地方呢——說哪兒都不合適啊。

「扁鵲換心」論未休

扁鵲，周人，原名秦越人。古代名醫排序，位置當屬第一。文獻記載了不少其行醫的事績，卻大多近似高超至理想境界或曰「神跡」者，可資課堂引征的不多。

上課時必然會提到的，是「扁鵲望齊侯之色」的故事。因「望而知之謂之神」，是中醫診斷水準的最高級，普通醫生只能「四診合參」（望聞問切）。相傳，秦氏之能「望而知之」，因為他的師傅本是神仙長桑君，教他如何修煉，又給他「飲上池之水」，而能「視垣一方人」，透視臟腑就更不在話下了。這是人們說不清楚某種奇跡何以如此時常用的「幽默解法」。就像是說牛頓之發現萬有引力，是看見蘋果熟了竟然只往地下掉參悟出來的。

如此過了兩千年。到了上個世紀八十年代，特異功能在大陸風起雲湧，「令人重新認識許多自然現象」時，聯系到「飲上池之水，視垣一方人」時，人們驀然發現，扁鵲其實長著一雙透視的慧眼啊！不料，特異功能沒有通過科學檢驗。破解此類奧妙得請教魔術師。而神醫扁鵲的傳說卻繼續流傳。

《列子・湯問》中有一個故事，略曰：魯公扈、趙齊嬰二人有疾，同請扁鵲求治，扁鵲謂公扈曰：「汝志強而氣弱，故足於謀而寡於斷；齊嬰志弱而氣強，故少於慮而傷於專。若換汝之心，則均於善矣。」扁鵲遂飲二人毒酒，迷死三日，剖胸探心，易而置之，投以神藥。即悟，如初，二人辭歸。——過去，都是以「取人之長補己之短而趨完美」，解釋這則寓言。在器官移植術日臻成熟的今天，好像可以另當別論了？至少，他提請人們注意：中醫的「臟腑—心智說」或恐有些依據。

據報，東北人楊孟勇，六十歲時做了心臟移植手術。術後，他的脾氣性格、行為愛好完全改變，驚著了連同其本人在內所有認識他的人。基於以往「心臟並無攜帶行為習慣和知識記憶功能」的知識，僅用「心臟機能的增強所致」解釋不了在楊孟勇身上發生的變化。於是，這個新的傳奇不僅拍成電視片，還出了書。

器官移植的發祥地在西方。有心理學家注意到：至少十分之一的器官移植患者「繼承」了捐贈者的性格。一些生理學家推測：心臟中存在著一些人類尚未認識的物質，我們的性格，不是像過去認為的那樣只儲存在大腦中，可能也是儲存在心臟裡。而神經生物學家中，也有說「心臟是我們性情的儲藏所」的。他們收集的病例更多，整理成書的也頗有其人。

美國某心理學家則肯定地說：人體所有主要器官都擁有某種「細胞記憶」功能，相當於平常說的「性情」。當一個器官被移植到其他人體內之後，其所攜帶的記憶也就從一個人身上轉移到另一個人身上去了。這位老兄看似學過點中醫哦。編撰於春秋戰國時的中醫經典《黃帝內經》說：五臟六腑各司七情。如肝主憤怒，脾主憂思，肺主悲哀，腎主恐懼，膽主決斷……，而「心為君主之官，神明出焉」，並主喜樂云云。

反正，科學不能偷懶，不能以文字遊戲繞行研究課題；解釋了先民的想像力，再談薄古還是厚今吧。

「整體觀念」「籠罩」器官移植

中醫學的自然哲學觀是「整體觀念」——不僅人類與自然界有其統一性；每個個體本身也是一個整體。五臟六腑、四肢百骸，結構不可分割、功能互相協調、生理互相協作、病理相互影響。其具體的生理病理模式，就是五行生克學說（不贅）。不言而喻，個體、整體的各個部分須為「原裝」，才能配合無間，順暢運行。這個學說有效地指導中醫，「為中華民族的繁衍昌盛做出了極大的貢獻」逾兩千年。

不料，西風東漸不久，朝野主流就接受了西方文明在等級上高於華夏的判斷。於是乎，從社會意識到各個學科，評判標準全被「西學」取代。中醫同其它本土元素一樣，遭受沉重打擊。「整體觀念」被指責為「樸素唯物論」、「五行生剋學說」則是「機械封閉的巡迴圈」。中醫界呢，欲辯無言、忍氣吞聲。

就在此時，西醫的一個重要前沿學科自己露出了馬腳，給中醫的科學性做了一個添註。這就是器官移植慘遭排異反應。他們努力了幾十年，做了無數技術調整，終因跨不過「抑制排異也抑制了免疫系統」的自然法則，而承認：異體器官移植術是個死胡同。原理乃是「整體觀念」的制約。

好在中醫、西醫都是科學，共同接受自然哲學的指導。從科學史上看，早期醫學發展出中醫的「整體觀念」和「辨證施治」，是中華文化超越時代的成就；西方醫學的異體器官移植，也不失為時代的尖端、有益的嘗試。兩者既都受到了時代的限制，也都預留了發展的空間。

果然，生物科學家終於另闢蹊徑，發現可以用幹細胞培養出各種人體組織器官，取代異體移植，無虞排異反應。

較真地說：萬變不離其宗。此舉證明了「中醫整體觀念」的先見之明。或曰：早早站在哲學的高度製定研究方向，也許可以少兜幾個圈子呢。

臟腑而能語

「山川而能語，葬師食無所；臟腑而能語，醫師面如土。」傳為梁簡文帝寫給湘東王的信裡引用的古諺。簡文帝就是梁代文學家蕭綱，時在西元五零三至五五一年。南朝之古，恐怕又是幾百年前吧？先民以戲言所表達的憂慮，至今起色如何？

人類各民族的早期醫學，面貌差相近似：脈診、草藥、按摩、針砭……。只有中國古代醫學在樸素唯物論指導之下發展出了完整的生理、病理、診斷、治療方法。「呵護著中華民族的繁衍昌盛」。

現代醫學興起並傳入中國之後，懸壺濟世的儒醫，不斷遭遇「不科學」的指責，陷入「要取締」的危機，一度心虛氣短、欲振乏力。直到科學界的一批術有專攻的有識之士出現，用各自學科的理論和方法研究中醫。甚至有些本意想否定中醫、證偽中醫的科學家。其研究卻發現中醫中藥的理論和實踐，不乏與現代科學原理暗合之處。就拿最那首古諺中最要命的「臟腑而能語」來說吧，科學家指出，中醫望聞問切的診斷方法，正是「控制論•黑箱理論」的運用。因為人有病，不能動不動就開膛破腹看個究竟啊。即使西醫已經發明了那麼多檢查手段，還是慶幸「臟腑不能語」吧？

其實，中醫最科學的，是其「整體觀念」和「辨證施治」的方法論。而西醫也在朝這個境界行進：注重個體差異，將生物醫學模式提昇到生物—心理—社會醫學模式。而中醫在診斷和治療時，還會考慮自然環境等等因素，是為西方醫學發展的下一個目標。

誠然，中醫的上述自然哲學境界，乃「無意間得之」，若是遲遲沒有突破性發展或轉變，不待人類這一物種進化到「臟腑自能語」，就會「醫師食無所」的。

姑妄言之姑聽之

算命的方法多種多樣，占卜算卦、測字相面、看手相、摸骨形，共同的特點是，出來的結論語焉不詳。光顧卦攤的人目的各異：求財看命、婚姻子嗣、問旅程、估康健，莫不權作參考，無人特別當真。解卦，體現著相師猜度心理的水平和語言藝術，也就是給沒有把握的客戶提供一點心理支持或者參考意見唄。此話怎麼講？

人生太複雜了，生活經歷各有不同，某時某事的過程和結果實在無法準確測算。但是，人生的內容、事件的發生，又可以歸類，活神仙們於是言其類而不道其詳，利用聽者自會聯想的必然，坐收「料事如神、指點迷津」之效。比如，小孔明鐵扇子一搖，一句「你這個人命運坎坷」，恐怕沒有人會不同意。因為再怎麼在旁人眼裡一帆風順的人，自我感覺也是「如今擁有的這些得之不易」；再比如「當心你周圍的小人」，就更加一點就明；諸如此類。語言模糊、引導想像，加上察言觀色、順藤摸瓜，只見天機獨窺的算命先生，個個都是心理分析大師，言語越帶玄機禪意，就越能左右逢源，自圓其說。

求神問卜的人，多半心誠意切；「天機不可洩露」之說早已認同。請教各路大師，只求個驗證和指點。對那些善良的聰明人所謂的「點撥」其實借用的就是人們的聯想力。比如，自己的歷史、家人情況當然了然於胸，人家只消說得沾邊，我們立刻就能把它具體化、形象化。無意中，幸慶今天找對了人的表情，就領著算命先生一直走到內心深處去了。先生的一席話不必句句靈驗，我們著意的就是被他言中的那幾句。而最使相師愜意的正是世人的寬容。

對於靈龜之術，很多人的態度是：寧可信其有，不可信其無。此議有益無害。人在生活中需要一點警惕，這是針對災難和壞人壞事。有人從旁提醒，不是正合「居安思危」的古訓嗎？人又難免僥幸之心，隨時準備迎接天降洪福，升遷、發財、友朋自遠方來等等。也許真的有人能夠指點捷徑，讓好事不期而至呢。這樣的傳說還少嗎。反之，若是鬆懈了常備之心，就可能與吉星好運當面錯過，豈不惜哉！由此看來，占卜相術之源遠流長，恰恰因為其是人類生活中的一大需求。時代雖然不同了，人的基本生存方式並沒有什麼改變啊。

所以，對於此道不可執迷。書載：民初稱雄一時的「廣東王」陳濟棠，遇事必先請問幕中奉養的「劉伯溫」。一次，幕僚們一致認定，洪秀全之得建天朝，全因他的祖墳風水太好，功敗垂成只是穴位沒有選正。於是，陳濟棠斥重金把洪家墳塋買了下來，將洪秀全的媽媽請走，把自己的老母遷入。此舉是為自己稱王稱霸所做的準備，取蔣介石而代之。起事之前，陳某不免又在帳中沐浴焚香、占問吉凶。扶乩已畢，壇上出現四個大字「機不可失」。好吧，再不動手更待何時？陳遂於一九三六年聯合桂系反蔣。不料，老蔣用計策反了陳軍主力——四個空軍大隊。陳濟棠很快就成了孤家寡人，隻身逃往香港。想起「機不可失」，他猛醒道：卻原來，人家說的「機」不是時機而是飛機呀！這不就是卜辭模糊、人自遐想典型的一例嗎。

名人三位 佚事幾則

李宗仁

一九四八年五月二十日蔣介石在南京宣誓就任中華民國民國行憲後第一任民選總統，副總統是桂系軍閥李宗仁。蔣之與李，面和心不和，明爭暗鬥久矣。據載：大典舉行之前李氏向蔣詢問典禮如何著裝？蔣說擬穿西裝大禮服。於是，李找上海有名的西服店，連夜趕制了一套高冠硬領的燕尾服。

就職典禮前夜，總統侍衛室又傳出蔣介石手諭，「用軍常服」。雖然李宗仁覺得軍服之於這個儀式「有欠調和」，但也「只有遵照」。不料，當李宗仁登上典禮台時，驚見老蔣一襲「長袍馬褂」做紳士狀；自己全付戎裝佇立其後，像個衛兵。

上世紀六十年代，李宗仁自美回到大陸之前，讓大秘程思遠把所存十二箱古董字畫經香運轉送北京。並說此乃其任北平行轅主任時花十一萬美元所購，不忍讓其流落異邦，擬獻給祖國云云。心思縝密的周恩來遂令故宮博物院鑒定，結論是：這批古董字畫多為贗品，所值無幾。

時值「三年自然災害」期間，國庫空虛。給他多少「獎金」，令周恩來犯難。只得把事情報給了毛澤東。凡事只算政治賬的毛澤東批道：這叫「投石問路」，統戰講的是策略，我們就給他十二萬美元，讓他痛痛快快地回來！

胡適之

胡適，大才子、聰明人，極具西式幽默。流傳最廣的一則大概就是「胡氏三從四得」了吧。他說，在美中國人有個「懼內俱樂部」，奉行一種「三從」、「四得」。即：太太出門要跟從，太太命令要服從，太太錯了要盲從；和太太化妝要等得，太太生日要記得，太太打罵要忍得，太太花錢要捨得。並笑稱此乃研究所得：世界上只有三個國家沒有怕老婆的故事。它們是德國、日本與俄羅斯。而均為極權統治（時為二戰期間）。看似，其餘有怕老婆故事的國家因此而比較民主。雖曰自嘲之說，卻是明智之舉。報酬是家庭和諧。

但是胡氏的另一則以「三」冠之的原則，就不甚適宜了。據顧維鈞說（《顧維鈞回憶錄》第三冊P270）：胡適缺乏作國家官員的經驗，他曾發表聲明稱，他當大使有三件事不幹。一）不從事任何宣傳活動；二）不介入武器採購；三）不參預商談貸款。身為「民國第一外交家」的顧維鈞歎道：「這正是外交工作中三件最重要的事項」啊。

唐納

網上有人因「黨媒罕見揭江青風流史曝江青與前夫婚禮照」嘖嘖稱奇。本事為一九三六年時，江青（時名藍萍）等在杭州集體結婚，並在六合塔下合影。三對六位新人是藍萍與唐納、葉露茜與趙丹，杜小鵑和顧而已。

關於唐納，流傳較廣故事約為：與藍萍的瘋狂愛戀、情人不斷；毛澤東到重慶談判時，兩人曾經一晤；在法國開餐館等等。看似，其因江青留名，自己並沒有什麼可觀的作為。但是，本老曾在某閒書裡看到過一則唐納的事績，但是記不得出處了，網上也搜不到。屬於不能作數的野史，大意如下：

離開藍萍之後，唐納曾在英國駐香港領事館做事。一九四零年夏，英國與日本簽訂秘約，封鎖了我抗日物資的運輸線滇緬公路，以換取日本不進佔英國在東南亞的殖民地。唐納設法取得了領事館保險櫃裡《英日協定》的副本，並將其帶到重慶，交給蔣介石。

該野史還說，老蔣看了這個協定正在氣惱，忽報英國駐華大使求見。老蔣先責問英日簽約一事，大使敷衍推責。蔣遂當面將唐納送來的檔案摜在桌上，英國大使狼狽萬分云云。

不僅如此，還有唐納實乃中共地下黨的說法。隸屬有中國的CIA之稱的中共中央調查部。且有其與葉劍英、羅青長、葉選基等人合影的照片。不知確否。

宗教、主義及其他

人類文明不管在哪個發展階段，人們的處境無論多麼千差萬別，有意無意之中，芸芸眾生都在尋求心靈的寄託和慰藉，就像人人都拿熱愛的地方當作自己的家一樣，心靈也需要這樣的地方作避風港。非如此心不能平、意不得靜——彷徨一生多淒涼。

我們慣常所見五花八門的宗教、主義和被人遵從信奉的金科玉律，就是人類幾千年來為了心有所歸、意有所託而造出來的思想廟堂。人類的心理特點是思想方法、接受方式各不相同，而任何宗教、主義、理論、思潮之類都有一定的適應性，沒有哪個單一的意識形態能夠降服全人類的心。

人們先是發明一種宗教，一種教義不能適合所有的信徒，於是，人們對神的箴言別作解釋，教派就出現了。不同民族和文化的人，雖然同樣具有宗教需求，但是生存環境和表達方式不一樣，創造的宗教也就不同，門宗教派枝蔓繁衍生的原因卻多類似。

人的想法太多樣了，社會結構一經發生變化，就發現宗教的種類再多也不夠用，於是又創造了主義。主義立即由於信眾需索和理解，分裂成形形色色派別。其層出不窮、分門立戶的狀況與宗教一樣複雜。要想對其條分縷析，非具專門的知識、經受特別的訓練不辦。總之，無論提出這些主義的政治家、學者本意如何，他們的產品為部分無神論者的心提供了依託應該是不錯的。

儘管宗教、主義種類繁多，人心更加高深莫測，多少宗教、主義加上他們所有的派別，仍不能容納所有人的心。人們另外造出無數理論、思潮、別具一格的信仰和生活方式等等。也正因為這樣，人類才擁有如此五光十色、洋洋大觀的歷史、藝術、文化和現實生活。

人心像宇宙一樣「膨脹運動、有限而無界」。在我們有限的生命旅程中，生活的各個階段需求不同，求心安的渴望則一。不同之處是使我們心安的事物因時因地而異。於是我們看到，有的人一生中選擇過幾種上述思想文化產品，也許還會在某個領域有所發明，這是非常自然、非常應該的。每一次選擇均自心意浮動始，至氣定神閑終。那些文化產品也隨著人類歷史的進程與需求變，固步自封的就逐漸消亡，與時俱進的就蓬勃發展。

當然，也有守著一種信仰終其一生的，這些人少了游移抉擇之累；而「改換過門庭」的人，對人生的體驗也許更豐富。反正，不論外人怎麼看，某種信仰對人生的意義，只有皈依其下的人才能真切體會。

來自亞當和夏娃

人有「嗜痂之癖」、世有「逐臭之夫」。這種異於常人的行為，我們稱之為「怪癖」或「另類」。在性行為中，換妻、同性戀、受虐狂、戀足……，也在此例。一般而言，個中人士生活和工作中的表現與大眾一樣，只在某個特定的點上顯出特異，不像江洋大盜五毒俱全。雖然他們基本上是呼朋引類，不危害他人，但也歸在「反社會人格」一族。

過去的學術界，對那些「踰矩之舉」多半從心理學角度解釋，但隔靴搔癢似地不夠說服力。後來生物學加了進來，從基因的角度給了些說法，當事人和旁觀者可能心裡舒服點兒了。據說，最初發現左右人類行為的遺傳物質中，有一項是「殺人染色體」。大意為：人類染色體是二十三對、四十六條。其中二十二對叫常染色體，男性女性都一樣；第二十三對是性染色體，決定性別；男性的這對性染色體由一個X和一個Y組成，女性則兩條染色體都是X；此為人中之常。但是竟有少數男人，第二十三對染色體呈XYY狀。他們多半金髮碧眼、高大強壯、聰明能幹，卻心狠手辣、性喜殺人云云。

有了這個提示，染色體異常與反社會人格的關聯，就成了人類遺傳學一個專門的研究方向。有報導說，科學家已經找到了「同性戀基因」，並順藤摸瓜地在找「犯罪基因」。人類的行為方式受生理與心理雙重規定、調節，早已為哲學認可。某著名「農民哲學家」就曾深入淺出給出過一個方法論，令人折服至今：外因通過內因而起作用。其中，外因是變化的條件，內因是變化的根據。溫度能讓雞蛋變成小雞，但溫度不能讓石頭變成小雞。

依此類推，怪癖也好、反社會人格也罷，是不是也有相應基因在幕後操控呢？明擺著，迄今他們的行為尚不見容於大多數民眾。而且，他們自己也不能便宜行事：既不易糾朋結黨組織團體，也不能光天化日盡情宣洩。冒著種種危險和譴責，偷雞摸狗、心癢難撓似地幹幹那些事，又是何苦呢？世上有的是國家提供、社會提倡、法律保護的無數種愉悅和享受啊。恐怕，答案不外：本性使然、按捺不住。就像「賊不走空」。

說到本能（本性），科學家也有說法。僅以人們明知道糖會令人肥胖、加速動脈硬化，還是禁不住甜食的誘惑為例：人類（歐美和中國人吧）營養過剩不過近百十年間的事。在此之前幾十萬、上百萬年漫長的進化征途中，人類都陷在三餐不繼的饑餓裡。為了儲存能量，遍嘗飛禽走獸、五穀雜糧之後，發現糖是最基本最直接的生物能源，遂孜孜求之。此一行為經「得糖而生」者代代相傳，進入了人類本能。而區區百把年曆史的現代營養學知識，當然不敵這個基因的功能。如果人類生理／心理／行為之間真的有這麼一層因果關係，也許就是換妻、同性戀、受虐狂、戀足等性另類行為的確解了——先民百萬年的性生活是怎麼過的、在基因裡給後代留下了什麼，這麼猜想一下並不為過吧？

有人說，人類活動最基本的驅動力不外三個：食欲、性欲、防禦。其表現方式、滿足途徑千差萬別、千奇百怪，則構成了人類的文明、文化和歷史。不然，像動物一樣，醒而覓食、吃飽了就睡，何趣之有。看來，不是造物主沒算計好，而是他老人家故意在人類基因的海洋裡，星羅棋佈了一些「飛地和島嶼」，讓我們在人生的巡禮中體驗到什麼叫「五光十色、無奇不有」。但是，文明社會自有一套以大多數人的道德觀念、是非標準和行為準則制訂的規範，順之者昌，逆之者亡。「自由」與「本能」都不是違法亂紀的理由。更何況，科學家早就說了，社會制度、思想意識對人的本能具有強有力的引導、放大、扭轉、約束等功能。

生物工程、基因研究，雖然尚在起步階段，看上去路數是對的。把致病基因、金牌基因、犯罪基因的功能、位置一一識別出來，善莫大焉。預防疾病、發展文化藝術科技、安定社會都可以提早動手、事半功倍了。基因科學日新月異，科學家已經完全有把握地宣稱：參與人自控能力的基因位置和工作原理很快就會被找到。到那時，道德教育可能不像今天這麼重要，一些課時和內容會被生物遺傳知識代替。

其實，人類的觀念意識一直在變，某些行為舉止的社會評價，從怪異到流行的過程或長或短，一直在發生。某種行為一地為視作怪異，另一處早就習以為常的例子也俯拾皆是。就「反社會人格」論，殺人放火若是精神病人為之，往往可以免責，就是醫學進步致使社會意識變遷眾所周知的一例。同性戀在中國，曾經按「雞奸犯」論處要去勞改的，「女同」一詞，過去則是精神病的一種。如今，他們在許多地方已經享受弱勢群體待遇了。其他身懷「怪癖」的「另類」也在引頸以待扶正。等著相關基因被某實驗室「成功發現」吧。很難想像，以後若是有人因「染色體異常」而脫罪，是科學之福還是社會之厄？

讓他們再活一次

英國科學家用綿羊的體細胞複製出小羊的消息，曾經引起國際社會的普遍不安。美國總統甚至限期要求僚屬分析此事的吉凶，準備立法阻止這個實驗用於人類。

這事又一次提出了工業革命以來，科學發明與人類道德觀念的衝突問題。像以往一些劃時代的科學實驗一樣，剛剛宣佈的時候，新技術不曾給人帶來欣喜，倒像敲響了警鐘。二戰末期原子彈爆炸成功，就招致了強烈的反對。這次的事情衍義起來比核武器更可怕——有人說：若是複製出希特勒、毛澤東來，造成的危害就不可計量了。

其實，科學家只是製造出了遺傳基因相同的生物個體，這樣的活體與其他嬰兒一樣，並不帶有前世的記憶。所以，即使將某些罪犯、狂人的細胞在試管裡處理一過、形成胚胎、借腹孕育、降臨人間。重生之時，也許只有那嘹亮的啼聲堪與上次媲美。終其新生，很難想像他們能把往世的做為從頭來過。因為，時代不同了，而人的性格、能力、理念的形成，端賴後天培養和錘煉。

如今和以後的人類社會，生活方式、價值觀念、政治結構、民眾素質、社會矛盾等等，都同希特勒、毛澤東之流當年成長的環境大異其趣，不再具有把他們造就成歷史罪人的條件。他們若是重生，心智會朝不同的方向發展，說不定他們本能中的瘋狂，可能發洩在音樂繪畫、歷史文學上，固執和支配欲成了做學問的動力呢。常識告訴我們，人是時代的人、環境的人；非適逢其會不能有所作為。就像陳勝、吳廣，在秦始皇的民夫隊伍裡揭竿而起，才會一呼百應，若他們是阿房宮裡的僕役，只怕連一個秘密工會也組織不起來呢。

我想，中外古今禍國殃民者流都是應運而生、各具特色的。不用複製、甚至無需摹仿，每個世代自會產生自己的江洋大盜、戰爭狂人。所謂「江山代有梟雄出，各苦生民數十年」。這是歷史的本意、課題和魅力，阻攔不住的。

退一步想，若是科學連人的心理特質也能複製了，就更應當讓他們再活一次——讓他們親眼看看，人類的歷史不是按照他們設想的方向和方式發展的，希望他們能夠悔悟。至少他們還有交待史實、教育後人的作用吧。再者說，當人們已經認識了他們的危害性之後，諒什麼惡人、壞人也難重演故技了。百多年來，人類發明了許多足以滅絕生物、毀壞家園的科學技術，但是我們的生活不是一天比一天方便、文明程度一年高過一年嗎。因為，社會秩序和法律制度也在隨著科學的進步日益合理、嚴密起來，保證了智慧產品不被濫用、使它們的福利大於弊端。在這樣的文明社會裡，如何最少偏差地控制使用某種科學發明，其實只是一個行政技巧問題；更何況，人類的道德觀念、生活和行為方式也是一直在變的呢。

喚取歸來同住

宋人黃庭堅有一首「清平樂」上闕道「春歸何處，寂寞無行路。若有人知春去處，喚取歸來同住。」可作中外古今的人們渴望青春永駐的代表作之一。不是說「期望的事早晚能實現」嗎？如今，我們已經學會「一切朝科學要！」

有物理學家著文道，若是我們能夠發明超光速太空船，則飛船的乘客就可以回望家園，次遞看到：昨天早上，你從家裡出來，坐進汽車，駛上高速公路去上班；飛船再走遠一點，你又看到大學校園裡，你戴著博士帽，滿面春風地接受親友的祝賀……。看到這裡我想的是，那飛船走到足夠遠時我就能看到，十四歲之後那幾年，我開始了「知青」生涯「鋤禾日當午，汗滴禾下土」。

這麼偉大的科學成就當然不是給我懷舊用的。歷史學家一定會乘著它，用眼見之實去澄清文獻中的疑案；科學家也可以乘著它，記錄滄海桑田的變遷。看地球的形成，看生命的起源，看文明的發展……。看看史上的「溫室時代」對動植物到底是禍還是福。

但是，雖說從蒸汽機到電腦，科技發展快得令人目眩，真要造出超光速飛船，恐怕也得百八十年。我們這輩子要想嘗嘗光陰倒轉的滋味，還得另闢蹊徑，寄希望於高速發展的生物遺傳工程了。

根據生物學家的說法，既然羊能複製，同是高級哺乳動物的人，也能複製出來。用人的體細胞複製出來的人，比什麼近親婚配的結晶都更接近他的原本，不像父本與母本的結合體那樣一半一半。我想，要是有人複製了一個我，呱呱墜地的時候他應該同我出生的時候一模一樣；看他長大，不就是時光倒流、看著自己成長嗎？

不僅如此，在自己哺育自己成長的過程裡，一切年輕時候自己該做未做的事、該學未學的技能，都可以設法從頭來過——讓他做、教他學，彌補自己的缺憾。雖然不能把環境和時間還原，但是要想「拾遺補缺、重演人生」，目前看來，沒有比這更可行的了。

現在醫學已經發展成「環境—生物—醫學—社會—心理」模式了。「子肖其父」不僅止於容貌，性格、心理等特徵，也因了父母子女間遺傳物質的相近，不經意之間就摹仿傳承下來了。比以塑造人物形象為業的演員來得容易得多，所謂「稟性如此」之一義也。我想，傳說中大陸特型演員古月，因扮演毛澤東神形兼備，被人疑為他可能是毛氏早年走失的小兒子毛岸龍，也是這個道理。

有了這個常識，我們就有理由相信，複製人應該最容易繼承他的原本的優點，學會他的原本那些出色的知識與技能。至於原本身上的缺點和不足，因了其親自從旁監督與教導，就能將其減至最低。

從優生學角度上講，父精母卵合二為一，帶著相當的盲目性和冒險性，若兩個有問題的隱性基因碰到一起，就可能變成顯性的遺傳性狀；更不用說，陰陽相合時，某個不好的遺傳性狀，是一顯一隱，甚至兩個都是顯示性的；或使下一代發生遺傳性疾病。若是複製，只要實驗室的操作過程不出紕漏，應當不會有新的遺傳病出現。如此，人類在繁衍生息的事情上，不就多了一種選擇嗎？

誠然，要是真有複製人降生到我們中間，勢將引起人倫爭議。不過，回頭看看人類生活史，千百年來，家庭、親子關係一直在起變化。而且好像沒有過哪一種改變，一開始就被全體人民心悅誠服地接受下來的。但是，人與人相處，不是越來越輕鬆了嗎？

複製人的前景堪疑、遭遇詬病還因他給法律出了難題。其實，我們的社會學家、法學家、政府官員等等，有足夠的智慧與知識，應付人類生活中出現的任何問題。不然他們還拋頭露面地在社會上混什麼？再者說，沒有難題、沒有新鮮刺激的生活，多無聊呀。

選擇的必要

平時人們常常提到「人生觀」，如何看待和度過一生之外，要不要長生也是一大話題。「長生不死」一向是一些人追求的終極目標。若依「得必有失」定律，則如李商隱說：「嫦娥應悔偷靈藥，碧海青天夜夜心。」嫦娥的不死藥是從西王母那裡偷來的，所以她要付出寂寞中不老、了無生趣的代價，這樣的永生並不可取。再如，八百歲的彭祖，一千歲的軒轅等人，怕也難免雞皮鶴髮，手顫腳軟。要是死日無期，大概他們也要活得不耐煩了。

范成大說：「縱有千年鐵門限，終需一個土饅頭。」看來，什麼「真理面前人人平等」，「法律面前人人平等」，「都禁不起推敲，唯「人固有一死」無懈可擊。尊貴如唐玄宗，擁著楊貴妃山盟海誓：「在天願作比翼鳥，在地願為連理枝。」轉念想起「沒有不散的筵席」，便接著歎道「天長地久有時盡，此恨綿綿無絕期」了。

死既不可免，留給人們無限遺憾，同時也是解脫。這就是過去生死觀的正反兩面。如今，我們的人生觀面臨自古以來最大的轉變了，這就是遺傳生物工程的最新成就——動物複製技術的發明。

人生的一大負擔是我們的記憶。有時，我們會著對自己腦子裡的「存貨」發愁：書本上的知識記住的不及看過的萬分之一；留在記憶體裡面盡是些無用的、無益的、令人慚愧、一觸及痛的事情。科學發展到現在，成就雖大、假設雖多，好像還沒有誰提出過篩選記憶的方法和要求。也許這事太難了，沒人敢往那兒想。可是，複製人若是能成功，這個難題就順帶著解決了。就以李隆基和楊玉環為例吧：新生的李三郎還可以作皇帝，從小把他的楊家女養在深閨，待她長大名正言順地迎娶過來，就沒有「當今的貴妃娘娘服侍過壽王」那一段自己想忘忘不掉、外邊有人指指點點的歷史了。

柳宗元詩道：「生死悠悠爾，一生聚散之。」生命的聚散若是能從人願，應該不是一件壞事。一直以來爭執不休的「安樂死」可能會在複製人的技術過關普及之後得到認可和廣泛實行。那時候，人就真的不畏懼死亡，生也悠悠、死也悠悠了。

最起碼，人類繁衍生息的方式，多了一種選擇，不能說毫無必要吧？

恰好是她

馬克・吐溫的《湯姆・索耶歷險記》裡面，那個聰明、淘氣的小湯姆，一天在課堂上看到來了個漂亮的新女生，心裡喜歡她，就一邊同她搭訕，一邊用粉筆在手裡的小石板上畫點什麼給她看，小女孩很快就被吸引了。小湯姆看看得計，就又在石板上寫了點東西，卻不給她看，小女孩兒急得扒開他的手，只見石板上的粉筆字是「我愛你」。

那時候的美國鄉間已經如此開化，令人艷羨。我十二歲上中學的時候，雖不清楚情為何物，更不明白性是什麼，但是對這兩者已經開始好奇，對比人家美國小學生湯姆，我的表達手段可是瞠乎其後了。

那是一九六八年初，文革中的學校男女同班，卻實行「男女界線」，男生女生不相授受，當然談不上親近。記得我們班上，座位是單行的，我在講臺左面靠牆的排頭。我向老師看時，眼光一定要路過右邊那行第一個的那位女生。鬼使神差，我就注意起她來了。

記得那個女孩兒生得不算好看，臉上還頗有幾個雀斑，我從來沒有同她講過話。她一向安靜，是班上一個有可無也可的人，確實不曾有過多麼令人「驚豔」的表現。可是我竟還記得她。

在此之前，我家同院一個女孩子，比我大三歲，胖胖的、長像沒有缺陷，好像很喜歡和我一起玩，有的時候，她會緊緊地抱住我。但是，我根本不懂領她的情。後來看到書上常有「小時候暗戀的情人」、「少年偷愛著的姑娘」之類的事，引起的聯想都是初中班上坐在我旁邊、除了悄悄地看著，從未與她打過交道的小女生，而不是那個早熟的鄰家女。

為什麼會這樣呢？大概就是因為那個安靜的女同學，是我在本能的驅使下第一個主動注意到的異性吧。就像我們多半能記得此生第一次做的那些事——站在三米跳臺上，本來擺得是「燕式」，但是眼睛是閉住的，顫抖的雙腳往前一蹬，「冰棍」著就下去了，心在空中猛得被提起……

我想，給我們印象極深的，並不都是影響了我們一生的重要人物和大事件，但多半是我們生活中的里程碑。它不一定巍然聳立，卻是生命的劃時代，從那兒開始，我們就……

這樣的事情還有一個特點，就是它飄然而至，不容你選擇，你甚至沒有想到過要去選擇，就乖乖地與她糾纏了。其實，如果當年坐在我右邊位子上的是另一個女生，今天我也一樣會記得。

鄭州的風景

有一種說法道：一些帶有美的特質的裝束和行為舉止，多半是社會上不大正經的人先行提倡起來的；起初為人側目，久之就被大眾接受和效仿了。就像五四時期，最先穿裙子的洋學生自己恐怕做夢也想不到，後來竟流行起「比基尼」來了。從中也能看出某個時代、某些地方的社會風氣及其變化。文革結束前後的四年時間，我每年都要到鄭州去，看到的情形，好像能給這個說法做註。

說是中原重鎮、河南省會，用北京青年的眼光看去，那時候的鄭州，市面上實在蕭條得一無生氣。我這麼說是因為，北京青年稱在街上看五顏六色的人群是「看風景」（意指「看妞兒」）。七五、七六是文革最後兩年，走在鄭州城裡，看到來來往往的人全都那麼樸素——其實，我心裡說的是「他們真土」——男青年衣著古板，表面上看不到符合北京標準的風流倜儻之輩，更不見奇裝異服的流氓。女孩子個個像是剛從鄉下來的，既不打扮更顯不出線條。我還驚奇地發現，大街小巷見不到情侶！

難道鄭州青年的生活意識還停留在「五四」以前嗎？後來，小心打聽了才知道：鄭州街上當然也有流氓，只是舉止穿戴同北京的不一樣，我戴著「北京眼鏡」不會辨認罷了。「搞對象」的也不在少數，因為民風保守，他們的規矩是男的走在前，女的跟在兩三步之後；或者一個在馬路這邊，另一個走在馬路對面，用餘光控制行走的速度。真是「離家三里地，別是一鄉風」呵。七七、七八年，文革結束了，我的鄭州之旅還在繼續。我先是發現，街上有風景了！一些青年男女即使用北京的標準看，也顯得有點流氣——相當後來所謂的「新潮裝扮」。轉年再來，時髦的人數明顯增多，男人普遍瀟灑起來。女孩子也懂穿得惹眼、穿出風韻了；或許是禁錮太久，一朝放開，她們進步得真快。抬頭一望，雙雙對對，觸目皆是。當然，鄭州街頭的氣氛全變了，生活氣息盎然。相形之下，我倒說不出那幾年北京的風景有什麼變化。也許，北京的變化要鄭州或其他外地人才說得出。

我想，穿衣戴帽呆板單調是「文革」那個禁欲時期的特產，不然就有「不突出政治」和「追求資產階級生活方式」之嫌。開風氣之先的多為膽大妄為者。保守慣了的國人，在那樣的是非標準中，對著新式的服裝飾物，先是囿於對首倡的紅男綠女某些行為反感，便不屑與之為伍。怎奈，愛美的天性，不但原本沒錯，並且極有感染力。鄭州街頭的「風景化」就與文革終結大有關聯。政治桎梏放鬆了，階級標籤取消了，舉止穿戴的多樣化、個人化，很快在人群中引起普遍迴響。這時，「怪形怪狀」的含意已經變成了「熱愛生活」。

第二種奉獻

奉獻好像都是「毫不利已，專門利人」的。實際上，還有一種為了自己才對別人做點什麼的奉獻。它不是「將欲取之，固必予之」的「吃小虧占大便宜」，它不求回報、只為心安，意在顯示自己的教養和情操。權且稱其「第二種奉獻」吧。十九世紀俄國大名人車爾尼雪夫斯基，在他那本「影響了千千萬萬的人」的哲理小說《怎麼辦》裡，濃墨重彩描繪的「合理的利已主義」，就屬於這種奉獻。

比如書中男主角羅甫霍夫，發現他深愛的妻子薇拉愛上了他的好朋友，他卻並不嫉妒，而且悄然離去。他說：愛一個人就是希望她幸福，但沒有自由就沒有幸福。如果因為我的緣故妨礙了你的幸福，我就應當主動離開⋯⋯。羅甫霍夫為什麼能如此奉獻呢？因為他信仰「合理的利已主義」。他那樣做不僅是為了別人，更多的是要表達自己的信念。車爾尼雪夫斯基認為，只有為了安撫自己良心、表現自己境界的奉獻，才能做得自然、無怨無尤。用今天的話來說就是「利已又不損人」。他甚至說，一個人如果沒有修煉到這個程度，不要說另有所圖，哪怕心裡稍覺勉強，也不配去幫助別人。

這種情懷難以企及，除非出於某種宗教教義，在社會上難得一見。倒是有一種「合理的利已主義」的「親戚」在中國大陸隨處可以看到。那就是一九八零年代以還，人們對於子女的溺愛。在那裡，絕大多數家庭不論幾代同堂，小孩子都是「全家愛的焦點」。但是愛得過分，到了唯命是從、曲意奉迎的地步，以至給社會學辭典增加了一個新名詞：小皇帝。

詩曰：「知否興風呼嘯者，回頭時看小於菟。」親情向為人所共有，無私奉獻本不稀奇，「小皇帝」產生的背景則有所不同。過去，父嚴母慈，養育兒女之外，他們的生活中還有事業、工作、鄰里、朋朋友等等。怎奈，幾十年裡，中共接連不斷地開展政治運動，他們「挑動群眾鬥群眾」，同學、同事、朋友間的友情逐步被相互批判鬥爭所替代，人與人的關係壞到誰也不敢相信誰的地步；物質生活也極艱難，偷竊行騙、借債不還之類的事情非常普遍，弄得人人設防。可是，愛人之心人皆有之。再怎麼天良喪盡的人，父愛母愛也不至泯滅。面對險惡的世故人情，本能中的愛心向哪裡發洩呢？

社會上吃的虧多了，誰人還敢到身外尋找寄託情感的所在，看來看去，唯有自己的骨血堪此重負。孩子是自己的一部分，是父母生命的延續，對他們奉獻就是給自家做好事，既符合利他主義精神，又不冒恩將仇報之險。這不也是出自利己的本意嗎？

這當然是一種「社會重病後遺症」，如此奉獻，外人得不到直接的益處，只能算做「合理的利己主義」的一個分支，或曰「現代變種」。

興風呼嘯小於菟

魯迅先生有一首詩：無情未必真豪傑，憐子如何不丈夫？知否興風呼嘯者，回眸時看小於菟。（於菟：音wū tù，小老虎的別稱）他老人家怎麼教育孩子，其子周海嬰已經記不得多少了。從他的「鬥士」性格和處事為人「一個都不饒恕」的慣例上推想，恐與現在的「虎媽」異曲同工。但是他的那首詩裡說了，即便是山大王對於子女也有憐愛之情。只是東方式地「不形於外」罷了。

我們一向聽說西方人對於子女的家教與中國不同，不但平起平坐、和顏悅色甚或放縱。結果是，孩子一到十八歲就自立門戶去了。從此與父母若即若離，父母老病在床也別指望孩子伺奉茶湯；而我們呢，慈母嚴父、紅白配合，言傳身教、拳腳相加，棍棒之下教出孝子，終其一生承歡膝下云云。

出國之後才知道，西方竟有「虐童罪」。報載，某白人婦女在商場打了哭鬧的孩子一巴掌，推著購物車剛走到門口，接報的員警已經在等著抓她了，孩子直接送到「教養家庭」，然後母親過堂聆訓、承受申戒。洋人若是只知寵愛，何來虐童之罪和全民監督？只怕溺愛有幾分是做給別人看、被刑罰嚇出來的吧？而中國人在家溺愛、在外「護犢子」者並不鮮見，尤其時下，中國父母不顧尊嚴、原則，看子女眼色行事的所在皆是。看似「兒童的天堂」建到中國去了。那位制定了「家庭十誡」的虎媽蔡美儿，雖為華裔、卻是個耶魯大學的教授，丈夫是美國猶太人哦。

其實，「人心都是肉長的」。他們與我們一樣，對子女辛苦哺養、傾注大量心血、寄予無限期望。從而在享受天倫之樂的同時背上了沉重的負擔。為人父母者，有無限理由認為自己有足夠權力和義務，為家族培育光宗耀祖的後代，給社會輸送治國安邦的棟樑。急切之心不嫌女兒五歲全通琴棋書畫太早、焦慮之情只盼兒子十八般武藝八歲練成。一心要在孩子身上彌補自己耽誤了的青春。舉手投足都有規矩。說對一句，褒獎有加；做錯一事，喝斥隨之。孩子若是有知，眼見父母情緒猶如過山車般瞬息變幻，定會為他們心臟的負擔能力吃驚。

看來，愛之深者責之切，是個藉口。什麼天才教法、育兒心經，既是為了自己受用也是跟自己較勁。一個人的成長，自身素質起的作用最大——功成名就的人，無師自通者千千萬，如數學天才華羅庚；名門之後，不屑子孫萬萬千，如……。據說，人的行為能力很大程度上受制於基因中遺傳性狀表達與否。顯性表達按捺不住、適逢其會則盡情揮灑，如莫札特，天賦異稟又正好生在音樂世家；隱而不發則無可奈何，伸拳展腳需待來生，幸虧什麼基因都會代代相傳。就像畫家夫妻生了個數學天生，非其要掃父母的興故意不當畢卡索第二，只因此生恰恰輪到抽象思維基因主宰，在「世代輪回」中，也許當過農民、工程師、音樂家……之後，才輪到形象思維的遺傳性狀充分表達。

碰到這種時候，看似只能因材施教了。白居易早就說過「試玉須燒七日滿，辨材還待七年期」。但是，擇善固執如一般父母者，看到孩子的天資與自己的願望有所偏差，多半會引「可塑論」、心不甘氣不順地「引導」若干年，直至孩子帶著混亂的思維、雜亂的技能走到成年。最讓父母氣餒的是，好奇心重的幼童總是被外面的世界吸引，家裡安排的一切視而不見。說到這層，也是充滿無奈：即便豪門大戶也資源有限，不敵社會上的聲色犬馬。這麼一算，決定孩子成形的，基因素質之後是社會影響，家教的比重排在第三位了——「虞姬虞姬奈若何」？

人類自有文明以來，教育後代就是大學問。至今研究不出普遍法則，是因為個中沒有一定之規。一切都是動態的、可變的、模糊的，即使知道了幾個主要元素，也不能像方程式那樣進行運算。人的資質千差萬別，社會在變、價值觀念在變、人生不同階段的需要也在變。當我們的孩子終於長大了、理解父母的苦衷了，彼此的感情卻已經傷過千回。執手相對、屈指盤點，能力才學不過爾爾。所謂「偶開天眼覷紅塵，可憐身是眼中人」。那向來的設計、嘗試、努力、掙扎……又是何必呢？

「得其所哉是為度

胡蘭成先生說過：「人是從生活的不能忍受裡去懂得制度的不能忍受的。」近而提出種種改革現狀的要求，激進的可能揭竿為旗、斬木為兵地造起反來；溫和一點的就從輿論上著手，先理論後實驗地換一種生活方式。五花八門的主義、思潮大概就是這樣產生出來的。

人的想法和需求既各不相同，又時時會變，沒有一種理論能完全適合某個人。不論是貼近人情的新女性主義，還是以「解放全人類」為旗幟的共產主義，都內容龐雜、標準甚多。不打折扣地作它的信徒，勢必要在一些地方勉強自己；若是只奉行其中能接受的部分，大概又會不被承認。而人往往有「歸屬」的願望。聰明人於是採取折衷的辦法，就是給自己身體力行、卻又不盡如意的那個主義提出修正，自成一派。這樣既能滿足「歸屬欲」，還能引來志同道合者，不會寂寞。慣常所見的萬千門宗派系，也許就是這麼來的。

其實，人不必如此古板。既然無數的主義、宗教、理論、學說原是某些人依自己的好惡創造而來的，每個人就都有創新和選擇的天賦人權。標新立異的興趣不是人人都有，各取所需卻在人的本能之中。生活中，我們無需囿於一家一派的窠臼，行為方式、道德標準不妨兼收並蓄，橫跨數家。只要不把自己的快樂建築在他人的痛苦之上，不觸犯法律就行了。

比如女性，現代社會有無限的空間讓女子施展才能。喜歡開拓一片天地的婦女，盡可以充分揮灑一己之長。若是遇到頭腦冬烘的封建殘餘在一邊說說道道，就學魯迅的法子——輕蔑以對「連眼珠都不轉過去」。

並不是所有女人都願意作巾幗英雄。我們看到不少女人，以賢妻良母為已任、相夫教子為樂趣。我想，這也是她們最感愜意的選擇。對這部分女子來說，遂了這樣的願，就像得其所哉地成就了政治家、企業家……的女人一樣，感到心安理得。

遙想秋瑾當年，拋夫別子投身革命。她的行為不要說在清末，就是今天也夠新潮。但是，人終有其限度，而這個限度不到某個關頭多不自知。鑒湖女俠在清廷屠刀面前提筆作絕命詩：「秋風秋雨愁煞人」，只得這一句。這裡的意境，就不似當初「不惜千金買寶刀，貂裘換酒也堪豪。一腔熱血勤珍重，灑去猶能化碧濤」的豪邁了——凡事做過了就會生出悵惘。

〈那死去的一半曾經存在過〉

路遇危厄救與不救代有不同，取決於當時的道德觀念。比如文革、尤其是初期，有人陷入困境，周圍的人可能先要問問他的出身、政治面貌，才決定搭救與否。救對了人，是無產階級感情深，可能受表彰；救錯了人，是階級斗爭意識差，或許被批判。因為怕犯政治錯誤，見死不救的事也曾有過。但是那時「出不出手」的標準比較簡單，現在就複雜多了：

一曰幸災樂禍：多見於素不得志，心懷不滿之人。別人的苦難是他的慰藉——我不如的千千萬、不如我的萬萬千。與他相比我還算幸運。可惜的是，當今之世，這樣的人太多了！就像那個被鎖在瓶子裡的魔鬼：本來想好要報答拯救者的，一等兩三百年，渴望遇救的心理走向反面，世人都對他之被忽略負上了責任「誰救我我就懲罰誰！」以此報復全社會。

二曰值與不值：救人是要付些代價的。路人也者，全不相干。事情突如奇來，一瞬之間，他／她是誰、我為什麼要幫他？伸出援手有什麼好處？看著不管將如何、退避三舍又怎樣？諸如此類一齊湧上心頭。時刻盤算得失的功能，深植在人的潛意識裡。恰逢生存不易、臨淵履冰，私欲至上、危機四伏的世道，遇事的第一反應捨此其誰？如果這樣的故事多些，可能有助改善社會風氣：某藍領工人行至途中，看到路邊斜停著一輛豪車，車胎爆裂，車主急切無奈中。不免動了惻隱之心，三下五除二幫他換上了備胎。那人是個百萬富翁，急著去談一樁大生意，得此解救不免要對工人表示謝意，便問工人目前最困難的事是什麼？工人玩笑道：房貸吃重。富翁問了數目、掏出支票一揮而就……。

三曰怕惹麻煩：時下的社會新聞，攙扶摔倒老人卻被嫁禍於身的事件二連三；設陷井佈騙局，形形色色的「碰瓷兒」花樣翻新。民眾對於非常之事的警惕性普遍提高，看到什麼事情不免分析思考再三、排比斟酌者四。美其名曰：害人之心不可有、防人之心不可無。待到看清楚、想明白，最佳救援時機錯過、悲劇無法挽回。美國的新聞報導過這一件事：某君的車子半路拋錨，他就站在路邊做手勢、請求搭便車，幾個小時，眼睜睜看著他不顧而去的車子無數，令他對人生、對社會失望以極，拔槍自盡。

第四才是反應不過來：事發突然，來促去疾，本能是想幫的，訓練有素、時刻準備著的旁觀者可遇不可求。急切之中，不知應該怎麼辦、如何才是好。遂出現貌似漠然、你觀我望、面面相覷的「從眾效應」。這種的人比例占多少？反正，此文作者和讀者都在此列。

為什麼見死不救的理由比八方支援多很多？社會風氣使然唄。社會上的事情相互聯系，道德標準、價值觀念以其時代特色熏陶出大眾的行為方式。這不是一個「英雄輩出的年代」也就罷了，卻連宣傳報導也都完全西化。在歐美，好事情不是新聞，有險遇災才有觀眾——看，不是要趕去搭救；要麼以此平衡失落的心態，或是提醒自已謹慎小心而已。過去，中央有什麼提倡，全國各地的報刊雜誌立即就能「找到」相應的典型人物和典型事件予以呼應，現在連這個也省了，看似社會已不需要，不在倡導之列了。

其實，中華文化素有物傷其類、人溺己溺、老吾老以及人之老、幼吾幼以及人之幼等等光榮傳統。如今，道德滑坡已經到了這樣的程度：不公平、不合理的事情太多，而最有能力、救助資源最為豐富、作表率、塑造社會風氣的那些方面和部門，不僅不匡扶正義、彌平等級，反而一慣視而不見，乃至製造不公、擴大差距。令人以為生活就是爾虞我詐，人生哪有互助互愛。從而常懷憤恨之心。常人心態：報复不到直接的冤頭債主，就拿不相干的人出氣，逃避義務也是表達對社會不滿的方式之一哦。

據說：人之初、性本善；人的社會存在決定人的意識。為什麼人心似水其性就下、社會精神不能維持積極向上呢？萊蒙托夫早就在《當代英雄》裡描寫過人心墜落的過程了，也可以擴大地用於解釋一些社會現象：我說真話，沒人相信，我於是開始欺騙；我準備去愛全世界，沒有人理解我、所有的人都嘲笑我，我從此學會了憎恨。……我那沒有光彩的青春，就在我與社會的搏鬥中消逝了。我的良心枯萎了，它漸漸地死在那裡，……但另一半還活著，在為每一個人服務。——至為沉痛的是最後這句——這事誰也不知道，沒有人知道那死去的一半曾經存在過。

「桃李不言」

《史記・李將軍列傳》中的名句「桃李不言，下自成蹊」，傳誦了兩千年，近來不大有人再提。也許是時代變了，這個法子不適合商品社會，現在的商家，產品放在那兒，不事張揚就有人絡繹不絕前來光顧的例子，好象還沒聽到過。

中國自古有講「隱」的一派，避開塵世，隱居山野田園或遁入空門。理論上講，不為人知才叫隱。但是，那些隱者名氣卻都很大，比如嚴子陵、陶淵明乃至民國時候的李叔同等人。看來，「隱」只是手段，「顯」才是目的——「不言」是為了「成蹊」。用現在的話來說，大概等於某種高超的營銷方式；用文言表達，可能與老子的「將欲取之，固必予之」相當，可以說成「將欲顯之，固必隱之」吧？

還有一種宣傳自己的廣告用反諷的辦法，效果也很好。比如天津小吃裡最出名的包子，居然叫做「狗不理」。從「肉包子打狗——有去無回」引申出來，惹人注意。那包子果然好吃，為快朵頤的人日日擠破門檻，沒人深究包子鋪招牌的含義。

「廣而告之」不僅用於兜售商品，也有用作宣傳法規信譽的。小時候看「戰國的故事」，有一則大意是，一個向來令不行、禁不止的小國，忽然任用新人改行新法。為了讓老百姓相信政府的誠意，他們在城門上貼了一紙告示，說是，這裡地下放著一截木頭，誰要是能把它從東門扛到西門去，就能得到大筆獎勵。人們看時，那木樁子並不很大，兩個城門間的距離也不遠，都與那筆獎金不成比例，加上過去官家的信譽不好，久久沒有人去碰那根木頭。當最後終於有人扛走了木頭、領到了賞錢的時候，新政倡導者的好名聲便不脛而走了云云。

我想，商業社會裡人不能太清高。像鄭板橋題畫竹詩中的一首道：「我自不開花，免撩蜂與蝶」今天不宜仿效。即使不是為了推銷什麼牟利，有時為了澄清自己的理念、價值，也得善用「推廣」這個公眾習地見的宣傳手段，來糾正一些誤解。

比如人稱「文化崑崙」的錢鍾書，「以生知之資治困勉之學」，成就空前，卻大半輩子不為民眾所知。我們知道，一個學者的名聲若不與他的造詣相當，一定不利於他學術思想的傳播。到了八十年代，有人意識到這件事，開始向社會介紹錢鍾書。後來，錢氏之名婦孺皆知了。不想，因為宣傳不得法，人們多半知道錢鍾書是《圍城》的作者、筆調幽默的小說家。其實錢氏對自己的少作並不滿意，他的主要著作是文史哲薈萃、中西學貫通的《談藝錄》、《管錐編》、《宋詩選》和《七綴集》等等。所以，有人說他雖名滿天下，其實還很寂寞。就像一台高性能的電腦，卻只被人用做遊戲機，豈不可惜？

當然，要為錢鍾書「正名」，不能採用大做商業廣告的形式。

媳釵俏矣兒書廢

總有人把文學藝術分成高雅、通俗和低俗幾大類。有點像弗洛依德的學說：意識，前意識和潛意識。高雅者是「意識，指心中壓抑著的原始衝動和欲望，在較多條件限制、修飾後表達之」；低俗者是「潛意識，指人的本能衝動、非理性、無道德、反社會，在追求快樂、滿足時宣洩」；通俗者是「前意識，為意識和潛意識的中間狀態。」文藝理論家也許不讓這麼說，這裡只是借用一下，看看限制與放鬆的創作結果。

曾經有一位詩人，把自己的作品拿給人家看，其中一聯是「舍弟江南歿，家兄塞北亡。」當讀者對他深表同情時，詩人慌道「沒有沒有，我是為了貪圖對子對得工整、對得親切才這麼寫的。其實哥哥沒死，弟弟也健在。」其詩雅則雅矣其情不真。於是有人諷刺他：只求詩對好不惜兩重喪。而格律限制太嚴確實也是以詞害意乃至胡編亂造的一大原因。

另如，真情實事，對仗工穩的一聯「媳釵俏矣兒書廢，哥罐聞焉嫂棒傷」。卻又被人譏為「詞不雅馴」太俗。事見《綠野仙蹤》「予院中有花兒，媳採取而為釵，插於髻邊，俏可知矣。予子少壯人也，愛而至於廢書而不讀。予家無花瓶，予兄貯花於罐而聞香焉。予嫂素惡眠花臥柳之人，預動防微杜漸之意，遂以木棒傷之。」這是民間每天都會發生的事，本來得用小說長篇連短篇細細道來的故事、被作者李百川寥寥幾十個字就簡潔生動地概括出來了，還留下無限的想像空間。故《綠野仙蹤》被人譽為「說部中之極大山水也」。鄭振鐸先生則將《綠野仙蹤》與《紅樓夢》、《儒林外史》並列為清中葉三大小說。

相反，一則被人引為經典的雅士範文還不一定有這個效果。北宋大家歐陽修、一次與人討論如何用最少的字數敘述「一隻狗，在馬路上睡覺，被一匹奔跑中的馬給踩死了」的事件。最後的定稿是「逸馬斃犬於途」六個字。簡則簡矣，不如「媳釵」、「哥罐」傳神吧嗎？

所以我們看到、俗比雅流傳得廣、影響力大。這可是藝術功能和成就的重要指標哦。我們常看到打著「采風」旗號的高雅演出者，在通俗和低俗裡尋找啟示、流連忘返。其實，人都有俗的一面、都需要放鬆。多麼「端著」的人，像錢鍾書先生說的：進了衛生間也不會在鏡子前面莊重如儀吧。俗，接近人的本能；高雅則是適時之需，稍不自如，就覺得累。愛惜羽毛的文人雅士為了遮掩就發明瞭一個說法：大俗就是大雅。馬上被全社會接受，並立即進入品評文藝作品的標準之列。

誠然，通俗與低俗還是有區別的吧。但是不僅界限模糊而且角色變換。據說，美學史研究者發現，「美的」穿著打扮、勢態髮式往往原創於青樓。民間女子先是不齒，然後不禁側目，繼而暗中效仿，最終風行於世。乃至登堂入室，進入國家劇院、藝術殿堂。就像包大腿裹屁股的牛仔褲，更不用說勉強遮羞的比基尼了。問題是，不良少女發明這些奇裝異服的時候，可能連個名目都沒有。一俟時裝設計家拾起牙慧，就依次命名，分派到各個藝術流派中去發揚光大了。

在中國，如今的通俗文化、低俗藝術大爆發、大流行是有歷史原因的。千年以還，作文章、須「文以載道」，填詞曲得「詩以言志」。官家更將這些原則一以貫之。民間雖有遊民文化卻未有過在大雅之堂一亮身姿的機會。時代終於走到了可以運用部分政府資源讓庶民一吐為快、一歌盡情、一舞盡興的階段。展現出來的幽默、諧趣、技巧、花樣每每令世人驚歎。甚至自己都沒有料到：我們如此質樸、如此多才多藝，正是中華民族文化具有無窮生命力的證明！

魚龍混雜、泥沙俱下的現象也是有的，但是不要緊。不勞開動國家機器，時間自會篩選。不能從低俗上升到通俗，不能從通俗昇華到高雅的部分，要不了多久自然會被社會淘汰的。

鄉音繞樑通天塔

《聖經•創世記》裡有個巴比倫塔的故事。大意是：先民的語言本來是劃一的，一次，人們從各自家鄉來到巴比倫，動工修建一座豐碑（通天塔）歌頌自己。上帝不喜歡這個做法，略施小計就徹底破壞了這個工程。他老人家念動真言咒語，各地的人們就用起不同語言、操起鄉音了。語言一不相同，溝通就出問題，誤解、猜疑油然而生，偉大的計畫也就半途而廢了。

人們都說「標準化」是現代科學概念。其實，古人早就不勝「各自為政」之擾，著手制訂統一規範了。暴君秦始皇就對中華文化有「車同軌、書同文、統一度量衡」等垂範千古的貢獻。中國的文字是早就統一了，但天南地北的人們一直各操一種語音，字典上是四聲八調，民間則聲、韻、調變化之大，紛繁雜遝幾與外文無異。北客南人碰面交流不暢，只能像遇到韓國、日本人那樣「筆談」為助的，也不是沒有所聞。一次，在某全國性會議上採訪一浙江嵊縣人，他語速緩慢、吐字清晰，我還是聽不大懂他之所言；便要求道：您說普通話好嗎？不料對方說：我這已經是普通話了呀。不禁相視大笑。

據說，古代中國因文字讀音相差太大，詩詞歌賦的韻腳就以字書為標準。好像沒聽說哪代帝王下詔頒行「國家官話」。直到毛皇帝臨朝，才設「文字改革委員會」，在全國範圍推行普通話。不止提倡，是有行政措施的哦。個中需要之大、之迫切，即便反共不分青紅皂白者，也少置喙。但幾十年下來，還是有許多人不能流利地講普通話。一次，旅行到美國中部某小鎮，看到居然有一家中餐館，不免進去解決晚餐。老闆看到華人罕至之地來了同胞，遂熱情招待。因知道這種做洋人生意的館子，口味一派甜酸，就請他做幾個「開飯菜」（餐館中人自己吃的）的菜。他是廣東人，普通話是「識聽唔識講」。最後，我們只能講英文。同胞之間用外語交談「感覺怪怪的」。那次，我們相對苦笑。

「少小離家老大回，鄉音無改鬢毛衰。」鄉音之不易被替代，絕不只是「狹隘的地方主義作祟」，肯定有其不可替代的原因。說起來，「中國文化」不就是「地方文化的總和」嗎。語言是文化的主要載體，語音是文化的主要表達方式。所謂主流文化、高雅品味，都生長在地方文化的土壤上、被地方文化烘托著。「詩三百」，是周代中原及周邊十五個地區的民謠，後世楚辭、漢賦、魏晉古詩，唐代樂府、宋詞、明曲……都起源於它的啟發和提示，遂被奉為經典。在這個過程我們還可以看到，地方文化與「標準文化」互相滲透，展現著蔚然大觀、多元多彩的中華文化。

有人說，地區文化特性與其先人生活方式直接相關，所以出現了海洋文化、草原文化、森林文化等等。那就亂點一次鴛鴦譜：乍嚐麻辣，味蕾不勝刺激而舌頭發硬，說出話來語速稍慢、抑揚頓挫，顯川話之風；「酸能軟堅」，醋放多了吃得舌體發軟，語調柔和，現晉言之美。侯寶林每演《戲劇與方言》，包袱裡都帶著五味瓶呢。那是笑談。可以肯定的是，由於地域生活、地區文化之不同，生活的某些內容、感情的某些比喻、民間的某些智慧非方言不能達意。比如閩南話裡的「挺」和「贊」；廣東話地方性極強，感染力也不差，現在下館子人人都說「買單」了吧，等等。

至此，我們已經說到方言的擴散了。語言最大功能是應用。既然大家都被潛移默化了，就說明有需要、被認可。既如此，行政命令就摧毀不了地方文化，方言也不是官話可以取代的。而且完全可以相得益彰。就像現在這樣，根本不需要改變：在家說方言，正式場合講普通話；語言是最重要的生活工具，不但一點將就不得，還得準備幾套系統，如同上班穿西服，回家換便裝等等。

其實，普通話也好，鄉音方言也罷，一直都在變化。普通話不斷加入變了調的鄉音、改了腔的土語；各個地方語言的內容也在丟失和增加。因為生活在變化。前些日子，大陸出版了齊如山先生的《北京土話》，齊先生是「隨國軍赴台」的，書中所輯是二十世紀五十年代之前的北京土語。現在拿來一看，我這樣的「老北京」能看懂的、還在用的詞語，不到一半。可見語言是人類社會生活中新陳代謝最快的工具之一。

行文至此忽發奇想，上帝對通天塔建設者的動功之旨，是不是被他們理解錯了，也許悲天憫人的上帝原意是：世間的芸芸眾生，這麼多人只會一種語言，豈不枯燥而又單調？根本不值得樹碑立傳，教你們一個豐富人類文化的方法吧——enjoy it。

雅俗混搭「送你蔥」

滬上「菜花甜媽」蔡洪平，一曲《送你蔥》激情嘹亮，見了驢上樹都不笑的人也會不忍俊不禁。此曲改編自普契尼歌劇《圖蘭朵》中的詠歎調《今夜無人入睡》，以其攤位上所賣的菜名替代原詞，從黃瓜、扁豆、茄子一直唱到西紅柿、大白菜。雖然無甚文采，卻像文革中，「集體重新填詞」的抗戰歌曲那樣，恰應現實之景，「國中和者」何止萬千。所謂「大俗就是大雅」，雅俗合一就更有象徵意義了。

儒教理學統治規範的中國文化，一向缺少輕鬆與多元。用人們今天的笑點測試，就連《笑林廣記》和《笑話三千篇》中的笑料，能夠達到閾值的也寥寥無幾。遊民文化則從來進不了大雅之堂。民國時期雖有黎錦熙等創作流行歌曲，仍然一派斯斯文文。真正在舞臺上聽到陋語俚俗，是毛澤東當政，請「工農兵佔領文藝陣地」之後的事。那時，樣板戲即出，盛況空前，歡迎於男女老少、傳唱在巷尾街頭哦。

毛澤東曾說，他從小看書就發現一個問題：書裡全是帝王將相，為什麼沒有老百姓？於是提出「文藝為工農兵服務」。但毛是個被政治浸透的人，他的工農兵是革命的工具，還不是我們意義上的老百姓。好歹在他手裡，底層民眾開始有了上臺的機會，算是「現代社會發展的初級階段」吧。

近代，中國文化幾經革命，一度瀕臨蠻荒。老字號孔家店先被打倒砸爛，外來的馬列主義和土產的毛澤東思想，也未創出具有生命力的「社會主義新文明」。結果，以往由信仰和權力支撐的一切神聖，喪失了壟斷地位；長期被壓抑的遊民意識破土而出，茁壯成長起來。因為中國說到底還處在小農和市民意識階段，而現代公民社會的概念也有鼓勵「文化多元」的意思。無論承前還是啟後，都有利於中華文明中一向式微的輕鬆、俏皮，伸手展腳、吐露芬芳。

國人終於幽默起來了。據說，幽默是應對生活、愛情、事業阻遏與無奈的良方。這就解釋了為什麼這些年，聯通、移動等電訊公司利市大發——短信、段子寄託了多少老百姓瀟灑的評議、含淚的自嘲和廉價的寬心丸啊。雖然沒有明說，黨中央和各級執法部門全都心知肚明：讓他們編吧玩兒吧，什麼事都一笑了之，不就維持穩定了嗎。

「西洋歌劇名氣大，誰聽得懂唱的是什麼呀？一看字幕，哦，就這幾句詞啊，還不如現在的流行歌曲寫得好呢。來一個大家聽得懂的，過著癮就把生意做了。一不留神還能出名，何樂而不為？憑我的嗓子，凡人的歌兒配不上，也就帕瓦羅蒂能借我一用！」年過半百的「菜花甜媽」能有這個氣派、這份自信看似緣於從來不看書，耳聞目睹了那麼多破產的理想、倒臺的權威，足以讓她不必在披著任何外衣的神人聖物面前自愧不如——不是我暴殄天物，是不讓你們再惡搞我了！

不知道網上瘋傳「送你蔥」會不會引發一輪「高雅與惡俗」的討論。實在說來，古典音樂愛好者、高雅藝術的衛道士，不必動怒。即便再來些個「送他蒜」、「給我薑」，也絲毫無損於堂堂普契尼、威爾弟等一干人。現今的「經典」早年也是「流行」，衰落到今天慘不忍睹的地步，不是欲振乏力嗎。而關注最有利於聯想和傳播。蔡洪平重提普契尼，延續了他的聲名。由此及彼，連帶受益的恐怕還有屬於他那一代的其他作曲家、小說家、畫家……呢。社會原有分層，人心自會取捨，事物各歸其位。偶爾「混搭」一下，不就是個樂兒嗎。

交際新方式 道德舊標準

網路興起，人際交往的方式別開生面。獲益的竊喜：託福託福；受損的，義憤填膺，看不慣者也在此列。網上交友、交流、推銷展示自己的方式、內容，五花八門、匪夷所思。出了好多事，刺激了許多人，與時下的世風日下直接相關。所以，反對、限制網上交流內容、交際方式之議不絕於耳。但是新技巧層出不窮、利用者逐日遞增。看似需求戰勝了是非，新式交際在挑戰往日道德。

理論上說，道德觀念、是非標準、行為方式，也像成文的大法一樣，隨著現實的需要，在不斷修正、調整，就連宗教教義、戒律，也在重新解讀，不是原汁原味傳承下來的。人類文明史早就表明，「今是而昨非」是社會變化、時代不同的標誌。有時是社會制度改換、有時是技術進入生活，人際交流、關係種類都會發生變化，一貫都是「先斬後奏」，理論的任務是跟在後面做註釋。

慣例好像是：道德理論先以保守姿態出現，反對任何「新生事物」。比如，自由戀愛出現在父母之命、媒妁之言主導的時代，曾被認為有傷風化。但是，不論西風東土，一句口號「個性解放、戀愛自由」，奉行千年的舊式婚姻制度頃刻瓦解。可見，人心思變久矣。雖然自主婚姻譜寫了無數人間悲劇，今天東西方人們采用的解決方式是，家庭形式更加多元：離異、試婚、同居……，回歸「五四」之前和中世紀的，寥若晨星吧？

音樂、歌曲也是如此。圓舞曲出現在歌劇、交響樂之後，因輕鬆活潑，初始被譏為淺薄，也許其創作確實比無標題音樂容易、也不那麼深刻，但它填補了管弦樂隊表達上的空白。所以頂風進場、迅速傳播，很快就躋身經典了。歌曲則中國就有例子：上海灘的流行歌曲，也經歷過靡靡之音到老少咸宜的陣痛。再多說一句：現在的時裝時尚，不就是過去的奇裝異服嗎？哪怕衣不蔽體「含辱帶恥」，卻被爭相仿效呢。

當然，傳統觀念是道德的保障，作為衛道士，應該保守一點：誰知道這個新出來的東西有什麼功能、會把青少年帶到哪裡、會不會一舉摧毀人類文明？古往今來，希奇古怪、似是而非的思想觀念、奇技淫巧無日無之，為社會普遍接納的實為鳳毛麟角。起著考查、篩選，維護核心價值的還是以往的道德。這是道德的基本功能，但是不宜放大、延伸到阻礙變化的發生與發展。就像文字之演變，自從倉頡造字始，字形、字意、讀音一直在變。語言文字主要服務於生活，生活之多元多變，是人類文明的特點。文字跟著生活變才有使用價值。其音形意正確與否的標準不是字典，而是現實大眾如何使用。不然，字典就不用修訂、重印了。

越說離題越遠了。細看網路間的人際關係，其實「新」也有限，無非是一項發佈快、傳播廣、取用便捷的技術，並沒有真的創出離經叛道、顛覆傳統的文明和文化。既使沒有網路，報刊雜誌的議題和言論尺度，也一直在放寬。圖片、廣告則什麼驚世駭俗的畫面基本都有。更為駭人的內容，沒有網路之前，通過郵包信件無審查寄送；電影院、錄相帶引領著風氣之先。現在三天兩頭見諸報導的公眾人物不當言辭和不雅圖像，在網絡興起之前，披露、展現的任務不是由報紙雜誌承擔的嗎。離經叛道的東西之所以審不清、禁不絕，就是因為社會大眾窺視隱私的好奇心。而傳播手段發達、多樣、內容寬鬆，正好把公眾人物置於全民監督之下，省得他們為所欲為、徇私枉法。

我想，還是不要限制網路交流、交際的方式方法為好。倒不是因為一經限制，就見不到多少五顏六色的新聞。而是：人的思想、願望悶在心裡早晚要出事情的。統計和民意調查不是早就普遍用於各種事物了嗎。網路自由傳播資訊另外的一大好處是：無需發表格、打電話、街頭採訪，就能收集到更加大量、更加真實、更多種類的民心民意。供研究者寫文章、生意人做買賣、政府安排工作計畫和公共事業。

人本能地具有表達的慾望和衝動，無論如何按捺不住。就像懷春求偶，遞紙條、寫情書、托人帶話等等方式，沿襲了千百年，但效率不高。一朝有了快捷管道「網上交友」，令人迅即進入直接交流，解救了多少曠男怨女啊。對於網上的奇形怪狀，我等老人家少見多怪，緣於大半輩子沒見過人類言行如許此豐富。並非過往的人缺少想法和行為，而是沒有這個表達的技術和平臺；「網上長大」的九零後，從小見慣才見怪不怪的。

毛主席指出：事物在不斷變化，要使我們的思想適應新的情況，就得學習。面對網路這個「妖魔鬼怪」釋放出來的「洪水猛獸」，要學習的是：適應與容忍。適應「人性中普遍、大面積地灰色與黑暗」，容忍「迅速蔓延的墮落和偏見」。

君子之交 見面如字

網上交流的技術成熟到進入大眾生活後，在全球範圍裡接受面之廣、普及速度之快，大概是工業革命迄今諸多通訊技術之最。之所以興盛到如此地步，顯然因其非常符合人類生活的需要。人不僅是群居動物而且有思想。有思想就要表達、要交流。理論上講，思想有多豐富，表達和交流的方式就得有多少種。以往的面談、通信、電話等等雖然便捷，還有不盡人意之處。不是太近、就是延遲，要不就是太隔。互聯網的出現給人們提供了多種新的方式和選擇。

◆距離產生美感和友誼

互聯網技術發展之快、功能之強令人咋舌。先是你來我往的網上打字交談，三言兩語地說了幾天，剛覺得不過癮，語音傳遞技術就成熟了；電腦配件行業立刻看到這個機會，價廉物美的喇叭和麥克風擺滿貨架；個人電腦稍加武裝雙方就能聽到聲音，不用慌手忙腳敲鍵盤了，多少人為此欣喜！聲音是有磁性的，任多少真草隸篆、百樣字體給隻言片語做美化也無法比擬；這個功能順理成章地激發了人們近一步的慾望：看見對面的人；這個奢望剛一提出，電腦和網路就齊聲應到：不就是視頻嗎，沒問題！

如此這般、一來二去，滿足了人類多少願望，演繹了人間多少可歌可泣的悲喜劇。就在人類生活別開生面的時候，有人曾擔心人類本能中無休止的欲求，向科學技術要求隨時能同網友耳鬢廝磨。調查的結果反而是、人們對網路交際技術的利用大多滿足於天各一方、遙相呼應、無論哪個民族、哪個國家、哪個角落、都沒有出現過網友大會合似的大遷徙。卻原來、人類不僅聰明而且理智、就像「距離產生美」一樣，人們也知道「保持距離才能延續好感、維繫友誼」。為人處事的經驗之談不因技術的開發而失效。因為人類的基本生活形態並沒有改變，電腦和網路技術只增加了交流的方式。

◆柴可夫斯基與梅克夫人

距離使人際關係長久維繫的故事中外古今都有。比較著名的一則，是十九世紀俄羅斯的作曲家老柴與梅克夫人。史載，兩人交往十四年，通信數百封。談音樂、談審美、談愛情也談家庭瑣事。富有的梅克夫人始終在遠處靜靜地充當柴可夫斯基的音樂贊助人，取得的回報是精神慰藉並滿足於此。她說「你是唯一能夠給我這樣深刻、這樣巨大幸福的人，我無限感激，希望永無盡期，永不改變。」柴可夫斯基也說梅克夫人「像空氣一樣不可缺少」。他把《第四交響曲》獻給梅克夫人，題為「我們的交響曲」。這個關係成就了大音樂家，柴可夫斯基的許多傳世之作完成於那些年。

當然，這對精神戀人也有掙扎、彼此有時相距不遠、但都恪守默契、回避見面，尤其是在他們同住一座城市或莊園的時候。只有一次，在出入時間的計算上出了差錯，老柴和梅克夫人對面走在同一條路上。他們的馬車漸漸靠近，擦肩而過之際、柴可夫斯才發現對面的梅克夫人，彼此凝視片刻，柴氏未發一言，禮貌地欠身作禮，毅然離去；孀居的梅克夫人也回禮作答，就令車夫繼續趕路了。柴可夫斯基一到家就寫信給梅克夫人道「原諒我的粗心大意吧。」梅克夫人的回信則謹守分寸、意味深長「這使我確信了你近在我身旁的現實。」

◆王子猷雪夜駕舟訪戴逵

這種「遠在天邊、近在眼前」的遊戲，與如今的網路交際大同小異、原理相通。俗話為什麼說：遠的香近的臭、眼不見心不煩?大概是因為每個人都有許多面，某一側面可能與這個人相和，某個側面則得另一位才能容忍。保持距離則是「以偏概全、隱惡揚善」的好辦法。常識告訴我們，你喜歡他的文字，不一定也喜歡他的相貌；她的聲音令你動情，臉蛋的類型可能不是你之最愛；知識文采、音容笑貌都是你那口兒了，舉手投足得當與否又是一關……。與其長途跋涉、煞費苦心、一一排查後掃興而回，不如適可而止於愜意之處。不要知道得太多、太透，讓他、她、他們、她們生動地活躍在想像裡、在虛擬的網際中，獨享虛幻之美。這個道理也適用於相熟的親戚、朋友。

知易行難。有過點經歷的人都知道，我們做什麼、怎麼做，不難，難的是把握分寸，知道做多少、停在哪兒？書上還有這麼一個故事：話說東晉奇士王子猷，一日入暮，忽見天降大雪。在此不宜出門的時候他發出奇想，要與好友戴逵把酒暢談。遂命家丁啟舟往訪，主僕二人與風雪搏鬥了一夜，終於來到戴家門前。僕人正待登岸敲門，王子猷卻令掉頭回去。人問其故，曰：乘興而來，興盡而返。也許，早先的興致已經降溫，再進去傾談就是勉強了。或者，這位老兄想起來，曾經吃過大老遠跑一趟卻話不投機的虧。

「回避」有時是不冒風險的「藏拙」，此情此理網友共勉。誠然，放手一搏約來相見，天人驚現的事情也是有的。輪到自己，得知道修行了幾世、有沒有那份造化哦。

閒書雜憶

作　　者：啟麥
美　　編：楊容容、林育雯
封面設計：塗宇樵
執行編輯：楊容容
出 版 者：博客思出版事業網
發　　行：博客思出版事業網
地　　址：臺北市中正區重慶南路1段121號8樓14
電　　話：(02)2331-1675或(02)2331-1691
傳　　真：(02)2382-6225
E—MAIL：books5w@gmail.com、books5w@yahoo.com.tw
網路書店：http://bookstv.com.tw/
http://store.pchome.com.tw/yesbooks/
博客來網路書店、博客思網路書店、
華文網路書店、三民書局
總 經 銷：聯合發行股份有限公司
電　　話：(02)2917-8022　傳真：(02)2915-7212
劃撥戶名：蘭臺出版社　帳號：18995335
香港代理：香港聯合零售有限公司
地　　址：香港新界大蒲汀麗路36號中華商務印刷大樓
C&C Building, #36, Ting Lai Road, Tai Po, New Territories, HK
電　　話：(852)2150-2100　傳真：(852)2356-0735
總 經 銷：廈門外圖集團有限公司
地　　址：廈門市湖裡區悅華路8號4樓
電　　話：86-592-2230177
傳　　真：86-592-5365089
出版日期：2017年6月 初版
定　　價：新臺幣280元整（平裝）
ISBN：978-986-94866-0-6

國家圖書館出版品預行編目資料

閒書雜憶 / 啟麥 著 --初版--
臺北市：博客思出版事業網：2017.6
ISBN：978-986-94866-0-6（平裝）

855　　106007842